国家出版基金项目
NATIONAL PUBLICATION FOUNDATION

★ 科学的天街丛书

# 碰撞溅火花

丛书主编/陈 梅　陈仁政

本书编著/陈仁政

——科学争论故事

四川科学技术出版社

图书在版编目（CIP）数据

碰撞溅火花：科学争论故事 / 陈仁政编著. －－成都：
四川科学技术出版社,2019.1（2024.12重印）
（科学的天街 /陈梅　陈仁政主编）
ISBN 978-7-5364-9185-4

Ⅰ.①碰… Ⅱ.①陈… Ⅲ.①科学故事－作品集－中
国－当代 Ⅳ.①I247.81

中国版本图书馆CIP数据核字（2019）第018927号

# 碰撞溅火花——科学争论故事

PENGZHUANG JIAN HUOHUA——KEXUE ZHENGLUN GUSHI

丛书主编　陈 梅　陈仁政

本书编著　陈仁政

出 品 人　程佳月
选题策划　肖 伊　陈敦和　郑 尧
责任编辑　吴 文
营销策划　程东宇　李 卫
封面设计　小月艺工坊
责任出版　欧晓春
出版发行　四川科学技术出版社

成品尺寸　160mm×240mm
印　　张　14.75　字数 200 千
印　　刷　天津旭丰源印刷有限公司
版　　次　2019年1月第1版
印　　次　2024年12月第4次印刷
定　　价　49.80元
ISBN 978-7-5364-9185-4

邮购：成都市锦江区三色路238号新华之星A座25层　邮政编码：610023
电话：028-86361770

# 目 录

# 牛顿和莱布尼茨
## ——基尔肯尼猫相搏微积分

"微积分好像'开门和关门''动画与静画'"，这是美国数学家、数学史家霍华德·惠特利·伊夫斯（1911—2004）在《数学史上的里程碑》一书中，赞美奇妙的微积分所用的标题。对微积分的赞美并非绝无仅有——恩格斯也说，微积分的发明是"人类精神的最高胜利"。那么，微积分是谁发明的呢？

丢里埃

1699年，瑞士人尼古拉斯·法蒂奥·德·丢里埃（1664—1753）在寄给英国皇家学会的一篇文章中，首先提出了"微积分发明权问题"。他说牛顿（1643—1727）最早发明了微积分，莱布尼茨（1646—1716）可能是剽窃，因此发明权应归牛顿。

丢里埃是著名的数学家、天文学家、自然哲学家和发明家，在不少领域都有重要的贡献。例如，对黄道光的深入研究，发明宝石轴承用于钟表，首先提出"勒·圣万有引力理论"，是他的"三大成果"。

黄道光

黄道光（zodiacal light）是指低纬度和中纬度地带的人在春季黄昏后看到西方地平线上（或在秋季黎明前看到东方地平线上）的淡弱的三角形光锥。在西方，后来移居法国的意大利天文学家、数学家、水利工程师让·多米尼克·卡西尼（1625—1712）首先（从 1683 年 3 月 18 日开始）对它进行了观测和系统研究——但中国元朝初期就已有对黄道光的观测记录。

宝石轴承（jewel bearing）是指用金刚石钻头在蓝宝石或红宝石上钻孔后制作的轴承。它能减少摩擦、耐腐蚀，且经久耐用、增高精度，所以常用于钟表或精密仪器，并沿用到现在的昂贵高档机械钟表上。这种轴承就是丢里埃在 17 世纪 90 年代发明，并于 1704 年取得了 14 年英格兰专利，列为"英国机密"的发明。

"勒·圣万有引力理论"（Le Sage's theory of gravitation）是指一种从肉眼看不见的微观粒子之间的相互作用这一角度，来研究、解释万有引力之所以形成的理论。它是丢里埃最早（1690 年）提出来的，经过其后的几位科学家的发展，被出生在瑞士的法国物理学家乔治斯·路易斯·勒·圣（1724—1803）在 1748 年用于解释牛顿的万有引力理论。当时流行但没有得到公认的这一理论，从 20 世纪初开始受到普遍的冷落而名誉扫地。

由于丢里埃是在英国（多数时间）、法国、荷兰等欧洲国家的"活跃分子"，又是在 1688 年 5 月 2 日当选的皇家学会会员，再加上他与牛顿有密切的朋友关系而力挺牛顿，所以他提出的"微积分发明权问题"受到各方关注。

瑞士数学家约翰·伯努利（1667—1748）和他的哥哥雅科布·伯努利（1654—1705），在 1684 年读到莱布尼茨的论文几天之后，就掌握并向他人推广了微积分，还迅速与莱布尼茨取得了联系，成了他的忠实支持者。

当约翰·伯努利得知前述丢里埃把微积分的发明权仅仅归于牛顿，以及英国数学家华利斯（1616—1703）在由他编纂的《代数》一书中看到牛顿的微积分，就说莱布尼茨剽窃了牛顿之后，当然不同意这些说法。这样，愤怒的约翰·伯努利与莱布尼茨就于 1700 年 5 月，在德国的《博学者学报》（*Acta Eruditorum*）月刊上撰文进行了反驳；莱布尼茨还在 1705 年反唇相讥——暗示牛顿剽窃了他的成果。德国的首份科学杂志——第一个编辑就是莱布尼茨的《博学者学报》，由德国哲学家、科学家奥托·门基

门基　　　　　　《博学者学报》

（1644—1707）和莱布尼茨于 1682 年在莱比锡创办（1782 年在德国本土停刊），发表包含新作品、评论、随笔、摘录等在内的文章。有《学艺》《教师学报》《学术通报》《学术学报》等译名的《博学者学报》，对提高莱布尼茨的数学、科学与哲学声誉，发挥了关键作用。由于该期刊的大多数作者，都是致力于自然科学和数学研究的杰出科学家，所以莱布尼茨和约翰·伯努利的反驳，也格外引人瞩目。

1708 年，牛顿的重要弟子、捍卫者、"好斗之士"——牛津大学萨维尔天文学教授、苏格兰物理学家及数学家约翰·凯尔（1671—1721）（Jonh Keill，1671—1721），又在《皇家学会哲学学报》（*Philosophical Transactions of the Royal Society*）上反过来指控莱布尼茨是剽窃者。于是，一场激烈的、持续了 100 多年的争论就爆发了。

世界著名的《皇家学会哲学学报》，简称《哲学学报》（*Philosophical Transactions*，缩写为 *Phil. Trans.*），是英国皇家学会

牛顿

最早的会刊，也是世界上历史最悠久并持续发行至今的科学杂志。刊名中的"哲学"，当时是指"自然哲学"（大致相当于"物理学"，近似等同于当今的"科学"）。《哲学学报》最早（1665 年 3 月 6 日）由后来成为皇家学会（1660 年 11 月初步创立）首任两位"民选"秘书之一的德国神学家、外交

官、自然哲学家亨利·奥尔登伯格（1619—1677）在伦敦编辑出版。另一位"民选"秘书是英国牧师、自然哲学家、作家、医学家约翰·威尔金斯（1614—1672）。请注意，"秘书"不是"会长"——皇家学会初步创立时的首任会长（1660—1662）是政治家、外交官、法官、自然哲学家罗伯特·莫里（1608或1609—1673）爵士，1662年正式成立之后的会长（1662—1677在任）是威

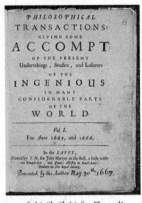

《哲学学报》第1卷

廉·布龙克尔（1620—1684），即韦康特·布龙克尔第二子爵。皇家学会正式成立之后，该学会接手《哲学学报》成为会刊。

约翰·伯努利不但攻击牛顿本人，还攻击约翰·凯尔。他把约翰·凯尔辱称为"牛顿的猿""牛顿的应声虫"和"雇佣作者"，从未直呼约翰·凯尔的名字，而是叫作侮辱人格的"那个苏格兰种的人"。与此同时，约翰·伯努利又不断刺激莱布尼茨投入战斗，自己则远离前线，隔岸观火。

美国作家安德尼·罗尼说："倘若人人都洞晓一切事物的真相，那可真是个好世界。"那么，"事物的真相"究竟是怎样的呢？

1666年10月，牛顿整理了两年来的研究成果，写成《1666年10月流数简论》（简称《简论》），这是历史上第一篇正式的微积分论文。1687年7月由英国天文学家哈雷（1656—1742）出钱资助印刷，牛顿出版了他的惊世大作《自然哲学的数学原理》（Philosophiae Naturalis Principia Mathematica，以下简称《原理》）。牛顿的微积分即他所说的"流数术"，第一次在这本书中以几何形式公开发表。

莱布尼茨的微分学和积分学论文，则成稿于1675—1677年。标题古怪的微分学论文《一种

奥尔登伯格

求极大极小和极限的新方法，它也适用于分式与无理量，以及这种方法的奇妙类型的计算》，于 1684 年 10 月发表在《学艺》杂志上；而积分学论文《潜在的几何与分析不可分和无限》，则于 1686 年发表在同种杂志上。波兰国家图书馆现在还保存着莱布尼茨 1669—1704 年间的信件、文件和说明，记录了一些他发明微积分的事实。

莱布尼茨

由此可见，牛顿对微积分的研究大约比莱布尼茨早 10 年，但公开发表晚些。莱布尼茨的研究虽然晚些，但公开发表早 3 年（微分）或 1 年（积分）。

那怎么又有发明权之争呢？这就牵涉以下两个问题。一是以创立的年代为准，还是以发表的年代为准？二是两人创立和发表年代有先有后，存不存在一个剽窃另一个的问题？

我们只回答第二个问题。

1672 年 3 月，莱布尼茨以外交代表的身份出使巴黎 4 年，期间他结识了荷兰的惠更斯（1629—1695，也是物理学家）等许多数学家。正是与惠更斯的交谈，使莱布尼茨对数学有了更浓的兴趣，并开始认真研究数学。在惠更斯的指导下，他研究了笛卡儿（1596—1650）、费马（1601—1665）和帕斯卡（1623—1662）等法国著名数学家的著作。就在这期间，他发现了微积分的基本原理，引入了巧妙的微积分符号，确立了微积分的基本内容。莱布尼茨原来就对数学很感兴趣，但是他在 1676 年时，却在美因茨（Mainz，德国城市）的选帝侯约翰·菲利普·冯·施波恩（1605—1673）的门下供职，处理法

莱布尼茨的微积分论文手稿

律和外交事务。即便是如此脱离数学的工作，施波恩在 1673 年死后，他的遗孀还是在 1674 年解雇了莱布尼茨。

冯·施波恩

选帝侯这个名称是这样来的：当时德国还没有统一，由 314 个大小不同的王国、公国和侯国组成，国君就称为"选帝侯"或"侯选"。

1673 年，莱布尼茨因外交活动出访伦敦，又接触了许多科学家——包括皇家学会两个首任秘书之一的奥尔登伯格（1615—1677）。另一位秘书就是约翰·威尔金斯。他还从牛顿的老师巴罗（1630—1677）那里，得到了巴罗 1670 年写的《几何学讲义》，其中有一些微积分的萌芽知识。也就在这一年，他因为改进法国帕斯卡的计算机等成就，成为皇家学会的外籍成员。

莱布尼茨离开伦敦后，进一步研究微积分，约于 1674 年创立了微积分，接着就如前述写成论文。

牛顿关于微积分的工作，始于他在 1665—1666 年离开"伟人的母亲"——剑桥大学回老家沃尔斯索普村躲避瘟疫期间。除了前述《简论》，他还在莱布尼茨发表微积分论文之前，写了几篇主要的论文。例如，在 1669 年写成的《运用无穷多项方程的分析学》（简称《分析学》）——直到 1711 年才发表在英国数学家威廉·琼斯（1675—1749）编定的书中。又如，在 1671 年用拉丁文写成的《流术法和无穷级数》，直到 65 年后的 1736 年即牛顿死后 9 年才出英文本，译者是剑桥大学的牧师、数学家，获得卢卡斯数学教授席位的约翰·科尔森（1680—1760）。拉丁文本更迟至 1779 年才出版，不过其中的基本内容曾以"求曲边梯形的面积"为题，作为 1704

科尔森

年牛顿出版的《光学》附录之一发表。捐资设立这个席位的卢卡斯，全名亨利·卢卡斯（约1610—1663），是一位曾就读于圣约翰大学与剑桥大学的英国牧师、政治家和慈善家。

这样，正确的结论就由恩格斯得出来了：微积分"是由牛顿和莱布尼茨大体上完成的，但不是由他们发明的"。恩格斯认为，1635年意大利数学家卡瓦列里（1598—1647）的《不可分连续量的几何学》一书，才是微积分的发端。

恩格斯为什么说"不是由他们发明的"呢？原来，在牛、莱之前，法国天文学家开普勒（1571—1630）、开普勒的学生卡瓦列里，笛卡儿、帕斯卡、惠更斯，以及法国数学家罗伯瓦尔（1602或1604—1675）等许多数学家，都对微积分做了前期性的工作。特别是前述巴罗的《几何学讲义》，以几何学形式表达了求切线与求积之间的关系，触及了微积分的基本原理，以至于英国数学家斯科特（1858—1931）在《数学史》中曾说："牛顿从他的前辈巴罗的《几何学讲义》里学到了很多东西，这本著作在微积分的发展中是一个重要的里程碑。有些现代作者认为巴罗是无穷小分析的第一个发明人，这不是没有理由的。"此外，费马甚至被不少数学家——例如拉普拉斯（1749—1827）、拉格朗日（1736—1813）、傅里叶（1768—1830）等法国数学家，称为"微积分真正的发明者"。牛顿、莱布尼茨的工作就是站在这些"巨人肩上"进行的。

恩格斯的上述论断是十分正确的，因为微积分思想的萌芽早就有了。例如，中国战国时期的思想家庄子（约公元前369—前286）提出的"一尺之棰，日取其半，万世不竭"，魏晋时期数学家刘徽（约3世纪）采用的"割圆术"，南北朝时期数学家祖暅（5世纪末—6世纪初）发明的"开立圆术"中，都有"原始的极限思想"。甚至早于牛顿2 000来年，古希腊物理学家、数学家阿基米德（公元前287—前212）就用另一位古希腊数学家欧道克斯（约公元前408—约前355）的"穷竭法"，求出了一些曲线围成的图形的面积和一些旋转体的体积。以至于美国数学史家塞路蒙·波克纳（Salomon Bocher，1899—1982）在《数学在科学起源中的作用》一书中就说："就纯数学而言，阿基米德比牛顿更有才能。"微积分的萌芽并没有在牛顿和莱布尼茨之前成为较为系统的理论。他们之前的工作都没有"大体上完成"，所以牛顿、莱布尼茨才是当之无愧的微积分创立者。

不过，事情并不是这样简单。

第一方面，牛顿论文发表在后，存不存在剽窃莱布尼茨的可能？

首先，前面说到，牛顿于1669年写成的《分析学》，虽然迟至1711年才公开发表，但早已写信将方法及几何应用大致告诉了巴罗，并由巴罗把论文递交给皇家学会，且已在牛顿的朋友中散发而广为人知。其次，在1672年12月10日，牛顿写信给英国数学家、皇家学会秘书约翰·科林斯（1625—1683），也提到他的微积分方法。由此可见，牛顿不可能剽窃莱布尼茨。

第二方面，牛顿论文写在莱布尼茨之前，是有证据的。牛顿在1665—1666年期间的许多手稿，至今还有几份，都明确无误地表明，他对微积分的研究的确早于莱布尼茨。

以上两方面证据表明，牛顿不可能剽窃莱布尼茨。

那牛顿为什么又不及时发表呢——他的同事们都劝他尽快公开这一成果啊！

原来，牛顿有"一种病态的害怕别人反对的心理"——他既渴望得到承认，又害怕受到别人批评，因此，他的发现未经深思熟虑是不轻易发表的。

可见，牛顿严谨的治学精神是可贵的，但过于谨慎也会贻误将新成果及时推向社会，造福人类的时机，甚至会生出不必要的麻烦。相反莱布尼茨大胆开创的精神值得我们学习。

第三方面，莱布尼茨与牛顿通过信，有没有在信中得到微积分的"机密"呢？1674年，莱布尼茨致信奥尔登伯格，说他发现了 $\pi/4$

的级数展开式。奥回信说牛顿等人曾发现求面积的方法且已用到圆上去了，莱布尼茨希望了解这种方法。1676 年，牛顿给奥写了两封信，询问并答复莱布尼茨。6 月 13 日的第一封信中宣布他发现了二项式定理，并在字谜的掩盖下谈到微积分。8 月 27 日，莱布尼茨给牛顿去信，要求将全面解释及证明给他，但牛顿 10 月 24 日给莱布尼茨回的长信，仅叙述了他的发现，没有解释。1677 年莱布尼茨又致信奥，回答了 1676 年牛顿给奥的第二封信，叙述了他给曲线作切线等方法。同年 6 月 21 日，莱布尼茨给牛顿回信时说，他也发现了一种同样的方法。

从上可见，莱布尼茨没有在信中从牛顿那里得到微积分的"机密"。这一点在 1687 年得到验证——牛顿在《原理》中写道："十年前我和最杰出的几何学家莱布尼茨的通信中，我表明我已知道求极大值和极小值的方法、作切线的方法以及类似的方法，但我在交换的信件中隐瞒了这一方法……这位卓越的人在回信（指 1677 年 6 月 21 日回信）中写道，他也发现了一种同样的方法……他与我的方法几乎没有什么不同，除了他的措辞和符号。"由此可见，莱布尼茨不可能通过牛顿的信剽窃牛顿的成果。

令人奇怪的是，这段在 1713 年《原理》第二版中还保留着的话，在 1726 年的第三版中就被删去了。是牛顿或他的追随者想在与莱布尼茨的争论中占上风，独吞微积分发明权吗？这个答案留给后人吧。

第四方面，莱布尼茨论文虽然发表在先，但他 1673 年到伦敦时有可能了解牛顿的工作，就有借鉴或剽窃的可能。莱布尼茨得到过巴罗的《几何学讲义》，因此，他可能受到巴罗著作的启发。他也可能在外界传播的牛顿的《分析学》中得到启发，因此，从理论上严格地说，不能排除

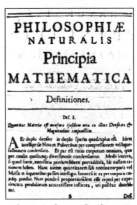

牛顿的《原理》第 1 页

莱布尼茨剽窃或参考巴罗、牛顿的成果的可能性。

1712年，皇家学会任命了一个主要由牛顿的朋友组成的委员会，审查有关争论的文件，并且发表了一篇报告。这个报告仅仅肯定了牛顿的优先权，反对莱布尼茨所指控的剽窃；但对莱布尼茨的独创性以及约翰·凯尔的指控，却不置一词。另外，报告对莱布尼茨语气里含有敌意。委员会还根据一个假设作判断，这个假设认为莱布尼茨在1676年已看到了一个"文件"，可能给了他宝贵的启示。

当莱布尼茨向皇家学会申诉对他不公平时，学会否认对委员会的报告负有责任。后来，这场争论被提到皇家学会的一次有外国大使出席的会议上。根据一个与会者的建议，牛顿开始同莱布尼茨进行个别磋商，但是直到莱布尼茨逝世，也没有得出任何结论。

这样，原本关系很好的牛、莱两人，却成了"生死冤家"，使双方都郁郁寡欢，造成了巨大的身心伤害。当时舆论已经不利于莱布尼茨，以致在他工作了40年的法院里没有人再和他交往；在他死去以后，"丧事办得更像是埋葬强盗，而不是为这个国家的光辉人物送行"。

然而，出生在印度马德拉斯（今金奈）的英国数学家奥古斯都·德·摩尔根（1806—1871）在1852年证实，莱布尼茨根本没有收到过上述"文件"，而只是收到过文件的一个摘要，但关键部分已被删掉。舆论又逐渐有利于莱布尼茨了。

可见，以上"第四方面"的问题，仍是"事出有因，查无实据"，至今没有莱布尼茨借鉴或剽窃的确凿证据。

通过以上四个方面的分析可以看出，牛顿和莱布尼茨的确是各自独立创立微积分的。

这样，在他们两人死后，科学界根据长达300多年的调查认定：创作年代牛顿早于

奥古斯都·德·摩尔根

莱布尼茨，发表时间莱布尼茨先于牛顿；两人共享创立微积分的殊荣；牛顿 1665 年 5 月 20 日的一份手稿中有"流数术"一词，这一天作为微积分诞生之日。这一认定的标志之一是，1920 年莱布尼茨的手稿在伦敦出版，牛顿的手稿也于 1967—1981 年在剑桥大学出版。

在这场争论中，身为皇家学会会长（1703—1727 在任）的牛顿，曾操纵皇家学会为争论专设的委员会，做出对他有利的决定，这有失公平，是不足取的。

在爱尔兰的传说中，有两只基尔肯尼猫（the kilkenny）格斗到最后，只剩下尾巴。现在，牛、莱——英、德的"两只大猫"相搏微积分，造成了严重的、相似的身心伤害和不同形式的名誉损害，令人扼腕叹息。

此外，在这场波及英、法、德等国家的争论中，英国人出于"爱国主义"（实际是狭隘民族主义）的考虑，拒绝使用莱布尼茨那套远比牛顿先进的、沿用至今的微积分符号，使当时英国的数学，甚至整个科学落后了 100 多年，这一教训也应汲取。

最后，学术争论应该实事求是，"就学术论学术"，不应往什么"爱国主义""政治问题"等这些"不沾边"的方面靠，否则就得不到正确的结论，只会上演悲剧。

# 科学应战神学

## ——微积分感谢贝克莱

贝克莱

"危机！危机！第二次危机！"——这是18世纪愁眉苦脸的数学家们的惊呼。

这是怎么一回事呢？

微积分在牛顿和莱布尼茨大体完成的时候，还很不完善——连他们自己对其中的基本概念也不满意。对有缺陷的微积分的批评和攻击，以及由此引出的"第二次数学危机"，就不可避免了。而此前古希腊数学家发现的无理数，引出了"第一次数学危机"。

在英国，对微积分"天才"的攻击者是一位非数学家——英国著名的哲学家、大主教乔治·贝克莱（1685—1753）。

那为什么搞神学的贝克莱会对科学感兴趣，向微积分发起攻击呢？

原来，牛顿有一位朋友——以预言"哈雷彗星"闻名的英国天文学家哈雷（1656—1742），他不信教，曾戏谑基督教的神学，就劝说贝克莱一位病中的朋友拒绝宗教祈祷。这使得贝克莱感到了在微积分帮助下的自然科学的发展，会对宗教信仰构成日益增长的威胁。于是他勃然大怒，大骂微积分是"招摇撞骗，把人们引入歧途"，是"分明的诡辩"，要人们"先取掉蒙在你自己眼睛上的障碍，才能看得清如何去清除你兄弟眼睛中的灰尘"……

在余怒难消之后的 1734 年，贝克莱出版了一本题目很长、简称《分析学家》（*The Analyst*）的书，署名"渺小的哲学家"。该书对微积分的基础发起了猛烈的、强有力的攻击："'无穷小'是 0？非 0？如果是 0，d$y$/d$x$=0/0，因此没有意义。如果非 0，牛顿和莱布尼茨舍弃了无穷小，所得结果应是近似值；但为什么经过物理实验检验，却又都是准确值呢？"他的这一悖论被称为"无穷小悖论"，也称"贝克莱悖论"。他还根据上述分析，在书末列有 67 个"疑问"的《分析师》中说："再明白不过的是，从两个互相矛盾的假设，不可能得出任何合理的结论。"

贝克莱又说，按照当时的微积分理论，0 是可以作除数的。这样，如果把等式 5×0=3×0 的两边同时除以 0，就得到 5=3——这显然是荒谬的。因为这里的 0，就是牛顿时而看成 0，时而又不看成 0 的"无穷小"，也就是牛顿招之即来，挥之即去的 0 或无穷小，因此，牛顿是在"睁着眼睛说瞎话"，而无穷小则是"消失了量的鬼魂"。

那么，牛顿是否这样做呢？他的确是这样做的。举例来说，牛顿在 1704 年发表的《曲线的求积》中，在确定 $x^3$ 的导数（他当时称为"流数"）时就是这样做的：

在 $x$ 增加 0（即无穷小）成为 $x$+0 的时候，$x^3$ 成为 $(x+0)^3$ 即 $x^3+3x^2 0+3x0^2+0^3$。

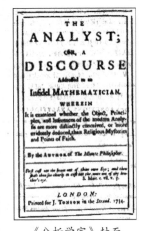

将 0 和 $3x^2 0+3x0^2+0^3$ 分别除以 0，就分别变为 1 和 $3x^2+3x0+0^2$。

由此，就知道 0 和 $3x^2 0+3x0^2+0^3$ 之比为 1：$(3x^2+3x0+0^2)$。

再让 0 消失，则这个比值就变为 1：$3x^2$。

这样，$x^3$ 对于 $x$ 的变化率（即导数）就是 $3x^2$。

《分析学家》封面

由上可以明显地看出，牛顿虽然最后正确地求得了 $x^3$ 的导数为 $3x^2$，但中间过程中的确用 0 作了除数；并且一会儿把 0 "挥之即去"（"令 0 消失"），一会儿又把 0 看成无穷小 "招之即来"（"$x$ 增加 0"）。

对牛顿的高阶导数，贝克莱认为更加神秘荒唐。他写道："谁要仔细体会一下二阶或三阶流数，二阶或三阶微分，我想他就没有必要斤斤计较上帝的任何细节了。"

在欧洲大陆，荷兰数学家纽文提（1654—1718）也早于贝克莱在 1694—1695 年间多次撰文批评、责难莱布尼茨微积分中关于无穷小与 0 的论点，质问无穷小量之和为什么是定值。法国数学家罗尔（1652—1719）固守传统观念，也加入了反对微积分的行列。他认为微积分是 "巧妙的谬论的汇集"，破坏了数学 "严密性的特征"，因而不是数学，要求 "立刻把它们从这门科学中驱逐出去"。

对于上述责难，微积分的捍卫者们，例如英国的三位数学家布鲁克·泰勒（1685—1731）、托马斯·辛普森（1710—1761）、约翰·沃尔顿（John Walton）等，进行了强烈的反驳。单是《分析学家》发表后的六七年间，仅英国就出现了大约 30 种小册子和论文，回敬贝克莱的诘难。例如，牛顿的学生詹姆斯·朱林（1684—1750）就写了《剑桥爱真》来捍卫微积分。以他为一方，以英国科学的先驱、数学家本杰明·罗宾斯（1707—1751）和英国医生、物理学家、数学家、《原理》第三版的编辑亨利·彭伯顿（1694—1771）为另一方，在 1735—1737 年《文学界》杂志上的激烈争论，很快把其他问题挤出了这个杂志，使其他问题变成它的一个附录。

因为当时微积分正处于创立期，像无穷小被 "招之即来，挥之即去" 等微积分基础问题没有解决，特别是无穷小怎样定义，究竟 "是 0" 还是 "非 0"，数学家们完全无法说清。例如，瑞士数学家约翰·伯努利（1667—1748）就曾说："一个增减无穷小量的量既不增加也不减少。"上述捍卫微积分的反驳都显得软弱无力。这样，"第二次数学危机"就爆发了。

不过，经过长达 10 多年的论战，最后还是以微积分在实践上的胜利告终。其间，包括法国数学家达朗贝尔（1717—1783）等大批数学家，对微积分理论基础的建设做出了一系列的重大贡献。

微积分在实践上的胜利，迫使贝克莱最终承认："流数术是一把万能的钥匙，近代数学家用它揭开了几何甚至大自然的奥秘。"

又经过许多数学家 100 多年的努力，到了 19 世纪下半叶，实数理论建立。在此基础上，形成了完整的微积分基本概念和定理，这才使"第二次数学危机"从理论上基本得到克服。举例来说，德国数学家魏尔斯特拉斯（1815—1897）就于 1856 年在柏林大学的一次讲演中，首次用"$\varepsilon-\delta$"语言叙述了微积分中的一系列重要概念，为微积分的严格化做出了重大贡献。"$\varepsilon-\delta$"语言完全避免了牛顿当年把 0 看成无穷小和招来挥去的尴尬局面。以"求增量、算比值、取极限"的"三部曲"求导数，彻底解决了贝克莱悖论。

微积分终于走出冬寒，走进春暖，数学家们也露出笑脸。

"皆知敌之害，而不知为利之大。"中国唐代文学家、思想家柳宗元（773—819）的这一名言，告诉我们对贝克莱等攻击和批评微积分，应从两方面看。

首先，他是一位大主教，理所当然地要捍卫宗教的利益。他是害怕当时机械论和决定论对宗教的日益增长的威胁，害怕微积分出现进一步升华人们对现实世界的认识，会沉重打击宗教神学的陈腐宇宙观，才写了《分析学家》。他们出于宗教目的而攻击新生事物的态度是不可取的。可不是吗？荷兰主教尼文太（1654—1718）于 1694 年著文反对莱布尼茨，认为他也不可能比牛顿更清楚地解释无穷小量与 0 的区别，坚决反对没有解释清楚就将微积分付诸实用。

其次，当时微积分基础的确不严密，因而

魏尔斯特拉斯

这又刺激了人们对分析基础严密化的研究，并最终克服了"危机"。在这个意义上说，贝克莱的攻击有功——好似一剂"植物生长刺激剂"。由此我们也联想到，新生事物总是具有强大的生命力，而攻击和非难恰好会成为促使它茁壮成长的沃土。这正如意大利科学家伽利略（1564—1642）在《关于托勒密和哥白尼两大世界体系的对话》中所说："真理就是具备这样的力量，你越是想要攻击它，你的攻击就愈加充实和证明了它。"

对当时不完善的微积分，我们完全不能苛求。首先，不能用现代人的标准去评判300多年前的古人，因为当时做的是微积分的开拓性工作，不可能很完美。另外，当今一些人也无法不犯与牛顿类似的错误。例如，认为$0^0=1$；认为对方程$ax=b$在给定一对实数$a$和$b$的时候，总是正好有一个实数解，等等。

这场持续百年的争论给我们许多深刻的启示。

首先，新事物在诞生之初总是不完善的，不足之处要在发展中完善。连马克思也说，初创时期的微分学为"神秘的微分学"，不是没有道理的。初期的幼稚必须要走过"水千条山万座"才能成熟，就是科技发展无法改变的历史。

其次，新事物尽管幼稚可笑，不合常规，不尽完美，但却有旺盛的生命力。微积分在实践中的胜利，就足以使人们相信它是一门有重大价值的新学科。就连攻击微积分最卖力的贝克莱后来也不得不承认："流数术是一把万能的钥匙，近代数学家打开了几何甚至大自然的奥秘。"

再次，对手、论敌的价值并不一定都是"破坏"——我们称之为"棒杀"，而往往是"建设"，于是我们说：微积分感谢贝克莱，微积分因为对手而精彩。这就是对手的价值所在，这就是我们必须重视对手的理由所在。用水利水电工程专家、土木工程学家、中国科学院与工程院院士、长江三峡总公司技术委员会主任潘家铮（1927—2012）的话来说，是"反对者的贡献是最大的"——虽然此话有时显得夸张。

相反，在无原则的吹捧和过分的赞扬面前，意志薄弱者得意之后要忘形，或者并不完善的新事物会暂时停滞不前——我们统称为"捧杀"。

人生和科技史一样，就是在"棒杀"和"捧杀"的炼狱中走过来的，就像"每一个基督徒都是驾着血肉之躯的轻舟，横渡波涛翻滚的生活之海"一样；既然如此，那我们在经常遇到的"棒"和"捧"面前，又有什么理由不抱平常心呢！又有什么理由要和自己过不去，甚至"告别人间"呢！

第四，科学真理经过"炼狱"之后会更光彩夺目。"阳光总在风雨后"，就是它的"通俗版"。马克思的论述则更为精彩："最好是把真理比作燧石——它受到的敲打越厉害，发出的光辉就越灿烂。"

最后，这场宏大激烈的争论，涉及学术之争、保守与进步之争、唯物论同唯心论之争、辩证法同形而上学之争……总之，是新事物破土而出和扼杀新事物之争。

科学就是在这些争论中走出沼泽泥潭，走进一马平川……

# 是"运动"还是"物质"
## ——"热"是什么"东西"

赤日当空,挥汗如雨——天气真热。倒一杯开水泡茶,我们感到茶杯发烫。那么,究竟什么是"热",什么是"冷"呢?热的本质是什么呢?

有人说,热就是温度。同一个物体,温度越高,人的感觉就越热。反之,温度越低,感觉就越冷。这种说法与感觉比较一致。

这种说法受到许多热现象的挑战。例如,把 1 克 0 ℃的冰融化,吸收 80 卡(1 卡约合 4.18 焦耳)热量后,它只变成 0 ℃的水,温度一点也不升高。又如,1 磅(1 磅约合 454 克)80 ℃的水银和 1 磅 20 ℃的水混合,结果温度变成了 22 ℃,水银的温度下降了 58 ℃,但它仅仅使水的温度上升了 2 ℃。就是说,使 1 磅水上升 2 ℃的热量可以使同质量的水银上升 58 ℃。同样的温度的水蕴含的热量比水银所蕴含的热量要大。

热的"温度说"因为无法解释这些难题,渐渐地被否定了。

热究竟是什么?自古以来,就有不同的看法。在科学史上,关于热的本质的问题,曾有"热动说"和"热质说"的长期争论。争论的中心问题是:热是一种运动,还是一种物质?

人类从春温夏暑到秋凉冬寒的不同气候条件中,感受到了冷热变化的影响;所以,不少古代思想家对"热是什么"都有过猜测,而且从一开始就隐含着两种对立的观点。

大约公元前 11 世纪,中国的"五行说"对阴阳关系做了"积阳之热气生火"的说明，可以说是一种热的物质说。古希腊学者留基伯（约公元前500—前440）、恩培多克勒（约公元前494—前434）、德谟克里特（约公元前460—前370）、赫拉克利特（约公元前540—约前470）、亚里士多德（公元前384—前322）、伊壁鸠鲁（公元前341—前270）、卢克莱修（约公元前99—约前55）等也认为，炎热和寒冷从根本上说都是物质性的。

与此同时，关于热的运动说的思想萌芽也已产生。中国古代的"阴阳学说"把热和动归于阳的范畴，把冷和静归于阴的范畴，这实际上把热和运动联系起来了。东汉王充、唐代柳宗元也把冷热变化看作是物质的运动状态。在古希腊，从米利都学派的泰勒斯开始的学者阿拉克西曼德、阿拉克西美尼、柏拉图也把热看作是一种运动。

当然，这些看法只是一些哲学上的思辨。

到了十六七世纪，关于热的物质说得到了充分的发展。当时非常有影响的一些人物，例如伽利略、法国伽桑狄（1592—1655）、英国科学家玻意耳（1627—1691）、荷兰波尔哈夫（1668—1738）等，都持热质说的观点。而在量热学的研究方面做出了重大贡献的英国物理学家、化学家布莱克（1728—1799），则是热质说的主要倡导者。他以实验证实了相同重量的两份不同温度的水相混合后水的温度，正好是它们的温度的中间值；可是把相同重量的热水与冷的汞混合在一起，混合后的温度却不是它们的温度的中间值，而是更接近于水的温度。布莱克认为这是水和汞所含热质不同的缘故。

从热质说出发，使诸如物体受热膨胀和金属煅烧后重量增加等热现象，似乎得到了统一的解释，就使热质说逐渐成为占统治地位的理论。到了18世纪末，几乎整个欧洲都相信热质说是正确的。

1789年，法国化学家拉瓦锡（1743—1794）在他出版的《论化学元素》一书中，

布莱克

首先采用"热素"（即"热质"或"热"）一词，并把"热素"和"光"一起列入无机界23种化学元素中。他认为，热质"没有重量，不可称量"，是无所不在的、有高度弹性的流体，但有的人又说热质有很小的重量或没有重量。热又叫"卡路里"，物质燃烧时它就释放出来。

与把热看作是一种物质不同，英国"实验科学的始祖"弗朗西斯·培根（1561—1626）、哲学家洛克（1632—1704）、胡克、牛顿，法国物理学家阿蒙顿（1663—1705）、笛卡儿，瑞士数学家、物理学家欧拉（1707—1783），俄国科学家罗蒙诺索夫（1711—1765）等，则认为热是一种运动。

虽然少数物质"热缩冷胀"的反常特性和热质是否有重量的问题令热质说难以解释，但是争论的两派都没能拿出说服对方的实验证据。

从热质是否有重量的问题入手，出生在美国的英国物理学家本杰明·汤姆孙（1753—1814）——封爵后称伦福德伯爵（Count Rumford），用当时最精密的天平，测量物质在温度变化前后质量的变化。他把同质量、同温度而不同比热的水和水银放在天平两端称量。由于水的比热比水银大得多，水放出的热量就应该远比水银多。如果热质有重量，降温后水的重量就应该比水银轻得多，可实际上天平始终保持平衡。不过，这个实验虽然否定了关于热质有重量的猜想，但是对热质说还没有构成致命的打击。

**本杰明·汤姆孙**

1797年，伦福德在慕尼黑兵工厂监制大炮炮管的钻孔工作中，发现钻削炮管的时候，在短时间会产生大量的热使温度急剧上升，所以必须不断向钻孔里注水降低温度。他当即表现出"孩子般的喜悦"。

从这个偶然的发现中得到启发后，伦福德做了较精确的实验，并于1798年1月25日在英国皇家学会宣读了一份题为《论摩擦激起的热源》的报告。他写道："由摩擦产生的热的源泉，是不可穷尽的。毋庸赘言，任何与外界隔绝的物体或物体系统，能够无限制地提供出来的东西，绝不可能是具体的物质实体……除了把热看作是'运动'，似乎很难把它看成其他任何东西。"

戴维

伦福德的实验以及建立在这些实验基础上的观点，无疑是对热质说一个有力的打击。因为热质说是建立在"热质守恒"的基础上的，而伦福德的实验证明摩擦不但能生热，而且能产生数量任意多的热；所以，这一发现已经将"热质与燃素一起埋葬在同一个坟墓中"。他的实验被称为"判决性的实验"。

持热质说观点的人却说，给大炮钻孔出现的热来源于化学变化；还说一切物体都被热质的海洋包围，在受到摩擦切割时，金属的比热会变小，热质会从金属里挤压出来，而摩擦切割一旦停止，外界的热质就会被吸进金属和金属屑，造成金属与金属屑的比热仍然相同等等。可见，热的运动说此时并没有取得彻底的胜利。

1799 年，英国化学家戴维（1778—1829）发表了题为《论热、光和光的复合》的论文。他在论文中叙述了一个巧妙而富于独创性的实验：把温度为 –1.7 ℃的两块冰放进抽真空的大玻璃罩内，用一个钟表改成的装置使两块冰相互摩擦，结果冰慢慢融化为水。由于水的比热比冰的大，所以热质和热质守恒被否定了。"热质是不存在的，"他由此断言，"热就是运动。"

伦福德和戴维的实验与论证极具说服力，为以后热质说的彻底溃败与热动说的确立奠定了坚实的基础。此时绝大多数科学家仍然坚持热质说，例如英国著名科学家开尔文（1824—1907）就是如此。连最早表述能量守恒原理的法国物理学家卡诺（1796—1832）开始也信奉热质说，后来才主张热动说。只有英国物理学家托马斯·杨（1773—

1829）在 1807 年出版的《自然哲学和力学技术》一书中，公开批驳热质说。

可见，科学穿过黑暗是多么艰难，先入为主的思想多么有害！

直到 19 世纪中叶能量守恒定律确立后，热动说才见到最后的光明，论战也硝烟散尽。

这场约两个世纪的争论引出了许多重大成果：英国发明家瓦特（1736—1819）改进蒸汽机、法国数学家兼物理学家傅立叶（1768—1830）建立热传导理论，几位不同国度的科学家几乎同时创立能量守恒定律……

当今，科学界公认的热本质是：热是物质运动的一种表现——构成物质的大量微观粒子无规则运动的宏观表现。

# 用什么来"度量"运动
## ——动能与动量之争

对于当今学过中学物理的我们来说，以下概念并不陌生难懂：$mv$ 表示动量，$mv^2/2$ 表示动能。然而，你是否注意，既然两者都是用物体的质量和速度来描述运动的，那为什么形式上又不相同呢，一个能否代替另一个呢？

笛卡儿

这就涉及本故事要讲的历史上关于动量和动能之间断续长达 200 来年的争论。

动量的正确定义是由伽利略首先给出的，他还强调动量是动力学中的一个基本量。

1664 年，法国科学家笛卡儿（1596—1650）出版了《哲学原理》一书。他首先在书的第二章中提出了不完全正确的动量守恒思想：上帝使所有的物质（实际指质量）保持创造出来时所处的方式和运动状态（实际指速率）。虽然他以"上帝"为论证的出发点是错误的，但"运动守恒"的思想却是深刻的；而且把动量定义为质量与速率的乘积，作为运动的基本量度，有一定正确性。

显然笛卡儿的动量守恒原理，不能完全解决两个物体碰撞后的速率问题，而且他的原理还遇到更大的"麻烦"。

这个"麻烦"是，假设两个完全没有弹性的物体相撞后粘在一起，它们原来的质量相等，速度的大小相等、方向在同一直线上而且相反，粘在一起后的速度为零。这完全符合现在的动量守恒原理，但它却意味着笛卡儿意义上的运动量会越来越小，并不符合他的"运动守恒"。除非所有的碰撞都是完全弹性碰撞。

显然还需要另一个守恒原理。

1669年，荷兰物理学家惠更斯（1629—1695）在他的论文《论碰撞下物体的运动》中，由速度是矢量出发，将动量定义为矢量，并写道：两个物体

惠更斯

所具有的动量在碰撞中都可能增加或减少，但它们的量值在减去反方向的动量之后，在同一方向的总和保持不变。所以，动量守恒原理在任何碰撞情况下都成立，只不过加上一个守恒原理——"活力"守恒原理就行。他所说的"活力"是指质量与速度二次方的乘积即 $mv^2$。

此时牛顿也研究了动量，在1687的《原理》中，科学确切地定义了动量。

由于笛卡儿和牛顿的声望，在17世纪的下半叶前期，科学界普遍认为动量是运动的唯一量度。

到了1686年，莱布尼茨就在发表于《学术学报》上的论文《对可纪念的笛卡儿和其他人在确定关于上帝都希望永远保持运动量的守恒的自然定律的错误的简要论证》中，对笛卡儿等的运动的量度提出批判：笛卡儿的量度与伽利略落体定律间有"矛盾"。

为什么有"矛盾"呢？举例来说，把1千克的甲物举高4米和把4千克的乙物举高1米所需的"力"（指现在所说的"功"）是相等的；但由落体定律可以算出，在两物落地时，甲的速度为乙的2倍，显然两者的动量并不相等——笛卡儿的量度与落体定律"矛盾"了。他也和惠更斯一样，以"活力"作为运动量度，认为"活力"是守恒的。

莱布尼茨认为，虽然在比如非弹性碰撞的情况下，"活力"会减少，但它并非不守恒，而是被物体内部的微粒"吸收"了。显然，这

一思想已相当深刻，因为它实际上涉及了能量守恒的问题，已超出机械运动的范围；但它又不否认笛卡儿的量度，在许多场合下（例如杠杆、滑轮等简单机械中）也是适用的。他在 1695 年又把"动力"分为"死力"和"活力"。死力指相对静止的物体间的力，可以用动量来量度；运动的物体则只有用他和惠更斯的"活力"才能量度。

为什么莱布尼茨主张放弃动量而用"活力"作为运动的量度呢？原来，他认为这样就不会出现"矛盾"了。他举例推算如下：把 4 千克的甲物举高 5 米用的"力"与把 1 千克的乙物举高 20 米用的"力"是相等的。让举高后的甲物自由降落到地面时，速度为 10 米 / 秒（取 $g$=10 米 / 秒），乙物则为 20 米 / 秒。显然，按笛卡儿的 $mv$ 量度，是 $4 \times 10 \neq 1 \times 20$；但按他的 $mv^2$ 量度，则有 $4 \times 10^2 = 1 \times 20^2$。就不会出现"矛盾"了。于是他认为应放弃动量而采用"活力"来度量运动。

面对莱布尼茨的批评，笛卡儿并没有放弃原有的看法，而是企图用数学运算把 $mv^2$ 归结为 $mv$，但他没有成功。

这样，关于运动，究竟是用动量来量度，还是用"活力"来量度的争论，就正式开始了。

不少数学家、物理学家等都参加了这一争论：卡特兰、英国的马克劳林（1698—1746）、牛顿的学生和朋友塞缪尔·克拉克（1675—1729，哲学家、牧师）等支持笛卡儿的观点；四位瑞士人雅科布·伯努利（1654—1705）、他的弟弟约翰·伯努利（1667—1748）和约翰·伯努利的儿子丹尼尔·伯努利（1700—1782）、欧拉等，支持莱布尼茨的观点。丹尼尔·伯努利还把他的理论用到流体力学中，建立了著名的丹尼尔·伯努利方程。约翰·伯努利于 1735 年在德国的《学术学报》上发表的论文中，丹尼尔·伯努利在 1738 年出版的《流体动力学》一书中，都认为"活力"总是守恒的。

欧洲两个派别的这场论战持续了半个世纪。

此时，26 岁的法国数学家、物理学家达朗贝尔（1717—

1783），试图对这场争论做"最后的判决"。他于1743年在巴黎发表的《论动力学》的序言中认为，两种量度同样有效。显然，从表面看这是一种"调和"的、模棱两可的态度，会产生消极作用，但实际上他的观点却有一定的价值。其价值在于他明确地认识到，争论的根本原因是由于"力"这个"简单"而常用的名词并没有准确的概念。这一深刻的看法，无疑促进了对"力"的概念的研究，是一剂"清醒剂"。

达朗贝尔

究竟什么是"力"呢？6世纪的亚历山大学者约翰·斐罗波诺斯（John Philoponos）认为，上帝开始就给天体"冲力"——一种不随时间消失的动力。中世纪，在牛津大学，英国经院哲学家威廉（约1285—约1349）也笃信斐罗波诺斯的"冲力"。这位威廉通常被译为威廉·奥卡姆（奥卡姆——Ockham是他的出生地），使他出名的是"奥卡姆原理"即"剃刀原理"："用较少的即可做到，用较多的反而无益。"到了牛顿那里，除了"加速力""惰性力""向心力""压力""阻抗力"等，他的"力""动力"往往可做3种不同的解释——现在所说的力、冲力和冲量。

由此可见，直到牛顿，这"力"的概念也是混乱的，并延续到上述达朗贝尔时期。

当然，达朗贝尔的"最后的判决"也有消极作用，因为他在《论动力学》中还认为，这是一场毫无意义的字面上的争论，是"毫无益处的咬文嚼字的争吵"。显然，他的这些话和前述"调和"的、模棱两可的态度，对当时并没能弄清"力"的准确概念，因而无法进一步搞清两种量度的争论双方来说，无疑相当于裁判的"暂停"手势。然而，这对力学的研究来说，却是一瓢冷水——由于他"最后的判决"，双方科学家们开始缄口不语，使争论沉寂，问题依然没有解决，认识依然混乱，但却无人再有兴趣去探询对两种量度更深刻的理解了。

只有一个例外，在 19 世纪上半叶，以发现著名的"科里奥利力"闻名的法国数学家、物理学家科里奥利（1792—1843），用 $mv^2/2$ 代替原来的 $mv^2$ 之后，才使莱布尼茨的观点得到准确的表述：物体所做的功等于动能的增加。

直到 1875 年，瑞士数学家苏特尔依然认为，只有动量才是运动的量度；而此时法国数学家彭色列（1788—1867）则支持莱布尼茨的观点。1867 年，两位英国物理学家威廉·汤姆孙（1824—1907），即 1890—1895 年任皇家学会会长的开尔文勋爵（Lord Kelvin）与彼得·格斯里·台特（1831—1901）仍然把这两种量度并列在一起。

争论的真正解决是在 100 年后的 19 世纪中叶——能量守恒确立之时。人们从能量转化和守恒的角度，对两种量度的本质有了更深刻的认识。"哪一样也不外行"的恩格斯在 1881 年写的《运动的量度——功》一书中，对这场争论做了科学的分析。他肯定了争论的积极意义，指出阻碍双方搞清问题的关键在于缺乏辩证的思维——"理论家们埋头于计算，变得非常不习惯于思维……"（《自然哲学论》）。问题的关键在于"必须弄清为什么运动会有两种量度"：一句话，"$mv$ 是以机械运动来量度的机械运动；$mv^2$ 是以机械运动转化为一定量的其他形式的运动能力来量度的机械运动"。

到了 20 世纪初，爱因斯坦创立了狭义相对论，它不但揭示了物质存在的时空统一性、运动和物质的统一性、运动和物质不可分，还揭示了两种运动量（动量和能量）的统一，使人们对这两种量度又有了新的认识。就这样，争论得到彻底解决：爱因斯坦在 1948 年的《相对性：相对论的本质》中，把"能量守恒"和"动量守恒"合并成"能量－动量守恒"；动量是"能量－动量矢量"（四

威廉·汤姆孙　　　台特

维动量）的空间分量，而能量则是它的时间分量。

至此，对两种量度的认识已经清楚了。从时间 $t$ 的角度看，运动物体的"功效"随速度 $v$ 变化，导致笛卡儿的"动量" $mv$，并且使力 $f$ 成为原始概念，即 $ft=mv$。确立动量是运动的一种量度，这是笛卡儿的贡献。

从距离 $s$ 的角度看，运动物体的"功效"随速度的二次方变化，导致惠更斯和莱布尼茨的"活力" $mv^2$，并且使功 $W$（$=fs$）成为原始概念，即 $fs=mv^2/2$。指出动量不是运动的唯一量度和挑起这场有益的争论，这是莱布尼茨的贡献。

由此可以看出，双方基本上都是正确的。

有了以上认识，前述 1 千克的甲物和 4 千克的乙物，被举高后出现的"矛盾"，也就迎刃而解了。

不过，笛卡儿将"动量"错误地定义为一个标量，而不是一个矢量，这就使他的原理遇到了前述"麻烦"。莱布尼茨也不完全正确，他错误地用 $mv^2$ 而不是 $mv^2/2$ 来量度。此外，我们知道，一个封闭系统动量和能量是各自守恒的，但动能不一定守恒。这不但可以解释前述"麻烦"和"矛盾"（具体解释留给读者），也和惠更斯、莱布尼茨的"活力"守恒以及拒绝运动也可以由动量来量度直接抵触，这是莱布尼茨等的第二个错误。

这场争论给我们的启发之一是，人们对某一问题认识还不深刻的时候，往往囿于自己的认识范围来否定别人的见解，这时争论就不可避免。这种争论不但有利于对问题认识的深化，而且使人们学会从不同角度更加全面地看问题。

启发之二是，提醒我们不仅要关注对具体问题的认识，而且更重要的是找寻它们的联系，为科学建立一个整体图像。

启发之三是，在今人看来并不复杂的动量和动能竟然研究了 200 年，于是我们可以说，科学的确像一个彳亍前行的孩子，走出昨天的沼泽泥潭，才走到今天的一马平川。

# 是"微粒"还是"波动"
## ——阴极射线是何"物"

一场争论，三大成果，三人得奖，产生两门新分支学科。这不是科幻，而是史实。请听下面的"从头道来"。

19世纪下半叶，物理学家们都乐于摆弄一种真空放电管，研究它发出的"阴极射线"。这场争论就是由它引起的。

1675年，法国天文学家、测量技师让－费利克斯·皮卡德（1620—1682）移动水银气压计时偶然发现，水银气压计玻璃管上方的"真空"（实际有水银蒸气）会出现微弱的亮光。1705年，英国物理学家弗朗西斯·豪克斯比·特·埃尔德尔（Francis Hauksbee the Elder, 1660—1713）——又名弗朗西斯·霍克斯比（Francis Hawksbee）发现，这种微光是水银与玻璃管摩擦生出的电，激发水银蒸气引起的。1800年，伏特发明了伏特电池。这两件事，不但引出物理学家们给玻璃"真空管"（实际有空气）通电，来研究管中辉光的历史——包括牛顿研究可见光谱，而且成为后来发明气体放电灯——例如霓虹灯和汞蒸气灯的基础。

研究较早的是法拉第。1838年，他在真空度不大的管中看到两电极之间的光柱呈红色，红光柱与阴极间有一个"法拉第暗区"。

1854年，原来在德国蒂宾根的吹玻璃工人盖斯勒（1814—1879），在波恩等地建立了物理学和化学仪器工厂，当了"老板"。1855年，他利用"托里拆利真空"原理发明了一种水银真空泵，用它抽掉玻璃管中的绝大部分空气。他的同胞普吕克尔（1801—1868）

把这种玻璃管称为"盖斯勒管"。1858年，普吕克尔用盖斯勒管研究气体放电时发现，在放电管对着阴极的管壁上有绿色荧光。这荧光就是"阴极射线"——由1876年德国物理学家哥尔德斯坦（1850—1930）命名。德国物理学家、化学家希托夫（1824—1914）改进了这种管子的真空度，并在1869年观察到更明显的荧光。

克鲁克斯

那么，阴极射线的本质是什么——是物质还是波，又是什么物质或什么波？

对阴极射线的本质，大致有两派不同的解释。

一是英法派的"负电微粒说"。

1871年，英国物理学家瓦尔莱（1828—1883）根据阴极射线在磁场中偏转的事实，认为阴极射线由带负电的物质微粒组成。

1879年，英国物理学家克鲁克斯（1832—1919），制成了一个真空度达到$10^{-6}$个大气压的"克鲁克斯管"。于是，这类真空管统称"希托夫–克鲁克斯管"。他在真空管的阴极和与它相对的玻璃壁之间，放上了一个用云母片做的"十字架"形小叶轮。通电后，发现玻璃壁上有清晰的"十字架"阴影。他再把一块磁铁移近真空管，阴影就会移动。他还发现这种射线垂直于阴极发出，并且可以使小叶轮转动，有传递动能的性质，具有热效应。于是，克鲁克斯认为阴极射线是由带负电的分子流组成的，称它是"物质第四态"。

1895年，法国科学家佩兰（1870—1942）使阴极射线进入"法拉第电笼"的实验，有力地支持了阴极射线是带负电的粒子流的观点，只不过他认为这种粒子是气体离子。

英国物理学家约瑟夫·约翰·汤姆

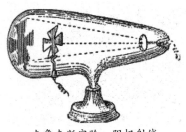

克鲁克斯实验：阴极射线投下的"十字架"形阴影

森（1856—1940）等，也支持负电粒子的观点。

二是德国派的"以太波动说"。

以哥尔德斯坦为代表，从他具有化学效应等的实验出发，认为阴极射线是与紫外线类似的一种波——"以太波"。在他的实验中，阴极做得很大，而在阴阳极之间放置的障碍物又很小，结果发现管壁上出现了障碍物的边缘模糊的阴影。由此，他认为荧光似乎是阴极射线的散射效应。

在德国，除了德国物理学家赫尔曼·鲁德维格·费迪南德·冯·亥姆霍茨（1821—1894），几乎所有科学家（例如韦德曼等）都持这种观点。

德国物理学家勒纳德（1862—1947）通过他的实验认为，阴极射线不是正在飞行中的微粒，而是"以太中的现象"。

德国物理学家亨利希·赫兹（1857—1894）注意到阴极射线可以透过某些金属薄片。这使他想到阴极射线具有类似光透过物质那样的性质，加之一直没能观察到阴极射线的偏转，所以把它看成是"以太的振动"。直到1892年，他还说"阴极射线不可能是粒子"。

德国的物理学家们用电磁辐射理论来解释阴极射线的各种性质。

英法派说，你说是"波"么，那怎么会在磁场中偏转呢？

德国派说，你说是"微粒"么，那怎么会透过某些金属薄片呢？

双方的观点有天壤之别，谁都无法说服谁。

"阴极射线到底是什么？"为了找到有利于自己观点的证据，争论的双方都做了很多有意义的实验。争论持续了二三十年。

在研究阴极射线本质的过程中，有两个别具慧眼的物理学家。一个是德国的伦

勒纳德在赫兹的启发下做的实验：阴极射线能够穿过薄铝片继续在管外空气中行进

琴（1845—1923），另一个是英国的约瑟夫·约翰·汤姆孙。

伦琴

1895 年 11 月 8 日夜，伦琴同往常一样，摆弄着当时物理学家们"乐此不疲"的"希托夫－克鲁克斯管"——他这几个月一直在研究尚存疑窦的阴极射线。突然，他发现离管子约 1 米远的纸板发出了荧光。经过研究，他发现这荧光是由管子发出的某种"东西"，射到该处纸板上的荧光物质引起的。这一偶然发现，最终导致他因发现 X 光而独享首届诺贝尔物理学奖。英国物理学家舒斯特（1851—1934）认为，X 光是波长很短的"以太"横波。

约瑟夫·约翰·汤姆孙早在 1881 年就认识到阴极射线是带负电的微粒——玻璃发光的原因是由于这种微粒以极大的动能冲击玻璃管壁的结果。1897 年，他以巧妙的实验无可辩驳地证明，阴极射线是由带负电的粒子——电子组成的。"电子"这一名字，是爱尔兰物理学家斯托尼（1826—1911），在早于 1897 年的 1891 年为阴极射线微粒取的。电子的发现，结束了关于阴极射线的争论，也使这位汤姆孙独享 1906 年诺贝尔物理学奖。

伦琴发现 X 光的消息，传到法国物理学家贝克勒尔（1852—1908）那里，最终导致他在 1896 年发现了物质的放射性，也在 1903 年到斯德哥尔摩的诺贝尔物理学奖领奖台上与居里夫妇一起"潇洒走一回"（贝克勒尔得到总奖金的一半）。

约瑟夫·约翰·汤姆孙

X 光、放射性、电子是 19 世纪末的"三大发现"，而这三大发现又分别使三人先后荣膺诺贝尔奖桂冠。

这种"巧合"，在物理学史上绝无仅有。三大发现还"打开了原子的大门"，迎来了 20 世纪初物理学的曙光，爆发了两门新分支学科——相对论力学和量子力学的"革命"。

鲜为人知的是，白炽灯、霓虹灯、日光灯、几种抽气机、形形色色的真空器件，都与这场争论或后续研究有关。

它们，都源于一场争论——关于阴极射线的争论，源于一根管子的研究，源于一个电池的发明，源于一条死蛙腿的颤动，源于……

科学研究，产生争论；争论，推动科学研究……

贝克勒尔

科学，就是这样一条万泉河，奔流不已……

科学，就是这样一根接力棒，传递不止……

科学，就是这样一棵常青树，生生不息……

科学，就是这样一块竞技场，拼搏不休……

# 从"以太"到光子

## ——有"无重物质"吗

当时的设想：太阳系就是一个以太场

"上帝先生是微妙的，但它没有恶意。"在美国普林斯顿大学校园里，镌刻着这样一句话。

他是谁，因为什么，在什么时候说的？这得慢慢道来。

我们知道，声音靠物质传播，那光靠什么传播呢？

17世纪中叶，玻意耳把一个玻璃容器内的空气几乎抽光，结果仍然能够看到里面的物体。于是，人们想起了古希腊人那神秘的"轻元素"：宇宙间存在一种未知的、传播光的物质——"以太"。

以太这个词源于希腊文aether，意思是高空。它是古希腊哲学家兼科学家亚里士多德（公元前384—前322）设想的，与构成地球万物的水、土、火、气四种元素不同的一种轻元素，正是它构成了"神灵的世界"。

1644年，笛卡儿首先把以太用于科学，表示一种充满宇宙、做漩涡运动的球形无重物质；它不能被人的感官直接感觉到，但能传递力，对物体产生作用。他还用它解释各种自然现象。以后，胡克、惠更斯等为了解释光的传播和光的波动说，都假设有"光以太"存在。牛顿则认为引力是一种"超距"（即"远距"）作用，不需要以太作媒质，物体之间是"虚空"，根本不存在以太。由于牛顿力学的胜利，一度占统治地位的笛卡儿的以太说出现第一次衰落。

到了18世纪，欧拉认为电的过程都可溯源到以太，光是在以太中传播的；他还认为，电仅仅是以太平衡的一种晃动。

以太说的复兴是在19世纪光的波动说再次崛起之时。此时，物理学被分为研究通常物质和研究以太（称为"以太学"）两大部分。例如，法拉第就建立了电磁的"电以太"（其性质同光以太）模型；而他的同胞开尔文则设想出以太的机械模型，认为以太是有弹性、可压缩、无引力的固体；后来又认为是有塑性、允许重物缓慢通过的蜡状物——他还用蜡和铅弹丸做了这样的模拟实验。英国物理学家麦克斯韦（1831—1879）认为，电磁场会在没有电以太的真空中传播是不可想象的。又如，无线电检波器的发明者、晚年迷信传灵术的英国物理学家洛奇（1851—1940），在1882年写的《关于电的现代看法》一书中就说："以太究竟是什么？我相信，不久就会得到解答"。他还自称已算出以太的密度为 $10^{12}$ 克/厘米$^3$。有人又说以太没有质量，是"无重物质"。

德国物理学家勒纳德（1862—1947）则认为，以太中的现象之一就是阴极射线。

总之，英、德科学家们对以太的研究充满信心——但形形色色的以太模型互不一致，有时甚至相互矛盾。

于是，围绕是否真有以太，如果有，又是怎样一种物质等问题，各方展开了热烈的争论。

在以太的研究中最恼人的是"以太的漂移"问题：地球在以太中运动，两者的相对运动（称为"以太风"）究竟是怎样的？为了搞清以太风，19世纪末物理学家们做过各种各样的实验。

1881年4月，出生在德国（出生地今属波

洛奇

兰）的美国物理学家迈克耳孙（1852—1931）第一次在柏林，后来在波茨坦物理天文观测站做的实验，是其中最著名的精度最高的实验。由于他得出了否定以太风的"零结果"——证明光速在不同惯性系和不同方向上都是相同的，迈克耳孙和其他一些物理学家都很沮丧，但却不甘心。

于是，在英国科学家瑞利（1842—1919）等名家的鼓动下，迈克耳孙同美国化学家莫雷（1838—1923）于1887年7月合作，以高达40亿分之一米的精度重做了这个实验；但他们观测了5天，仍然看不到以太漂移的任何迹象——依然是零结果。这就是彻底否定以太存在的著名的"迈克耳孙－莫雷实验"。由于迈克耳孙对精密光学仪器和用于光谱学和光谱计量学方面的贡献，成为美国第一个荣获（1907年独享）诺贝尔物理学奖的科学家。

面对零结果，虽然有各种不同的解释而引起过激烈的争论，但当时的物理学家们都没能认识到，零结果就意味着以太并不存在。例如，在1896年，荷兰物理学家洛伦兹（1853—1928）就说，原子中就有电子在静态的以太中运动。

其后50年间所做的类似迈克耳孙－莫雷实验的研究，也否定了以太的存在。

1905年和以后发生的事情人所共知——爱因斯坦大胆地否定了以太的存在，创立了狭义相对论与广义相对论（"光速不变"就是原理之一）。

迈克耳孙　　　　　莫雷

1921年4月，爱因斯坦第一次踏上美国的土地，进行两个多月的学术访问。当他得知莫雷等在位于加利福尼亚州的威尔森山天文台（Mount Wilson Observatory）发现了以太"非零漂移"的传闻后，就评论说："上帝先生是微妙的，但它没有恶意。"1925年4月28日，莫雷向美国国家科学院宣布，以太漂移已经确切地建立起来了。后来，美国科学促进会把1000美元奖金颁发给了莫雷。

1932年，美国科学家肯尼迪和桑戴克又设计了一个更精确可信的实验，来测定以太漂移——一个月测定结果，依然是"零"。

看来，"没有恶意"的"上帝"，这次又给莫雷和美国科学促进会开了一个大玩笑——莫雷"冤枉"得了1000美元奖金。

更早被否定的"无重物质"是"燃素"。

"燃素"是人们原来以为存在于可燃物中的物质，可燃物因它而燃烧，但后来证明它纯属子虚乌有。

"热质"是人们原来以为存在于一切物体中的物质，它的多少决定物体的冷热。后来证明它也是水月镜花。

正负两种"电流体"，是人们为了解释电的极性而假设的两种"单纯"流质。虽然这种假设很接近电的本质，但物体中并没有这两种流质。

古希腊人猜想，磁石吸铁是因为磁石里存在一种"有灵魂的物质"。南北两种"磁流体"就是延伸这种猜想的产物。当然，有灵魂的物质是没有的。

至此，18世纪前的7种"无重物质"——以太、燃素、热质、正负两种电流体、南北两种磁流体，全部被否定。

以太说虽然被否定了，但它在科学史上却起过一定的积极作用。例如，虽然当年法拉第建立的电磁以太模型是错误的，但他由此抛弃"远距作用"，提出"近距作用"来研究电磁力，就取得了很大的成功。恩格斯也认为："以太说一方面指出一条道路，去克服关于两种相反的电流体的原始的愚蠢观念，同时……它也使人们有希望弄清楚：什么是电运动的真正物质基础，什么东西的运动引起电现象。"为此，有人把以太称为值得尊重的"失败的英雄"。

在19世纪，法拉第提出了"场"的概念，于是我们有了两种

"东西"：实物和场。那么，场有质量从而也有重量吗？有人认为，实物代表质量，从而也有重量；场没有质量，从而也没有重量，只有能量。也有人认为，场既然有能量，那么根据奥地利物理学家弗里德里希·哈森诺尔（1874—1915）在爱因斯坦之前最早推出的质能方程式 $E=mc^2$，场就应该有质量啊！这一问题至今还没有确定的答案。

此外，科学史上还有几种"神秘物质"也先后被否定。

18 世纪中叶，一些人认为无机物与有机物之间有一道不可逾越的鸿沟，只有生命体中一种叫"生命力"的神秘物质才能把无机物变为有机物，可其后也被否定。

1903 年，法国南希大学的物理学家普罗斯珀·勒内·布伦德洛（1849—1930），突然在法国科学院的年刊上宣布，他发现了由淬火钢等"应变固体"发出的比 X 光穿透力更强、更神奇的射线。为了纪念南希（Nancy）城，他将其命名为"N 光"。据说，N 光可以从一些生物活体发出，有些性能还不遵守电磁学定律，可以用于医学。

据说，还有不少人的仿效实验，也取得了成功，但是，包括英国物理学家开尔文（1824—1907）在内的许多科学家按照布伦德洛的方法进行实验，都没有得到 N 光。

我们知道，运动的光子和中微子都有质量；但光子的静质量为零，那中微子的静质量为零吗？这至今还是一个谜。原来的以太被否定了，"新以太"——一种像以太那样弥漫在宇宙中的物质是否存在？它有没有质量和重量？此外，"场"（重力场、电磁场等）是一种特殊物质，它们有质量和重量吗？这些都是当今的"物理难题"。

自然界究竟有没有无重物质呢？这至今还是一个困惑着无数科学家的谜。

哈森诺尔

# 光是"物"还是"波"
## ——"微粒说"与"波动说"之争

光的本质是什么？这是一个几乎与人类文明同样古老的问题。

早在 2000 多年前，古希腊学者就猜测，光是发光体发出的"粒子"进入眼睛引起的，而这种观点则与当时朴素的"原子"论有关。

约 1500 年，意大利科学家、艺术家达·芬奇（1452—1519）从光的反射和回声有某些相似出发，推测光有波动性质。

对光的本质的科学研究，始于 17 世纪中叶。17 世纪 70 年代，牛顿多次向英国皇家学会提交有关光学的论文，系统地提出了光的"微粒说"。他于 1676 年 2 月 6 日发表在《哲学学报》上的《关于光与颜色的新理论》中就说："光是一群难以想象的细微而迅速运动的大小不同的粒子"，它们被发光体"一个接一个地发射出来"。他的微粒说也常叫"发射说"。

说牛顿是微粒说论者，其实并不全面。他的微粒说观点，既不是贯彻始终，更不是绝对排斥"波动说"。恰好相反，他的思想中包含着一些波动说的要素，而且他对光本质的认识，甚至在某些问题上比当时光的波动说更深刻。

牛顿在他生前的 1704 年、1717 年、1721 年分别出版了《光学》的三个版本。他在此书和他的其他论文中表示，当光线到达"以太"表面的时候，"在其中引起的振动，正像当石块投入水中时会在水面上引起振动一样""正像引起声音的振动来自一击一样"。在解释颜色现象时说，"振动最大的产生最强的颜色红和黄，最小的产生最弱的颜色蓝和紫，中间的产生绿色，而所有这些振动的混合产生白色"。由此可见，他也用波动说解释某些现象。

格里马弟

不但如此，牛顿还用实验几乎发现了光的波动性的重要证据。他在研究意大利物理学家格里马弟（1618—1663）首先发现并命名的"衍射"现象时，将两块剃须刀片的刀口相对，形成单劈形的单缝，以此观察光的"拐折"——衍射现象。事实上他已经观察到光线经过物体边缘时要拐折进入几何阴影区。遗憾的是，他倾向于用光线被"吸引"而拐折来理解，而不是从波动观点来理解。更为严重的是，他没有同往常一样，做更深入的研究，并且"后来也不想做进一步的研究"。可见，牛顿已经走到发现光既具有粒子性，又具有波动性的门口，但却停止了前进的脚步。

那么，牛顿前进的脚步为何会戛然而止呢？重要原因之一是他明显地倾向微粒说，不愿吸收同时代的重要成果。例如前述对拐折现象"不想做进一步研究"，就是他科学研究倾向的实例。原因之二是牛顿没有意识到一些貌似不同的理论，有时只是从不同角度、不同方面阐述了物质的属性和事物之间的联系——他好像摸象的盲人，摸到了象的局部。事实上，微粒说和波动说都是从不同角度片面地阐述了光的本质，两者并不完全相斥。

不过，牛顿还不是微粒说的始祖，因为笛卡儿比他更早地涉及"微粒"的概念。例如，笛卡儿在1637年的《曲光学》中就认为，光是某种类似压力的东西，它从发光物体传向四面八方，颜色是因"以太粒子"转动速率不同引起的。他最早用微粒观点解释光的折射，建立了光的弹性小球模型。当然，他的观点兼有微粒和波动两种特征。

剃须刀片的衍射

与微粒说对立的是光的波动说。被荷兰人视为与大文豪、大哲学家斯宾诺莎（1632—1677）齐名的国宝惠更斯，于1676—1681年住在巴黎。他在1678年和1682年两次向法国科学院提交论文《论光》。他认为光是一种由光源振动发出的机械波，借助以太粒子传播到四面八方，使光的波动说形成了系统的理论。

当然，光是波的观点也不是他首先提出的。1655年，意大利博洛尼亚的耶稣大学教授格里马弟指出，光可像水波绕过障碍物一样绕过物体；在1666年出版的《光的物理数学》中最早提出光是一种波动的观点。此外，英国的胡克在1665年出版的《显微术》中，也认为光是一种波动。

这样，两种不同的学说在17世纪下半叶至18世纪初这几十年内展开了激烈的争论，其中以牛顿和胡克的直接交锋最为激烈。最终谁也没有说服谁，因为双方的理论都各有致命的弱点——例如，波动说不能解释光的直线传播现象，微粒说不能解释两束光相交时互不干扰的现象。

不过，由于英国天文学家布拉德利（1693—1762）在1728年发现的光行差现象用微粒说很容易解释，加上波动说的主要拥护者胡克、惠更斯已去世，更由于牛顿在科学界的崇高威望，所以微粒说首先在英国占了统治地位。因为法国百科全书派的宣传，微粒说后来也在欧洲大陆逐渐占了统治地位。此时的科学界对微粒说，真有点"不是花中偏爱菊，此花开后更无花"的味道，而波动说则好像"日薄西山，气息奄奄"了。

此时，光本性的问题依然没有解决。

"春去春会来，花谢花会再开。"——过了近百年之后，1801年，英国物理学家托马斯·杨（1773—1829）在皇家学会宣读了《关于薄片颜色》的论文，提出了"干涉原理"用以解释牛顿环。其后几年，他还有关

布拉德利

于波动说的深入研究；但当时囿于占统治地位的微粒说，多数人不接受或反对。例如，英国的罗尔德·布鲁厄姆（Lord Brougham）就在《爱丁堡评论》第Ⅱ、Ⅳ期上撰文说，杨的文章"没有称之为实验或发现的东西""没有任何价值""除了阻碍科学的发展，不会有别的效果"，干涉原理"不合逻辑"，是"荒唐"

托马斯·杨

的。杨以一本小册子的形式做出了有力的回答，但无人支持他的观点，小册子"只卖了一册"。

科学再次走进"黑暗"。

托马斯·杨的理论虽然备遭冷落，但仍使平静了近百年的光本质之争"死灰复燃"。此时，提倡波动说的只有美国物理学家富兰克林（1706—1790）和欧拉。欧拉与倡导微粒说的英国化学家普利斯特利（1733—1804），就进行过激烈的争论。

当这种争论持续到1818年时，历史翻开了有趣的一页。这一年，法国科学院举行了一次光学方面的悬赏征文活动。结果，年仅30岁的法国数学家、物理学家菲涅耳（1788—1827）发现了光经过圆盘形障碍物的衍射现象——在屏的圆形阴影中心出现一个"精彩的"亮点！这是光具有波动性的有力证据。

1850年，法国物理学家傅科（1819—1868）测出，光在光密媒质水中的速度大于在光疏媒质空气中的速度，这与微粒说者的预测正好相反，符合波动说的结论。这一当时被称为两种光理论的"判决性实验"，宣告了波动说的彻底胜利。

这样，光的微粒说遭到了毁灭性的打击——这应了一句歌词："红红

解释干涉现象示意：托马斯·杨用于《关于薄片颜色》

的玫瑰，总会枯萎。"此后半个世纪，再也没有人提牛顿的微粒说了。

通过爱因斯坦1905年对光电效应的研究和1909年提出光的波粒二象性学说、1922年康普顿效应的发现，以及紧接着提出的德布罗意波，我们知道光既具有粒子性，又具有波动性。当然，这种粒子已不是牛顿时代的实物粒子，这种波也不是当时认为的机械波了。

科学终于走向光明，走出黑暗。

由于牛顿崇高的科学地位，致使波动说在近百年里几乎销声匿迹。没有了"唱反调"的对立学说，整个光学研究在18世纪几乎停滞了100年！由此可见，享有崇高威信和握有权力的伟人们，应对其也许是"不经意"的言行的影响有足够考虑，以免因失误造成巨大的危害！

傅科

对此，美国天文学家、物理学家、航空先驱兰利（1834—1906）在1888年发表的一篇演说中认为："当时有两个伟人，他们每一个人都在自己的灯光照引下在黑暗中察看。对每一个人来说，在灯光以外的一切都是偶然的。命运注定了牛顿的灯照耀得比他的对手更远……牛顿做出了我们都知道的结论；这个结论不仅对于光是错误的，而且对整个热学理论也产生了有害的结果，因为一旦承认光是物质的，同时如果认为辐射热是光的亲属，那么热必须也看作是物质的。牛顿的影响是如此长久，以致我们将要看到100年以后，赫谢尔的同时代人从赫谢尔的实验中做出了这种奇怪的结论。由此看来，这个不幸的微粒说的影响比我们平常所想象的要更深远得多。"这里提到的赫谢尔，是指出生在德国的英国物理学家、天文学家弗雷德里克·威廉·赫谢尔（1738—1882）。他的实验是，在1800年，用9支温度计分别放在七色光谱区域和它的两旁，从而发现了肉眼看不见的红外线。

可见，牛顿的错误不但导致光学也导致热学走向歧路。

从牛顿在光的本质研究面前的失误可以看出，在科研中带有先入为主的偏见和不能意识到同一事物从不同角度描述并不相斥的时候，即使是伟人，也有可能失误。

牛顿的《光学》第三篇的后一部分中有 31 个问题，其中有对衍射现象的猜测和假定，也有光是波动的可能性的猜测性分析。由此可以看出，晚年更倾向于微粒说的牛顿深深地陷入矛盾和犹豫不决之中，他也无力解决这些矛盾和做出决断。

牛顿累了，应该休息了——把这些研究留给了那个时代造就不出来的、在这个问题上比他更强的后人……

科学，就是这样一场接力赛。

# 物体间作用要通过物质吗

## ——是"近距"还是"远距"

在古希腊时代，曾有一个牧羊老人孤苦伶仃，整年赶着羊群四海为家。他穿着羊皮衣，挂着铁拐杖，从一个地方走到另一个地方——走到地角，走到天涯。

有一天，牧羊老人来到土耳其一个叫麦格纳西亚的地方，赶着羊群在麦格纳西亚的山上艰难地行走着。忽然间，他发觉铁拐杖变得沉重起来，有时铁拐杖像是被什么东西拉住似的。他低头仔细一看，不觉大吃一惊，原来这山上的石头真怪，会"粘"住铁拐杖。好奇之余，他就捡了一些带回希腊。

从此以后，古希腊人才知道磁石这种东西。源于此，直到今天，英语里的磁石，还叫 magnetite（麦格尼特）呢！

可是，为什么磁石会吸引并没有接触它的铁呢？古希腊人不能回答，但是他们猜想，这是因为磁石里存在一种"灵魂"——实际是一种思辨的"远距作用"思想。

像磁石对铁等的吸引，电荷对轻小物品的吸引，异种电荷之间或异名磁极之间的吸引，同种电荷之间或同名磁极之间的排斥，地球对周围物体的吸引，等等，这些作用力是否需要中间物质的传递？对此，科学史上有过截然相反的观点。

"近距作用"或"接触作用"的观点认为，作用力需要中间物质的传递。自古以来把相互接触的物体之间的作用——推拉、压迫、支撑、撞击、摩擦等，看成接触作用或近距作用。近距作用的特点是，作用力是通过媒质逐步传递的。

"超距作用"或"远距作用"的观点认为，作用力不需要中间物质的传递。例如日月星辰之间的引力、磁石对铁的吸引力、带电体之间的相互作用力等。它们之间可以有空气等介质，也可以是"真空"。超距作用的特点是，相隔一定距离的物体之间存在着直接的、瞬时的相互作用，它们之间并不直接接触。

法拉第

显然，这两种观点的对立表现在：近距作用需要中间媒质的传递，自然也需要传递时间；超距作用不需要任何媒质传递，从而也不需要传递时间。这样，两种针锋相对的观点必然引起争论。

对磁石的吸引作用，古人无法给予合理的解释而认为磁石有灵魂。这样一来，超距作用就带有神秘的色彩了。古希腊的自然哲学家们认为，物体之间的作用只有通过接触才能发生。例如，亚里士多德曾提出"自然嫌恶真空"的观点：物体的运动必定有一个"推动者"在不断地和它接触，或是推它，或是拉它——一种近距作用的思想。

1686年，牛顿用万有引力定律成功地解释了星球的运动及潮汐现象。接着，以牛顿为一方，以莱布尼茨、笛卡儿和惠更斯为另一方，围绕万有引力定律产生了争论。争论的问题之一是：万有引力究竟是怎么传递的？由此又引申出了超距作用的问题。

当时，牛顿的引力理论是以原子论为基础的。他持超距作用的观点，用吸引与排斥作用解释了万有引力、化学亲和力、内聚力、"光粒子"的反射和折射、气体的弹性等现象。他在《光学》一书中写道："透明的物质超距地作用于光线，使它折射、反射和弯射，而光线则又超距地激动这些物质的各部分，使它们发热起来；这种超距作用和反作用很像物体之间的一种吸引力。"他还在给英国古典学者、牧师本特利（1662—1742）的一封信中写道："一个物体，可以通过真空超距地作用在另一个物体上，而不需要任何其他的介质，它们的作用和力可以通过真空从一个物体传递到另一个物体。"这样，万有引力定律似乎成了超距作用观点的理论支柱。

当然，牛顿本人对超距作用观点也有一定的保留。他曾在一封信中写道："很难想象没有别种无形的媒介……一个物体可超越距离通过真空对另一个物体起作用。"

莱布尼茨、笛卡儿、惠更斯等则认为宇宙间充满了"以太"，以太围绕天体形成大小、速度和密度都不同的旋涡，带动天体（如太阳）周围的物体（如行星）转动。莱布尼茨指出，原子论的基本观点是原子与虚空，所以引力只能通过虚空而传递，而这种没有介质的引力传递是不合理的。他指责牛顿提出的万有引力不通过介质就从一个物体传到另一个物体，认为引力通过他们主张的介质或以太来传递。

由于 18 世纪初法国的笛卡儿学派在反对超距作用的同时，否定万有引力的存在，这就激起了牛顿的追随者们起来捍卫牛顿学说，反对笛卡儿学派的理论和观念，包括以太在内。

由于万有引力理论的成功，而以太理论没有取得实际进展，超距作用观点就伴随牛顿理论的传播而盛行起来。它从力学领域扩展到物理学的其他领域，在整个 18 世纪和 19 世纪的前半叶，超距作用观点占了统治地位。牛顿及其追随者用它解释万有引力、化学亲和力和内聚力等现象。

经典电磁学理论就建立在超距作用的基础之上。一些在电磁学理论研究中做出重要贡献的物理学家，如法国的库仑（1736—1806）、安培（1775—1836），德国的亥姆霍茨（1821—1894）等，都信奉超距作用的观点。安培构造的理论体系甚至被称为"超距论电动力学"。19 世纪 40 年代，德国物理学家诺埃曼（1798—1895）和韦伯（1804—1891），使安培的这一理论变得更加完善。虽然他们也曾指出过超距作用观点的不足，但微弱的声音被淹没在拥护超距作用的"主旋律"之中。

在物理思想上有独立气质的法拉第却与众不同——根据对电磁现象的实验研究，认为超距作用不能很好地解释实验事实。他对丹麦物理学家奥斯特（1777—1851）发现的"电生磁"现象是这样认识的："磁针的运动……不是任何引力和斥力的结果，而是由于导线中的力的结果。这种力并不吸引或排斥磁极，而是使磁极绕着一个闭合的圆周运动。"由此可以看出法拉第对超距作用的怀疑——超距作用只能是直线式的。

1831 年，法拉第由他发现的"磁生电"现象，提出了"磁力线"即"磁感线"这个新概念，这就进一步否定了超距作用。

1832 年，法拉第通过对电磁感应过程实验现象的思考，意识到磁力线的传播需要时间。他在现存于英国皇家学会档案馆的一封信里写道："磁作用的传播需要时间……而这个时间显然是非常短的。"

1837 年，法拉第提出了"场"的概念：电荷周围有"电场"这种物质，磁体周围有"磁场"这种物质。1852 年，他又引入了"电力线"即"电场线"的概念，设想电力也像磁力一样，是通过"电场"这种物质传播的。

接着，法拉第在 1855 年发表的《论磁哲学的一些观点》中，论述了力线实体性的四个标志：力线的分布可以被物质改变，力线可以独立于物体存在，力线具有传递力的能力，力线的传播需要时间。他在 1857 年发表的《论力的守恒》中，把"热力线""光线""重力线""电力线"和"磁力线"都列入空间力场的范围，指出力或场是独立于物体的另一种物质形态，物体的运动都是场作用的结果。这就彻底否定了"中心力"和以它为基础的超距作用。

所谓"中心力"，是指作用力的方向在电（或磁）荷中心联线上。按照超距作用点，一切远距离的相互作用，都是由"源"发射出的中心力来实现的；这种中心力又必须以两个物体同时存在为前提，如果只有一个物体，一切能量就不存在了。按照法拉第的"场论"观点，空间存在着各种力线，也就存在着能量，只要"拨动"空间力线，作用就会产生。

在超距作用观点占统治地位的情况下，法拉第以物理直观的形式发

麦克斯韦

展起来的近距作用的场论思想，是物理学理论和观念上的重大革命，最终导致麦克斯韦在19世纪60年代实现"电磁综合"而建立电磁场理论。

1887年，赫兹通过实验确认了电磁波的存在，说明电磁作用是以光速传播的，而不是瞬时的超距作用。至此，超距作用的观点在电磁学中就被大多数物理学家所抛弃了。

1905年，爱因斯坦在狭义相对论中指出，真空中的光速是一切物理作用传播速度的极限。这就在整个物理学领域排除了超距作用。1916年，爱因斯坦的广义相对论认为，万有引力也是以光速传播的，这就是引力波。如果探测到引力波，就意味着万有引力作用也不是超距作用。近年来，已有科学家宣布探测到了引力波。

目前，人类认识到的自然界有四种基本的相互作用：引力相互作用、电磁相互作用、弱相互作用和强相互作用。这四种相互作用都是通过场来实现的：万有引力通过引力场交换引力子，电磁作用通过电磁场交换光子，弱相互作用通过中间玻色子场交换 $W^{\pm}$ 和 $Z^0$ 粒子，强相互作用通过胶子场交换胶子。它们都要通过交换粒子才能进行表明，近距作用的观点符合现代物理学理论。

到了20世纪80年代，美国科学家由相对论得到启发，不仅证实了万有引力不是因为超距作用，而且还预言自然界存在至今未被我们发现的第五种力。它真的存在吗？这是一个至今未被解开的谜。

关于近距作用与超距作用的争论历史，实际上就是人类对物体间相互作用机制的探讨过程，它引出了物质的另一种形态——场，引出了麦克斯韦的电磁场理论……

爱因斯坦：没有超距作用！

# 从"反射式"到"折射式"
## ——折射镜色差可消除吗

16、17世纪之交，人们发明了望远镜。从伽利略于1609年用它观察月球和木星等天体得到一系列重大成果以来，天文望远镜就成为天文学家探索宇宙奥秘不可或缺的有力武器。

当时的折射式天文望远镜主要有两种，一种由凸凹各一个透镜组成，叫伽利略式，用它看到的像是正立的；另一种由

现代伽利略式军用望远镜

两个凸透镜组成，叫开普勒式，用它看到的像是倒立的。但是，人们发现，不管是哪种折射式望远镜，都有一个相同的致命的缺点：要产生像差和色差。

什么是像差和色差呢？

对单色光而言，物体通过透镜所成的像变了形（例如点状物变成线状物），这就是像差。像差主要有球差（球面像差）、慧差（彗星像差）、像散、像场弯曲（像面弯曲）、像形畸变。对复色光，还会产生颜色失真或变化，这就是色差。我们这里主要说色差。

那么，色差是怎样产生的呢？

原来，复色光中每种单色光的波长是不同的，因此，每种单色光的折射率就不同，这样，复色光中的这些单色光通过透镜后，就必然"分道扬镳"而呈现五颜六色了——这就是所谓的色散现象。

色散现象的著名研究者是牛顿。1666 年，他用棱镜把太阳白光分解为七色光，又通过另一块倒置的棱镜把它们还原成白光。不过，牛顿还不是最早做色散实验的人。早在牛顿之前的 17 世纪上半期，出生在波希米亚王国，于布拉格辞

牛顿把太阳白光分解为七色光

世的著名医生——捷克斯洛伐克自然科学家约翰内斯·马尔库斯·马尔西·德·克龙兰德（1595—1667），就做过类似的实验，只不过他没有用第二个棱镜将它们还原成白光。

既然复色光通过棱镜或透镜后都会产生色散现象，那么，如果用两种折射率不同的棱镜或透镜来消除色散现象，即从第一个镜"分道扬镳"出来的光，让它再从第二个镜出来之后"志同道合"，不就可以避免色差了么？基于这样的思路，谨慎的牛顿开始了他的实验。

牛顿在一个灌满水（或铅糖溶液）的菱形玻璃缸中，放入一个玻璃棱镜，让光线通过它们，观察光线的折射情况与只用玻璃棱镜时是否发生了变化。他认为，不同的物质（水和玻璃）有不同的折射率，因而折射情况肯定会有变化。这种看法显然是正确的。奇怪的是，尽管牛顿将这一实验多次重复，仍然没有看到折射情况有什么变化。于

克龙兰德

是，谨慎的牛顿由他观察得到的"实验事实"出发，大胆地得到一个普遍的结论：所有不同透明物质对不同色光的折射方式都相同，因而色散情况也相同；不同颜色的光不可能聚焦在同一点。

当时，比利时东部列日省有一个叫卢卡斯（A. Lucas）的耶稣会会员。这位 17—18 世纪的物理学家，也重复了牛顿的前述实验，但由于他用的玻璃与牛顿选用的玻璃品种不同，

结果发现光谱长度不像牛顿所断言的那样是它宽度的 5 倍——仅仅是 3.5 倍。他把这一自己觉得奇怪的结果告诉了牛顿。遗憾的是，牛顿并不去做实验核对，而是对此不屑一顾，因此失去了改正错误的最后机会。于是，有着倔强怪脾气的牛顿不但失去了发现色散率可变性的机会，也失去了发明折射式消色差望远镜的机会。

牛顿献给皇家学会的反射式消色差望远镜

为此，双方展开了激烈的争论。争论双方的观点是：卢卡斯认为，适当的方式可以避免折射光具的色差；牛顿认为，折射光具的色差不可避免——不管你用何种材料和方式制作。

有趣的是，牛顿基于这一错误的结论，却在 1668 年发明了反射式消色差望远镜——长只有大约 6 英寸（1 英寸 = 2.54 厘米）、口径 1 英寸。他还把后来制成的这种望远镜献给了皇家学会，至今还保存在皇家学会的图书馆。牛顿的思路是：光的反射与颜色无关，一切光线的反射角都等于它们的入射角。

不过，第一个设计反射式消色差望远镜的，却是罗马耶稣会会员、天文学家和物理学家尼科罗·祖基（1586—1670）。他在1652—1656 年出版的《视觉哲学实验和理论基础》（*Optica philosophia experimentis et ratione a fundamentis constituta*）一书中描述了他于1616 年做的实验——用曲面镜代替镜头作为望远镜物镜。

祖基

此外，法国数学家、耶稣会会员梅森（1588—1648）和苏格兰天文学家、数学家詹姆斯·格雷戈里（1638—1675）也做出了类似的设计，但是他们的设计都没有完成。

反射式望远镜不但没有色差，而且形状合适的话还可克服球差等像差。由于牛顿的影响和他这种望远镜的成功，许多天文学家都把折射式改为反射式了。

牛顿反射式望远镜的成功，并不能证明他对于"折射式望远镜必然产生色差"的错误认识是正确的——折射式望远镜也可以做得不产生色差。那么，他错在哪里呢？

牛顿的错误在于，他的实验只能说明他用的水和玻璃，对光的折射情况是相同的；不能说明所有透明物质，对光的折射情况都是相同的。牛顿深信："在事实与实验面前没有辩论的道理。"他当时忽略了一个最简单的逻辑常识：若干个事实不能最终确立一个理论——除非这个理论得到严格的逻辑证明。牛顿怎么能只做一种（虽然是多次）实验，就确立一个普遍的理论呢？从方法论上来说，归纳法的局限性在于，它不能囊括所有的现象得出结论。鉴于牛顿在这里使用归纳法的错误，以及他在其他地方也出现过这种错误，有人不恰当地将他贬低为"归纳法的驴子"。

牛顿在这里的错误一方面情有可原——他用的那种玻璃和水的确有很相近的折射率。这仅仅是一种巧合，因为玻璃的折射率视组分不同会有很大的差异。另一方面也不可原谅——以牛顿的化学知识他应该知道，玻璃的折射率视组分不同会有很大的差异。牛顿的主要错误在于他的固执——他对卢卡斯的结果"不屑一顾"。

设想牛顿如果此时谨慎、虚心一点的话，就应该把卢卡斯的实验了解得详细一些，对比一下与自己的实验有何不同，也就会弄清问题出在哪里。不过，也许此时牛顿不屑一顾的原因在于，他正与胡克、伊格纳斯·加斯东·帕迪斯、弗朗西斯·利尼斯等英国物理学家，以及卢卡斯对光的本性进行着激烈的争论，他当然就不会采纳论敌的观点了。可见，牛顿在这里的固执还因为他的偏见——我们知道，"偏见比无知离真理更远"。

那么，怎样避免折射透镜产生色差呢？这一般有两种方法。一是用不同的材料制成两个透镜，并把它们粘在一起。二是用相同的材料制成两个透镜，但让它们之间的距离保持在这两个透镜焦距之和的一半。以上两法可大致消除纵向色差。当然，还有其他方法。

事实上，人眼就是一个折射式透镜，但它并不产生色差。英国数学家戴维·格雷戈里（1661—1708）在1695年就指出过这一点。1747年，欧拉不但指出过这一点，而且还对无色差望远镜有所论述。

不过，欧拉对人眼不产生色差的原因的解释却是错误的。他误认为人眼中有各种不同的液体，它们对光线的折射各不相同，因而在视网膜上产生无色差的像。有趣的是，他却幸运地得出正确的结论：由不同折射率的媒质组成的透镜能产生无色差的像。由此，他还将水夹在两片透镜间制成了一个基本上消除了色差的透镜，但因透镜曲率很大，球面像差也很大。

除了牛顿和欧拉，还有英国天文学家内维尔·马斯基林（1732—1811），也在色差面前闹了笑话。1764年，第四任（1762—1764在任）皇家天文学家纳撒尼尔·布里斯（1700—1764）辞世，马斯基林成为第五任（1765—1811在任）之后，就在格林尼治天文台观测天体。他发现，他观测的结果总是与助手有一个细微的差异。马斯基林认为这个助手观测不得力，就炒了他的鱿鱼，让他"下岗"。马斯基林当时也不知道，他的助手并没有错，而这细微的差异正是折射式望远镜的色差和像差引起的。

对消色差望远镜做出重大贡献的是伦敦的光学家约翰·多朗德（1706—1761）。他的消色差望远镜的透镜由一个冕牌玻璃的凸透镜和一个燧石玻璃的凹透镜组成。

什么是冕牌玻璃呢？"冕"为"皇冠"之意。在17、18世纪，光

马斯基林

布里斯

学玻璃十分昂贵，一副光学玻璃制的眼镜只有皇帝才戴得起。冕牌玻璃的名称由此而来，而首先这样称呼的是意大利人。光学玻璃分为冕牌玻璃和火玻璃（即火石玻璃）两大类共十多种。其中冕牌玻璃又分为轻冕牌、重冕牌、冕牌、钡冕牌和冕火石玻璃等几种，其折射率各不相同。其原料要求纯度高，据不同需要，有的还加入了贵重的稀土元素；一般在坩埚中熔制，特殊的则要在铂（白金）坩埚中熔制，以免混入杂质，所以价格昂贵，透光性极好。

虽然从理论上讲，这种消色差透镜不能完全消除色差，但已将色差减小到可以忽略不计的程度，因此，折射式望远镜又重新受到天文学家们的垂青。多朗德做出这一发明是在 1758 年。当他在这一年把他父子俩的这一发明交给英国皇家学会时，引起了近 90 年前牛顿把反射式望远镜交给皇家学会时那样的世界性轰动。

不过，多朗德既不是消色差望远镜理论的最早提出者，也不是最早的制作者——例如前面欧拉的论述。又如，在多朗德死后，人们才发现，早在 1733 年，英国埃塞克斯就有一个名叫切斯特·莫尔·霍尔（1703—1771）的律师、数学家，就制作过一台消色差望远镜。这里，还有一段有趣的故事呢！

1674 年，英国玻璃制造工匠乔治·雷汶斯克罗夫特（1618—1681），首先制成了一种密度大、耐用、透明度高的含铅玻璃——燧石玻璃即火石玻璃。这一发明使英国在 17、18 世纪居于玻璃制造业的首位。霍尔研究光学是出于业余兴趣爱好。他发现火石玻璃的色散，明显高于普通玻璃窗用的冕牌玻璃，因此，他用火石玻璃做成凹透镜，冕牌玻璃做成凸透镜，拼合在一起就制成了一块消色差的双凸透镜，进而制成消色差望远镜。

霍尔担心，他的设计会被给他磨制镜片的商行泄密，就把以上凹、凸透镜让两家光学商行分别磨制。不幸的是，这两家商行都没时间磨制他需要的这些透镜。更有趣的巧合是，他们都将磨镜工作转包给另外的同一个承包人——乔治·巴斯（George Bass）。巴斯注意到两块透镜都是霍尔需要的，而且其曲率设计得相同，可以拼在一起而成为一个完整的双凸透镜。他磨好后拼合一看，果然是一块消色差透镜。

霍尔的消色差望远镜长 20 英寸，物镜直径 2.5 英寸。虽然他的秘密被传开了，但由于他既非光学专家，也非天文学家，所以他无法有效地宣传他的仪器而默默无闻达半个多世纪；因此，人们通常把消色差透镜的发明权归于多朗德。

不过，这一发明记在多朗德名下并非完全不公。因为他的独立研究取得了消色差透镜的专利权，为消色差概念提供了坚实的基础，还和他的儿子彼得·多朗德（1730—1820）完成了前述消色差折射望远镜的发明。这一发明的重大意义在于，几乎彻底消灭了流行一个多世纪的长镜身望远镜。从消色差折射望远镜发明之时即 1758（或 1759 年）至今，天文学家研究天体时，不是用它就是用反射式望远镜。

自此，"反射式望远镜能消除色差、折射式望远镜不能消除色差"和"两种望远镜都能消除色差"之间的争论宣告结束。

"盘山千条路，共仰一日高。"反射式和折射式消色差望远镜的成功，使我们认识到通往成功和胜利之路有时不止一条。它的一个现代例证是，曾在距今二三十年前"风光无限"（但如今接近被彻底淘汰）的电视机所用的彩色显像管：黑底彩色显像管和非黑底彩色显像管都分别取得了巨大的成功；前者被东芝、索尼等许多公司所采用，而后者却被飞利浦公司坚持使用。

当然，科学家们利用凸凹透镜、凸凹面镜的各种组合，也发明出另外的多种消色差望远镜：詹姆斯·格雷戈里式、卡塞格林式、施密特式……

# "巨人"内耗两败俱伤
## ——牛顿与胡克的"光学争论"

　　去伦敦必去萨默塞特宫（Somerset House）的英国皇家学会（Royal Society），去皇家学会必去皇家学会图书馆。

哈克　　　　约翰·威尔金斯

　　1645年之前，在出生于德国但长期侨居英国的学者西奥多·哈克（1605—1690）、英国医学家约翰·威尔金斯（1614—1672）等的倡导下，包括英国（以下几位都是英国人）医生乔纳森·戈达德（1617—1675）、博物学家和物理学家胡克、天文学家和建筑学家雷恩（1632—1723）、古典政治经济学创始人和统计学家威廉·配第（1623—1687）、化学家罗伯特·玻意耳（1627—1691），解剖学家乔治·恩特（1604—1689）、克里斯托弗·梅里特（1614—1695）、数学家和天文学家塞缪尔·福斯特（？—1652）、数学家约翰·华利斯（1616—1703）、医学家弗朗西斯·格利森（1597—1677）在内的大约12位"年轻的朋友"，每周在伦敦格雷歇姆学院或者各自的住所等地聚会。他们的聚会，自称"哲学学会"或"无形学院"，谈"自然问题"，不谈神学和政治。

　　约1649年，戈达德、华利斯、约翰·威尔金斯等迁居牛津，"哲学学会"一裂为二。牛津这支因为失去许多积极的成员和流动性大，于1690年告终。伦敦这支则越来越发达，华利斯、约翰·威尔金斯、玻意耳、雷恩等也先后来到伦敦。1660年11月在格雷歇姆学院，伦敦这支成立了"促进物理-数学实验知识的学院"——初期的英国皇家学会。1662年，国王威廉·多布森·查理二世（1630—1685）正式批准成立"英国皇家学会"，首任（1660—1662）会长是他的宠臣——政治家、外交官、法官和自然哲学家罗伯特·莫里（1608或1609—1673）爵士。查理二世是苏格兰国王（1649—1685在位），也是英格兰和爱尔兰国王（1660—1685在位）。皇家学会虽然获得了"皇家"的"许可证"，但仅表示获得官方批准，皇室并不出钱——经费主要来自会员会费及捐助。学会的会刊就是《哲学学报》，后来出版的会刊还有《自然科学会报：生物科学》和《自然科学会报：数学、物理与工程科学》等10多种；学会的最高奖赏是科普利奖。

走进英国皇家学会图书馆，你会看到一架望远镜。望远镜上写着："艾萨克·牛顿爵士发明，并1671年亲手制造。"

说起这架望远镜，还引出了牛顿与胡克的几次"笔墨官司"。

1668年，牛顿按1663年英国数学家詹姆斯·格雷戈里（1638—1675）的建议，用自己的方式制成了世界上第一架反射式消色差望远镜。这架望远镜不但突破了反射式望远镜必然有色差的固有屏障，而且仅1英寸直径、6英寸总长、38倍的放大倍数，超过了此前24英寸总长、仅放大十三四倍的折射式望远镜。

英国皇家学会所在地

1671年，牛顿又制成了一架直径2英寸、总长48英寸的反射式消色差望远镜，并于1672年1月11日送到英国皇家学会。当清晰的天体呈现在博学多才的皇家学会会员面前时，大家无不为之倾倒，英国国王也曾一睹风采。接着，就轰动了全世界。牛顿当年也被推举为皇家学会会员。这架望远镜就是前面那个"亲手制造"。

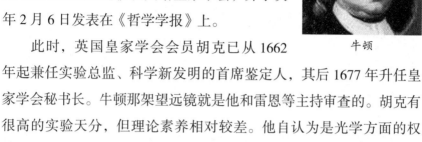

牛顿

牛顿还于 1671 年 12 月把他的论文《关于光与颜色的新理论》提交给皇家学会，并于次年 2 月 6 日发表在《哲学学报》上。

此时，英国皇家学会会员胡克已从 1662 年起兼任实验总监、科学新发明的首席鉴定人，其后 1677 年升任皇家学会秘书长。牛顿那架望远镜就是他和雷恩等主持审查的。胡克有很高的实验天分，但理论素养相对较差。他自认为是光学方面的权威，加之他不同意牛顿关于光的"微粒说"等，就以一种居高临下的态度对待牛顿，对牛顿的论文批评有加。

胡克这种傲慢的态度，当然会使牛顿这样一个年轻的、横绝一世的科学奇才恼怒，更何况这是牛顿第一篇公开发表的科学论文呢！于是牛顿也说胡克的批评指责不但愚蠢，而且不可接受。面对胡克的激烈指责，初出茅庐的牛顿心灰意冷，只好愤然退出皇家学会——离加入还不到一年。

1675 年初，当牛顿访问伦敦听说惠更斯和胡克终于承认他关于光的实验结论时，心情才"阴转晴"。于是向皇家学会提交了第二篇光学论文——《薄膜中的光学现象》，提出了大家熟知的"牛顿环"——一些明暗相间的同心圆环。接着在同一年，牛顿又向皇家学会提交了一篇《关于解释光本性的假设》的论文。接到这篇论文后，胡克四处宣扬，说牛顿抄袭了他的研究成果。牛顿立即进行反驳，说胡克的工作还出自笛卡儿。牛顿还写信给皇家协会秘书长，对胡克表示抗议。

当然，胡克的举动也"事出有因"，不全是"无理取闹"。因为他在 1665 年就出版了《显微术》一书，其中有关于光的颜色、光的本性等方面的论述。

胡克

在双方争执不下的情况下，皇家学会只好出面调解。结果，胡克终于从表面上放下了架子，给牛顿写了一封信。在信中尽管有抚慰和讲和的意思，但他已经习惯了以权威的方式说话，仍然坚持对牛顿的指责，说牛顿充其量只是做了一些细枝末节的工作。这封信自然再次激怒了牛顿，终于引发了他在给英国皇家学会的信中写下的最著名的一段话，大意是："如果我能够比别人看得更远，那是因为我站在巨人的肩上。"

经过这场争论，牛顿曾一度消沉下来，回避了和科学界的几乎一切应酬、交流、往来，一人独处剑桥冥思苦想。他在1675年12月9日给莱布尼茨的信中表达了这种郁闷："我因发表光学说引起争论，感到如此烦恼，以至于我责怪自己离开对我是如此重要的幸福……"

双方争论的是关于颜色的成因等相关的问题。牛顿论文中的见解是：颜色是白光的组成部分，白光可分解为七色光。胡克则认为如他自己推测的那样，颜色是当光脉冲在折射中倾向光线时，光经变化之后才产生的。他说，承认"光是一种物体，会有这么多颜色或等级，这么多种物体会混合在一起成为白色"是困难的。法国天主教神父、科学家伊格纳斯·加斯东·帕迪斯（1636—1673）、英国物理学家弗朗西斯·利尼斯（1595—1675）、比利时耶稣会会员和物理学家卢卡斯（A. Lucas）、荷兰物理学家惠更斯，也站在胡克一边，与牛顿进行争论。

本来，正常的科学争论是有益的，牛顿与胡克等的争论也是如此。双方不断研究、试验，从而使光学研究向前进步。

然而，两人之争也有不可忽略的、巨大的"副作用"。

"副作用"之一是：牛顿和胡克的科学形象严重受损——这不言而喻。

"副作用"之二是：给牛顿和科学研究造成了巨大的伤害。

第一个伤害是，牛顿的身心健康受到了巨大的摧残。牛顿性格内向，不善言辞，同他才能极不相称的是他的鼠肚鸡肠，心胸狭窄，经常对批评神经过敏；而胡克喜好争论，能言善辩，爱和别人争优先权。后来在加利福尼亚的利克天文台工作的英国科学家约翰·福克农，研究了牛顿与胡克争吵的来龙去脉的所有文件后认为，胡克是一个和英国大文豪莎士比亚（1564—1616）笔下的理查德三世酷似的人。加之胡克比牛顿年长七八岁，且在皇家学会当权，这就使在辩理上并不占劣势的牛顿处于下风。在这种情况下，牛顿的身心负担是可想而知的。

不但如此，由此还产生了对牛顿的第二个伤害，那就是使他产生了"一种病态的害怕别人反对的心理"。这是后来出生在印度马德拉斯的英国数学家奥古斯都·德·摩尔根（1806—1871）对牛顿的看法。因此，牛顿的发现未经深思熟虑是不发表的。用他对朋友的话来说："我什么都不想出版，因为这样会使产生分歧的朋友越来越多，而这正是我要避免的。"事实上，虽然心情郁闷的牛顿仍在不断完善他自己的光学理论，但再也没有发表有关光学的论文，直到1703年胡克去世后，他才于1704年出版《光学》一书。

由这场争论可见，科学家的性格、人格、道德品质，对科学家和科学发展来说都至关重要。一个科学家不仅要善于发现自然的奥秘，而且也要善于表达和宣传自己。对于他人的工作，也应当有一个客观的估计。自己的地位、名望越高，越不要目空一切。

科学巨人的争论

# 牛顿与胡克
## ——万有引力定律是谁发现的

剑桥大学植物种植园里的
"牛顿苹果树"

在距伦敦 100 多千米的一个小镇，有所举世闻名的大学，那就是剑桥大学——旧译康桥大学。

1209 年，数百名学生和学者从牛津大学出发，步行 60 英里（1 英里合 1 609.344 米）来到剑桥小镇，剑桥大学当年就由此诞生。

剑桥大学共有 19 所学院。与 1284 年最早成立的彼德豪斯学院相比，三一学院的资历虽然"嫩"了点，但却更"如雷贯耳"——牛顿曾在那里学习和工作。

在三一学院的北门口，种着一株据说是从牛顿家乡移来的苹果树。关于它的说明是，1666 年秋，牛顿在一棵苹果树下被掉下的苹果砸中时产生了灵感——地心具有引力，从而发现了万有引力定律。前一棵树就是后一棵树的后代。

都是后一棵苹果树惹的"祸"：后来，牛顿与胡克（1635—1703）发生了一场不愉快的万有引力定律发现权之争。

牛顿第一次关于万有引力的研究，是在 1665 年 6 月至 1667 年复活节（Easter，每年春分后首次月圆后的头一个星期日）之间发生瘟疫时，他从剑桥回到沃尔斯索普村老家时做的。

但奇怪的是，直到约 20 年后，他才发表了他的万有引力定律。

为什么会推迟，推迟是否与发明权之争有关？我们的话题就从这里开始。

有两种关于推迟原因的解释。

老的解释主要根据牛顿的朋友、医生亨利·彭伯顿（1694—1771）的"权威性"证据，他知道牛顿晚年的生活。彭伯顿做了如下详细叙述："当他独自坐在花园里时，他沉浸在关于重力的思考之中；他发现这种力从地球的中心到……最高的楼顶，甚至是在高山的顶峰，也没有明显的减弱；在他看来，有理由做出这个结论：这个力必定延伸到比我们通常所想的还要远；他自言自语道：为什么不能高达月球呢？如果是这样，月球的运动肯定受到重力的影响；或许它因此有可能保持在它的轨道上。"由此可见，此时牛顿已有了万有引力的概念。

有了万有引力的概念，并不等于发现了万有引力定律。于是，彭伯顿又说，牛顿在 1666 年根据他对地球半径的估计，以及假定纬度 1° 合 60 英里——"这个一般的估计是在地理学家和海员中间使用的"（但真实的值是"约 69.5 英里"），进行计算。结果，牛顿的"计算不符合期望值"——导致根据月球周期和假设的轨道大小所确定的月球加速度，与根据从平方反比定律算出的月球受到的重力所确定的月球加速度，这两个加速度值相差约 15%。于是"他那时停止了对这些问题的任何更深入的思考"。大约在 1684 年，牛顿才得到法国天文学家、测量技师让－费利克斯·皮卡德（1620—1682）关于子午线弧度的更精确的测量值，并且能够证明平方反比定律。

显然，彭伯顿认为，牛顿推迟发表的原因是，当初纬度 1° 合 60 英里的测量值不准，用它计算

尼加拉瓜 1971 年 5 月 15 日发行的纪念万有引力定律的邮票

误差太大，对万有引力定律是否成立没有把握，还是谨慎为好。

后来，这个传说变了：牛顿在以新数据进行计算时是如此激动，以至于他不能算下去，不得不依靠一个朋友的帮助。这个故事第一次出现在英国物理学家、数学家、科学作家约翰·罗比森（1739—1805）于1804年出版的《力学的哲学》第288页中。英国诗人、短

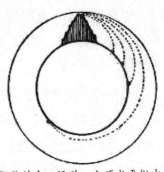

抛体的向心运动：山顶水平抛出的物体在落地前经过的路程，虽随抛射速度递增，但都逃不脱地球对它的引力

篇小说作家、剧作家阿尔弗雷德·诺伊斯（1880—1958）在1922年出版的《天空观察者》一书中，以异常美妙的诗歌形式，生动地叙述了这件事。《天空观察者》是他的鸿篇巨制——科学史诗三部曲《火炬手》的第一部，第二部《地球》和第三部《最后的旅程》，分别在1925年与1930年出版。

剑桥大学的英国天文学家约翰·考祺·亚当斯（1819—1892）和英国数学家格莱舍尔（1848—1928），在1887年牛顿的《原理》发表200周年纪念日的时候，提出了第二种解释。

他们根据的是早期牛顿的手稿——"朴次茅斯收藏"。这手稿包含了牛顿在1666年关于比较重力加速度的理论值和实验值的叙述，"并发现它们的答案相当近似"。牛顿写下来的这句话，跟彭伯顿的论断相矛盾。彭伯顿的"纬度1°合69.5英里"表明，牛顿使用的是每英里为5 280英尺（1英尺约合0.304 8米）的"英国法定英里"。17世纪的英国海员，在1666年以前不是以"60英国法定英里"作为纬度1°的，而是以每英

罗比森

诺伊斯

里只有 5 000 英尺的 60 英里作为纬度 1°的。牛顿如果用的是 60 英里这么短，那他的计算跟实验值就会有 18% 的误差，因此牛顿就不可能"发现它们的答案相当近似"。

亚当斯等认为，牛顿在 1666 年或其后不久，不能得到关于地球大小的相当准确的数值是难以想象的。因为"百慕大十七世纪杰出的天才"（Bermuda's outstanding genius of the seventeenth century）——英国数学家、潜水员、验船师诺伍德（约 1590—1675）关于纬度 1°的测量结果，发表于 1637 年他在伦敦出版的《海员实践》（The Seaman's Practice）一书上。他给出纬度 1°为 69.5 英国法定英里，稍高于后来皮卡德测到的 69.1 英里的值。诺伍德的图在 1666 年以前在许多英国出版物上引用过。荷兰物理学家斯涅尔（1580—1626）在 1617 年的测量值为 66.67 英国法定英里——这个比较精确的结果，被英国数学家冈特（1581—1626）用在他的《函数尺和直角仪的说明》书中。这本书正是牛顿在 1666 年买到的那本《冈特的书和函数尺》。斯涅尔的值被引用到德国地理学家伯恩哈德·瓦伦尼乌斯（1622—1650）的《地理学》中，牛顿在 1672 年置备了这本书的一种版本。

既然有了地球参数的准确值，并由此得到"相当近似"的"答案"，那牛顿就可以公布自己的万有引力定律了。然而，牛顿为什么会推迟公布呢？

亚当斯指出，对牛顿在他的《原理》发表之前的那几年间的通信考察表明，牛顿关于数据的验证在 1666 年已相当完美了（正如牛顿自己的叙述所表明的那样），但是牛顿还不能决定球体对球外某点的吸引是怎样的，因为此时他的微积分并不完善。他给同胞哈雷（1656—1742）的信就表明，他还没有想到地球的吸引恰如它的质量全部集中在中心点一样，因此，他不能断言，假定的引力定律会被各种数据所证实。直到 1685 年初他才证明了两个球体之间的吸引力和假定每一个球的质量都集中在各自的中心点是相同的，才确定了万有引力定律。格莱舍尔说："牛顿一经证明了这个精妙的定律——从牛顿自己的话中，我们知道在他没有用数学证明这个定律之前，他丝毫没有料到有这样美妙的结果——宇宙的全部奥妙就立刻展现在他的面前。"

由此可见，第二种解释认为，当初牛顿因为微积分不完善，不能用数学证明球体在吸引时质量可全部集中在质心，从而不能肯定万有引力定律会被各种数据所证实。

关于牛顿推迟发表万有引力定律的"彭伯顿解释"必须否定。第二种解释虽然在一些方面还没有完全说明这个伟大发现的过程，但前后的解释却是连贯的。

牛顿确定万有引力定律之后，哈雷就看出了它的重要性，力劝他写成一本书。于是牛顿约从1685年复活节开始，间断花了18个月写成了巨著《原理》。

由于牛顿的"推迟"，在他要出版《原理》时，却来了个料想不到的"一波三折"。

起初，皇家学会准备将牛顿的这些成果，发表在《哲学学报》上，但在研究了前几个部分之后，却决定出资把它印成书。皇家学会正处在长期的经济困难之中，缺乏足够的钱出这本书。于是，哈雷就自己出钱让牛顿出书，尽管那时他也囊中羞涩。哈雷不仅鼓励牛顿继续完成他的研究，而且还不断帮助做这部著作出版的准备工作——包括收集必要的天文资料，校订清样，指出文中含混之处，安排印刷和插图。此外，他还在《哲学学报》上发表评论宣传这本书的重要性。

然而，这本书的出版却被推迟了。这一方面是因为印刷厂出差错，另一方面也是由于必须面对胡克的要求：他声称他是万有引力定律的第一个发现者，而且牛顿的一系列研究全都是由他发起的。最后只好达成一个妥协：在书中插入一段声明，指出胡克也是万有引力定律的独立发现者之一。这样，克服了一切困难之后，《原理》终于才于1687年7月以拉丁文出版。

那胡克有什么理由要与牛顿争万有引力定律的发现权呢？这得从头说起。

大约在 1677 年，牛顿同英国数学家、天文学家、当时最负盛名的著名建筑师——后来的英国皇家学会第三任会长（1680—1682 在任）克里斯托弗·雷恩（1632—1723），以及多恩（Donne）讨论引力问题，专门提到了平方反比定律。1678 年任皇家学会秘书的胡克给他的一

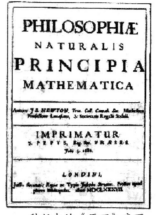

一种版本的《原理》扉页

封信，使牛顿从 1679 年末又重新回到这个问题上来。胡克在信中建议，"将沿切向的顺行和朝向中心天体的吸引运动这两种行星运动合成起来"，征求牛顿对这一见解的意见。牛顿在回信中说，他提出一个证明地球绕自己的轴自转的事例——高处坠落的物体落地时会偏东。胡克于 1680 年初写信给牛顿说，他已做成了这个实验；于是他建议牛顿确定在一个按平方反比定律变化的规律中研究运动的问题。牛顿没有答复这封信，但受到这封信的激励，就重新进行他的计算，由于应用了皮卡德的新地球数值，才得到精确的结果。

正是这个时候，牛顿也解决了胡克的问题——在符合平方反比定律的力作用下的轨道，是一个以吸引体为一个焦点的椭圆。接着牛顿又进一步证明，围绕处在一个焦点的一个力的中心的椭圆轨道，必然意味着力的平方反比定律。

不过，在获得这些重要成果之后，牛顿于 1686 年写信告诉哈雷，说他"由于忙于其他研究，把这些计算搁置了 5 年之久"。然而，在 1684 年 1 月，哈雷同雷恩和胡克在伦敦谈起了此事：像牛顿一样，哈雷在此前也推导出了平方反比定律，但是他未能走得更远；雷恩也推导出过平方反比定律；胡克却说他已根据定律对行星运动做出了完全的解释。雷恩出了一笔"奖金"——一本 40 先令的书，看他的两个朋友谁能在两个月之内拿出这样的解释。哈雷没能做到，而

胡克则为他没能拿出解释找到了一个借口，且此后再也没能拿出来。

哈雷

同年8月，哈雷在访问剑桥时从牛顿那里获悉，牛顿已经成功解决了这个问题，但牛顿把他的论文丢失了。不过他根据记忆重新做了计算，把它们连同他进一步研究的结果——《论运动》和《论物体的运动》于1684年11月一起寄给哈雷。哈雷几乎就立即再访剑桥，研读了牛顿研究的手稿，哈雷当时正用它们作为那年讲学的基本内容。他要牛顿把研究继续下去，并让牛顿答应以后将成果寄给皇家学会登记备案，以确立优先权。

由此看来，争论可以结束了：牛顿是万有引力定律的唯一发现者，虽然胡克也进行了有益的探索；《原理》中关于胡克也是该定律的独立发现者之一，不过是牛顿为了避免与胡克——此时已任皇家学会会长的矛盾，使其能顺利出版的一个妥协之举。

雷恩

1688年和1693年，胡克又在皇家学会重提平方反比定律是他首先发现的问题。牛顿当时患神经官能症，病体康复后他声明说，他早在1665—1666年就已经发现平方反比定律了。如果牛顿没有撒谎的话，可以看出他对上述妥协之举和胡克的不满加无奈。

科学有时就是这样，既要历经沧海，又要跨越桑田。

# "上帝不做空事"
## ——最小作用原理是谁发现的

18 世纪，法国出了两位天才：法国启蒙运动最著名的代表、哲学家、思想家、历史学家、文学家、戏剧家伏尔泰（1694—1778），物理学家、数学家和生物学家莫佩都（1698—1759）。不

伏尔泰　　　　莫佩都

幸的是，两人却因关于最小作用原理的争斗而大大损坏了自己的形象，从而留下了永恒的遗憾。

应普鲁士国王（1740—1786 在位）腓特烈二世（1712—1786）之邀，莫佩都在 1746 年 3 月 3 日正式就任柏林科学院院长。同年 4 月 15 日，莫佩都提交给法国科学院的一篇论文《运动规律研究》，载于当年的《论文汇编》中。他在论文中从力学观点出发，把"作用"定义为"质量、速度和所经距离的乘积的积分"，提出了最小作用原理，并用它证明了他此前并不相信的折射定律。

不料《运动规律研究》发表之后，出生在瑞士的德国数学家约翰·塞缪尔·柯尼希（1712—1757）——也在科学院工作的莫佩都的好友，就撰文提出反驳意见，说莱布尼茨和瑞士数学家雅格布·赫尔曼（1678—1733）在一次通信中早就提出了这一原理；但碍于情面，柯尼希在文中既没有提到莫佩都的名字，也没有明指他剽窃；甚至出

雅格布·赫尔曼

于友谊，柯尼希还事前把论文交给莫佩都审阅。

当时莫佩都没有在意，复函表示论文可以发表；但在论文发表后，他突然认为柯尼希的论文似乎有弦外之音——影射他的工作有剽窃之嫌。于是，莫佩都认为这有损于他的面子，非要向柯尼希讨个说法不可。他指控柯尼希引用的莱布尼茨的信件不可靠，要柯尼希提供信的原件。柯尼希向科学院提供了信件副本，说原件在一个名叫亨泽（Henzi）的瑞士人手中。但事有凑巧，亨泽因叛国罪已被处决，而另一个当事人雅格布·赫尔曼早已在10多年前的1733年死去。这样，这场"笔墨官司"就无"实据"可查了。

到了1752年4月，柏林科学院宣布柯尼希提供的莱布尼茨的手稿纯属伪造；6月，得罪了莫佩都的柯尼希被赶出了柏林科学院。

这一事件并没有完结。作为莫佩都的朋友和下级的伏尔泰，要出来为柯尼希打抱不平，更要和这位院长较量一番。他认为柯尼希是莫佩都学术专制独裁的牺牲品。于是，他在1752年9月撰文抨击莫佩都，说他不但剽窃，而且依仗权势专制独裁，迫害反对者，严重丧失科学道德。

看着朋友一个接一个向自己挑战，莫佩都难堪难过，只好借酒浇愁并一病不起，无法继续应战。

此时腓特烈二世进退两难，一方是他1750年从巴黎特邀来柏林担任王室高级侍从的伏尔泰，一方是他钟爱的科学院院长莫佩都。他只好匿名发表文章，亲自为莫佩都辩护，对伏尔泰进行反击。当然，此时的争论已经超出科学范围，扩大到人身和政治的范畴了。

伏尔泰当然不敢和国王直接对抗，但他并没有善罢甘休、偃旗息鼓，而是采用自己擅长的冷嘲热讽的方式再战。他在一本叫《亚卡吉亚博士》的小册子中，嘲讽莫佩都《关于科学的进步》一书中的一些科学思想和科学设想。例如，该书中讨论的一个家族中的多趾现象，就被他嘲讽为不学无术和自以为是；又如，莫佩都根据自己从1736—1737年率队去北极拉普兰地区，做实地考察后做出的北极探险和科学设想，也被伏尔泰挖苦为痴人说梦和无稽之谈。

以伏尔泰雄辩的天才和嘲讽的语言技巧，尽管莫佩都有国王做后盾，还是败下阵来——以疗养为名离开柏林去了外地。

不过，伏尔泰也没有打胜仗。他在《亚卡吉亚博士》中的矛头指向了当时学术和政治上的专制独裁，这当然就惹怒了国王。当国王看到这本书的时候，对伏尔泰蔑视自己权威的行为怒不可遏，立即传训伏尔泰，强令他销毁所有的书，并警告他如再折腾，将被监禁，但伏尔泰却不肯让步。无奈，国王只得下令在全国焚毁这本书——1754年12月24日，在柏林公共广场上将查获的书付之一炬。莫佩都因重病缠身不能到场庆祝"胜利"，国王还专门差人为他送去一些焚书的纸灰，以表示"慰问"。

由于"最高权力"的介入，使一场科学争论蒙上了悲壮的政治色彩，而是非曲直并没有分辨出来。

伏尔泰自知不是国王的对手，他也采取了和莫佩都同样的逃避之路——1753年3月26日凄凉地离开了柏林，辗转于斯特拉斯堡、科尔马等地，最后于1758年在法国和瑞士的交界处一个名为费尔奈的村庄落户。

比起争斗后被迫逃避，但其后仍有1/4世纪辉煌的伏尔泰，莫佩都的命运要悲惨得多。1754年春，排除了干扰的国王要莫佩都返回柏林，但他因病情严重，行期一拖再拖。直到1756年5月，莫佩都才取道瑞士返回法国，但他还没到法国，就于1759年7月27日死在途中，就地埋葬在瑞士北部多尔纳赫小镇。

这场因最小作用原理优先权引出的争斗，结果是一场悲剧。莫佩都和他的好友伏尔泰反目成仇并两败俱伤。特别是莫佩都损失更大，不但学术上未能再创辉煌，而且身体也备受摧残，以致客死他乡。国王则失去了一位科学家和一位哲学家，还在"开明君主"的脸上给自己抹上了一笔专横的油彩。

那么，作为好友的莫佩都和伏尔泰，为什么在为柯尼希的争论中反目成仇呢？这还另有原因。

夏特莱侯爵夫人

原来，莫佩都因为才华出众，不但事业有成，而且个人生活也浪漫传奇。他年轻时曾是巴黎的风流人物和人们注意的焦点，许多贵妇人因为爱莫佩都而热爱科学，常排队等候他为她们上课。不少上层社会的妇女与他有书信往来，伏尔泰的情妇——物理学家、数学家和哲学家夏特莱侯爵夫人（1706—1749）就是其中引人注目的一个。她后来终于改换门庭，成为莫佩都的情妇。伏尔泰对此当然耿耿于怀，最终因前述争斗而反目成仇。

在这次两败俱伤的争斗中，莫佩都的人格、性格缺陷也是造成悲剧的重要原因。

莫佩都出生在富裕的贵族家庭，天资聪颖的他自幼受母亲娇惯，养成了自大骄傲、任性不拘、脾气暴躁、心胸狭窄等缺点，前述争斗显然与这些缺点密切相关。举例来说，即使莱布尼茨的原始手稿找到了，也不会对莫佩都关于最小作用原理的发现权产生影响——科学史上由两人或多人各自独立大致同时做出同一发现的事例并不鲜见，但都分别得到了公认。

事实上，17世纪中叶，法国"业余数学之王"费马在研究自然现象后，也提出了最小作用原理。他认为，大自然各种现象的发生，都只消耗最低限度的能量。他用它说明蜂房眼的形状在省蜡方面优于其他形状；还用它出色地得出光的折射定律，只有当光在两种不同介质的速度之比，与入射角的正弦和折射角的正弦之比相等时，介质的总阻力才最小——或者说光从空间一点到另一点，总会走最短的路。

瑞士数学家欧拉于1743年初也得出这一原理的某些结论，并记载于次年秋发表的关于变分法的一本书中。

换句话说，如果莫佩都没有这些缺陷，而是表现得有雅量和对名誉淡泊一点的话，这场争斗是可以避免的。

国王、伏尔泰、莫佩都的这场争斗告诉我们，由于人格、性格的缺陷，会使自己和科学蒙受多么巨大的损失！和谐安定的社会环境、科学环境才会使人类更加进步，才会使天才更加光芒四射。

其后，最小作用原理又有发展。法国数学家拉格朗日（1736—1813）也给出了一个关于最小作用原理的令人满意的描述；而在1834—1835年间，英国数学家、物理学家哈密顿（1805—1865）在论文《动力学的一般方法》中，则用"哈密顿原理"将它覆盖。

拉格朗日　　　　哈密顿

# 是"生物电"还是"金属电"

## ——争论中诞生伏特电池

伽伐尼

1780年的一天，意大利博洛尼亚大学的医生和生物学教授伽伐尼（1737—1798）偶然发现，手术刀碰着死青蛙腿的时候，死蛙腿突然剧烈地痉挛抽动。

经过一系列的实验研究之后，伽伐尼得出蛙腿中有"神经电流"即"生物电"的结论。于是他在1791年发表了论文《论肌肉运动中的电力》。文中说："我们以为动物本身就有电这种看法是正确的。因为我假定在紧缩现象发生时，有一种很细的神经电流体从神经流到肌肉中去，就像莱顿瓶中的电流一样。"

"生物电"的发现引起了极大的轰动，因为此前人们只知道电有两种来源。一种是人工起电的方式——用摩擦起电机或直接摩擦给莱顿瓶充电；另一种则是天上的"雷公""电母"。现在又有一种新的电能，于是意大利掀起了一股研究"生物电"的热潮，随之热遍西方世界。

在众多研究者中有一个伽伐尼的同胞——伏特（1745—1827），他出生在意大利科莫小镇。这位勤奋的电学家，因1775年发明的起电盘曾获英国皇家学会著名的科普利奖（1794年），并在从1779年起以后的25年里任帕维亚大学物理学讲座教授。当他读到伽伐尼于1791年发表并于当年给他寄来的那篇论文后，也开始了研究。

开始，伏特也接受伽伐尼的观点，并赞赏这是一项具有划时代意义的发现；但随着研究的深入，在新的实验事实面前，伏特产生了不同的看法。

伏特用两块同种金属板接触蛙腿，蛙腿并不抽动。用一块锡箔和一块金箔（或银箔）夹着舌头并用导线连接时，舌头就感到一股特别的酸味。他做这两个实验，是受此前的发现的启发。1750 年，德国人祖耳策尔曾发表过一个有趣的实验报告，说把两块不同的金属板——例如金币和银币抵着舌头，并用金属线连接的话，舌头就有一股苦味。还说用两块相同的金属板时就没有这种现象。伏特还发现，如果金属丝的一端与眼睛接触，眼睛就有光亮的感觉。

这一系列的实验使伏特得出结论：电不但能使肌肉颤动，还会影响视觉和味觉神经，金属导线或金属杆就像莱顿瓶放电时所起的作用一样——仅仅起放电作用；蛙腿的颤动或舌头、眼睛的感觉不是生物电引起的，而是两种不同的金属产生的，是"金属电"作用的结果。

1793 年 12 月，伏特在一封信中，公开提出了反对伽伐尼生物电的观点，主张用金属电或"接触电"来代替生物电。于是一场激烈的争论开始了。

以伏特为一方的物理学家、化学家，把电流产生的原因归结为不同金属的接触；以伽伐尼为首的另一方的生物学家、解剖学家们则归因于生物体内有生物电。

以在人的尸体上做电流实验闻名的意大利物理学家——伽伐尼的侄儿乔瓦尼·阿尔迪尼（1762—1834），曾在博洛尼亚大学组织了"伽伐尼学会"，目的是与帕维亚大学的"伏特学会"抗衡。论战双方互不相让。

伽伐尼支持者中最杰出的是德国科学家弗里德里希·威兼·海因里希·亚历山大·冯·洪堡（1769—1859），伏特支持者中最杰出的是库

伏特

仑（1736—1806）等法国物理学家。

据说，阿尔迪尼这一派中的伐里（E. Valli）曾在一次实验表演中用手代替伽伐尼实验中的导线，取得了相同的效果。伽伐尼也提出电鳗不需与任何金属接触也能放电。这似乎打击了伏特的理论。他们还挖苦伏特说："仅用一先令就能产生如此多的电来使蛙腿运动，这可能吗？"

对此，伏特仍然坚持他的"金属电"理论，他通过用各种不同的金属搭配，研究了他们互相接触时产生的电的情况，终于在 1797 年确定了一个金属接触的序列。这个序列是：铝、锌、铅、锡、铬、镉、锑、铋、汞、铁、铜 银、金、铂、钯、石墨（非金属）……这就是著名的"伏特序列"。他指出，只要按照这个序列的顺序，将排在前面的金属，同后面的任何一种物质接触在一起，排在前面的那种金属就带正电，排在后面的物质就带负电；序列中前面的金属距离后面的物质越远，带电就越多。

伏特还发现，如果将不同的几种金属串联起来，其总的电位差只与首尾两端的物质的性质有关，而与中间的金属的种类无关。

伏特于 1799 年做出了一个十分重要的发明"伏特（打）电堆（池）"，他把两种金属片与浸透盐水的纸或皮革接触，再将两种金属连接起来，就产生了电流。伏特为了尊重伽伐尼的先驱性工作，把这种装置取名为"伽伐尼电池"——所以，以他们两人姓氏命名的电池实际上是一回事。他发现，当把许多这种装置——串联起来时，就会得到很强的电流。它就是当今各种化学电池之祖。

在这些实验事实面前，这场国际性的争论延续近十年之后，终以伽伐尼宣布撤回他的结论而告一段落。

不过，伽伐尼不放过对偶然现象的研究，才促使伏特发明电池，值得学习。而他认为蛙

阿尔迪尼

伏特电池

腿抽动是生物电的失误则情有可原——大自然往往披上神秘的面纱，而不"显山露水"。伏特深入的研究更值得我们思考、仿效。

这场争论没有失败者——我们对像伽伐尼、伏特这样的先贤唯存敬意。

这场争论不但推动了电学的研究，还成为神经电生理学的起点。甚至在伽伐尼去世几十年后，意大利物理学家麦特西（1811—1865）还在研究。他的测量表明，动物体内确有电流。经过1848年德国生理学家杜布瓦雷蒙（1818—1896）的精确测量之后，生物电的存在得到了公认。

伽伐尼的生物电被否定了，但自然界的生物电的确存在。古罗马帝国在2 000多年前就曾流行着一种治头痛、痛风的方法：医生把病人放在潮湿的沙滩上，让带电的"黑色大鱼"放电治疗。包括电鳐、电鳐、电鳗、电鲶、长颌鱼、瞻星鱼等在内的大约500种电鱼已被发现。其中巨形电鳐能产生50安60伏，功率达3 000瓦的电能；而南美的电鳗，则能发出达886伏的电压。

除了鱼类，人类（肌、脑、心电图就是其应用）、其他动物（如军舰鸟和蝾螈）、植物（如含羞草、向日葵、捕蝇草、蚕豆）、菌类都有生物电。生物学家甚至认为生物的每一个细胞都是一台微型发电机。

现在的生物电，被分为"损伤电""动作电"和"薄膜电"三类，而它们的产生机理还是科学家们继续研究的课题。早期的研究始于19世纪。1860年，德国物理学家、生理学家亥姆霍茨成功地测出青蛙兴奋过程的速度与神经上电流传导的速度，都是27～28米/秒。世界上首先在科学文献中报道幻觉的人——德国生理学家、语言学家鲁迪马尔·赫尔曼（1838—1914）在1879年提出的"变质说"，被1902年德国生理学家、神经生物学家朱利叶斯·伯恩斯坦（1839—1917）的"薄膜说"取代之后，英国的两位科学家艾伦·霍奇金（1914—1998）和安德鲁·赫克斯利（1917—2012），在1947年又用"钠离子说"将其发展。这个艾伦·霍奇金，是英国女科学家、1964年独享诺贝尔化学奖的霍奇金夫人（1910—1994）的丈夫——托马斯·霍奇金的堂兄。艾伦·霍奇金和英国的赫克斯利（1917—1998）还因此共享1963年诺贝尔生理学或医学奖的一半奖金，第三位获奖者是澳大利亚的埃尔克斯（1903—1997）。

到了20世纪70年代，"钠离子说"又发展为"膜离子说"。"膜离子说"认为，生物细胞的主要"发电机"在它的膜上，细胞膜中有一个"钠钾泵"——一种被称为Na-K-ATP酶的物质，它能使细胞内多余的钠离子自动排到细胞外，也能将细胞外的钾离子押回细胞内；生物电由此而生。

艾伦·霍奇金　安德鲁·赫克斯利

# 伏特电池为何生电
## ——"化学说"与"接触说"之争

1800 年 11 月 20 日，巴黎科学院演讲大厅座无虚席。一个年近六旬的学者端坐讲台，正准备讲演。突然，一位法国军官登台走到他面前，说有人要见他。当他惴惴不安地随军官走进休息室的时候，一个矮个子的将军立

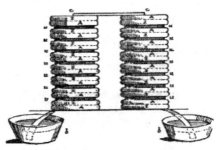

伏特电池：化学能转变成电能

即向他立正敬礼。他定睛一看，被惊呆了——向他敬礼的竟是大名鼎鼎的法国皇帝（1799—1815 在位）拿破仑（1769—1821）。

他是谁？为什么万人之上的拿破仑要对他如此毕恭毕敬？这得从 8 个月前说起。

1800 年 3 月 20 日，伏特写信把电池的发明告诉了英国皇家学会会长约瑟夫·班克斯（1743—1820）爵士，班克斯不久就将这封信发表在英国皇家学会《哲学会报》上。

"我向各位报告的这种仪器，无疑会使你们感到惊奇。"伏特在信中写道，"它是用一些不同的导体按一定顺序排列起来的装置，用 30 片、40 片、60 片或更多的铜片，最好是银片，将它们中的每一片与一片锡片（最好是锌片）接触，片与片之间充一层水或比水导电性能更好的盐水等，或者是填上一层用这些液体浸透的硬纸板或皮革……就能产生相当多的电荷。"

这就是一种可以提供不可衰降的电能的装置——伏特电池。

伏特电池把化学能转变成电能，是一项成为其后形形色色电池起点的伟大发明，当即显示出强大的威力。英国物理学家尼科尔森（1753—1815）是《自然哲学、化学和工艺》杂志的主编。他在班克斯那里看到伏特的来信后，6个星期内就和卡里斯尔（1768—1840）爵士制成了英国的第一个伏特电池，并用它在5月2日电解了水。此前人们都是用莱顿瓶放电来电解水的，例如皮尔生（Pearson）此前几年就是这样做的：他放电14 600次，才得到5.5立方厘米的氧气和氢气。俄国物理学家、发明家彼德罗夫（1761—1834）教授，则在1802年用2 100个伏特电池（总长13米）制成了弧光灯，初步实现了英国化学家戴维（1778—1829）同年阐明的"人造电光源"的设想，成为人类用电光源照明的起点。

伏特发明电池以后，受到了极大的关注和称赞，于是拿破仑就邀请他赴巴黎讲演。这样，就有了前面的一幕。

伏特当众做了电池电解水的实验。在一片喝彩声中，拿破仑大声宣布："您为科学事业做出了伟大的业绩。我宣布，授予您侯爵称号，任命您为意大利王国的上议员。"拿破仑还将一枚纯金奖章和6 000法郎的奖金颁发给了伏特。

此外，拿破仑还设立了"伽伐尼电奖金"，表彰像伏特这样做出重要电学贡献的人。

卵形陶罐（剖面）与它内部的化学电池模拟

不过，也有说法称伏特仅仅是电池发明史上留名的第一人，而不是电池的最早发明者。相传1936年6月，铁路建筑工人在巴格达附近的帕提安人（Parthians）遗址偶然挖开一座安息时期（约公元前250—约公元250）的古墓时，发现了一个高80厘米的简陋卵形陶罐，它至今仍保存在巴格达的伊拉克国立博物馆中。伦敦科学博物馆的物理学家沃尔特·温顿访问时，认定这是一只化学电池；而伊拉克博物馆实验室主任——揭开上述陶罐奥秘的德国考古学家威廉·柯尼希（Wilhelm Konig）在1938年则语出惊人："这种巴格达电池当时是用来给物品电镀金属用的。"他的依据是：陶罐内套着一个高约12厘米、底面半径约2.5厘米的薄铜片做成的圆柱体，圆柱体内插着一根和铜片绝缘的11厘米长的铁棒，在陶罐内注入酸性或碱性液体之后，就有电池的功能——几个这样的电池串联，足以使电铃发声、点亮电灯、驱动小电动车。聪明的巴格达银器制造商早在古老的"埃及艳后"克利奥帕特拉（约公元前70或前69—约前30）时代，就已开始利用电池为首饰镀金了。

伏特的成就获得了世人的赞誉，也使他在与伽伐尼的争论中处于上风；但他把电流产生的原因归结为不同金属接触的观点，却引出了又一轮争论。

伏特的"接触说"认为，每一种金属都含有"电流体"，其"张力"各不相同，电流体从张力高处向低处流动，形成电流，金属之间"湿的东西"只起导体的作用；伏特电池的动力源于两种不同金属的接触。他的主要论据是，不同金属的起电顺序与金属接触生电的电压秩序基本上是一致的。

德国包括欧姆（1789—1854）、费希纳（1801—1887）、波根多夫（1796—1877）、普法夫（1773—1852）在内的物理学家、化学家，都支持伏特的"接触说"。

意大利的法布隆尼（1752—1822）、英格兰的沃拉斯顿（1766—1828）和法拉第（1791—1867）、德国的里特尔（1776或1777—1810）和奥斯特瓦尔德（1853—1932）、巴黎的贝克勒尔（1788—1878）、日内瓦的德·拉·里夫（1801—1873）等，却都反对接触说。他们认为伏特电池的电流来自化学作用——这称为"化学说"。例如法拉第和奥斯特瓦尔德就认为，电池的供电必须有金属－溶液界面上伴随的化学反应，不然就不可能产生电流。法拉第的电解定律提供了电量与化学反应量之间的定量关系，成了化学说无可辩驳的事实根据。法拉第明确地说："化学作用就是电，电就是化学作用。"当前述尼科尔森和卡里斯尔用电池电解水得到氢和氧之后，就认为电池内也应有类似的化学反应。1887年，瑞典化学家阿仑尼乌斯（1859—1972）提出了电离理论。这一系列研究都支持了化学说，把电解看成是伽伐尼电流产生的原因，电池中仅仅发生了能量的转化。

英国化学家戴维（1778—1829）和瑞典化学家贝采利乌斯（1779—1848）起初主张化学说，但在他们重复了伏特所做的金属接触产生电压的实验之后，又转而支持接触说。

显然，根据能量守恒定律，仅靠金属接触是不能产生持续电流的，能量转换发生在电池内部，但电动势仍然可以源于金属的接触点上。

其后，根据德国化学家能斯特（1864—1941）在1889年一篇论文的研究，电动势的根源和化学现象的根源是一致的。不过有关问题直到20世纪三四十年代才解决——现代化学理论给出了圆满的答案。

由于伏特电池有因极化作用导致电流很快减小的缺点，所以一些新电池相继诞生。例如，法国的贝克勒尔，英国的丹尼尔（1790—1845）、威廉·罗伯特·格罗夫（1811—1896）、阿尔弗雷德·斯米（1818—1877）、乔赛亚·拉蒂默·克拉克（1822—1898），德国的罗伯特·威廉·本生（1811—1899）等科学家，各自发明了林林总总的电池，其中克拉克电池曾被当作国际电动势的标准，并且颁发了制备它的方法的官方说明书。

当今，琳琅满目的各类电池——不仅仅是化学电池，已与我们形影不离。

# 物质无限可分吗
## ——有没有"宇宙之石"

卡米勒·弗拉马利翁

"你以为一切都发现了吗？那真是绝顶的荒谬；这无异把有限的天边，当作那世界的尽头。"

100多年以前，著名的法国天文学家、优秀科普作家和诗人卡米勒·弗拉马利翁（1842—1925）写下了这首诗。它让我们知道，虽然走到了"基本粒子"的"天边"，却没有到达物质世界的"尽头"。

一两百亿年以前，一声"大爆炸"把万物抛向四方，形成了群星璀璨的宇宙。

现在的问题是：千差万别的宇宙万物是怎样构成的——它们都有共同的"宇宙之石"吗？

2 000多年前的古希腊哲学家留基伯（约公元前500—前440）和他的学生德谟克里特（约公元前460—约前370）做出了回答：万物由原子组成，原子不可分——"原子"（atom）一词本身，就意味着不能（a）"分割"（tem ō）。

后来，罗马诗人卢克莱修的诗歌《物性论》，就这样阐述过这两位希腊人的观点："物体或者物质要素，都是由原始粒子组成；虽有雷霆万钧，也不可能将它破坏。"

大致同时，以中国春秋战国时期的思想家墨翟（约公元前468—

查德威克

前 376）为创始人的墨家学派，也提出了物质由不能再分的"端"组成的思想。这里"端"与"原子"的概念相似。接着，中国哲学家惠施（约公元前 370—约前 310）又以"小一"代替"端"，也支持物质分割到一定限度后不可再分的观点："至大无外，谓之大一；至小无内，谓之小一。"

仅仅过了几十年，中国春秋战国时期的思想家公孙龙（约公元前 320—前 250）却不同意这些看法。他的"一尺之棰，日取其半，万世不竭"的观点，被当代一些人奉为经典，称为"原始的极限思想"。

1803 年，英国化学家道尔顿（1766—1844）的原子论也认为，原子不可再分。英国科学家法拉第（1791—1867）开始也相信这一观点，但后来却转而相信意大利数学家波斯科维奇（1711—1787）的原子论——原子是一种数学上的点，其间的距离影响引力或斥力的大小。此外，俄国化学家门捷列夫（1834—1907）在电子发现之后，还认为原子不可分割。他曾说，承认电子存在不但"没有多大用处""反而只会使事情复杂化""丝毫不能澄清事实"。

认为原子不可分的观点，在 1897 年被打破：英国物理学家约瑟夫·约翰·汤姆孙（1856—1940）发现了电子——组成原子的微粒之一。于是他被称为"分裂原子的人"。从此，"分裂原子"成为世纪之交最振奋人心的口号。随着两位英国物理学家把原子核的"黑箱"打开——1919 年卢瑟福（1871—1937）和 1932 年查德威克（1891—1974）分别发现质子和中子，原子结构开始"真相大白"：它由核外电子和原子核组成，而组成原子核的则是质子和中子。

这时，一些科学家沉不住气了。例如，爱丁顿就错误地认为，质子、中子和电子这三种"基本粒子"已是人们对物质世界的最后知识。他还用了 10 年时间去建立他的"终极理论"——"算出"

宇宙中共有多少这三种"基本粒子"。类似，德国物理学家海森堡（1901—1976）则提出了"非线性旋量场论"——"非线性旋量物"没有内部结构，是构成宇宙万物的"最小砖石"，"追问'基本粒子'的组成问题没有意义"。当然，他们最后都以失败告终。

那么，质子、中子和电子还可以再分吗？更进一步问，至今为止人们发现的300多种"基本粒子"还可以再分吗？

答案有三种。

第一种，"没有意义"论。如前述海森堡的观点。

第二种，"无限可分"论。例如，俄国－苏联革命家列宁（1870—1924）就持这种论点。他在20世纪初预言："电子和原子一样，也是不可穷尽的。"

一些中国学者也持这种论点。据说，当1966年中国物理学家们发现"基本粒子"的"层子模型"时，就是考虑到物质结构有无穷的层次才定名"层子"二字的。

第三种，有条件的"不能无限可分"论。中国学者王德奎（1945—　）在《三旋理论初探》一书中认为，如果物质微粒以他的"类圈体"取象，就定量地结束了粒子结构单元是无限可分的预言或猜测。他新颖的看法，为我们打开了广阔的视野。

不管哪一种答案，都要面临这样的事实：至今谁也没能把电子分开——它仍然是当今科学界的、属于"轻子"类的"基本粒子"之一。于是，中国著名学者艾小白（1943—　）在1997年第5期《自然》杂志上，就把"电子有无结构"列为当今97个"物理难题"中的第82个。同时提出的第76个、第83个问题分别是"存在第四代基本粒子吗？"和"光子有无结构？"

现在，人们把基本粒子归为四类：重子（如其中的"核子"——即质子和中子）、介子（如π介子）、轻子（如电子）、光

有"基本粒子"吗？

子。这些基本粒子究竟还可不可以再分？这依然是一个谜。

看来，上面的第一个问题——"基本粒子"是否无限可分，至今没有定论。

还有第二个问题——物质是否无限可分？

难道"'基本粒子'是否无限可分"和"物质是否无限可分"是两个问题么？

有可能。

例如，王德奎先生还认为，大多数人把物质微粒的几何形状的区别忽略了——他的物质微粒以"类圈体"取象，因而分不清"物质无限可分"和"粒子无限可分"是不对等的。

这样，"物质是否无限可分"的问题，也就不可能有定论了。

古人认为原子是"最小微粒"，已"不可再分"的观点已经被证明为荒唐至极。正是："刘郎已恨蓬山远，更隔蓬山一万重。"

据说，辩证唯物主义认为，"物质是无限可分的"。对这一观点，我们必须持非常谨慎的态度。任何思辨的理论，都是"没背的椅子——靠不住"的。科学的预言必须要有科学事实来支撑。事实证明了原子可分，并不等于"基本粒子"无限可分，也不等于物质无限可分。

基本粒子是否可以再分，物质是否无限可分，必须"用事实说话"。此时，我们想起了西班牙哲学家、历史学家米桂尔·德·乌那莫诺（1864—1936）的话："理性的最大胜利是怀疑它自身的合理性。"轻易用思辨建立理论或预言事实，将再次"更隔蓬山一万重"。

| 名称 | | 粒子 | 反粒子 |
|---|---|---|---|
| 重子 | Ω超子 | Ω | Ω̄ |
| | Ξ超子 | Ξ⁰ Ξ⁻ | Ξ̄⁰ Ξ̄⁺ |
| | Σ超子 | Σ⁺ Σ⁰ Σ⁻ | Σ̄⁻ Σ̄⁰ Σ̄⁺ |
| | Λ超子 | Λ | Λ̄ |
| | 核子(质子和中子) | p n | n̄ p̄ |
| 介子 | K介子 | K⁺ K⁰ | K̄⁰ K⁻ |
| | η介子 | η | |
| | π介子 | π⁺ π⁰ | π⁻ |
| 轻子 | μ介子 | μ⁻ | μ⁺ |
| | 电子 | e⁻ | e⁺ |
| | 中微子 | νₑ νμ | ν̄ₑ ν̄μ |
| 光子 | | | γ |

已发现的"基本粒子"

86

# "交流"好还是"直流"好

## ——特斯拉挑战爱迪生

2006年12月19日，从中央电视台播送了一条好消息：在当天，从云南到广东的800千伏直流输电工程已经在开始输电，送电功率达到500万千瓦。而此前10天的12月9日，中国当时功率最大的直流输电工程——从三峡到上海的500千伏直流输电工程，已经正式投产。

爱迪生

我们不是发、输、用的交流电么，怎么又用直流输电呢？这还得从100多年前的一场争论说起。

"先生，有何贵干？"1884年6月的一天，大忙人爱迪生正放下电话，冲着手下一个工头喊"把漏电的地方修好"的时候，忽然发现了一个高高的黑色人影正在他的办公室里徘徊，他这样问。

来者是接着成为他近一年合作者和后来成为"冤家"的另一位大发明家——特斯拉（1856—1943）。特斯拉拿出查尔斯·巴切罗的介绍信递给爱迪生。爱迪生在改进第一台贝尔电话机时，英国工程师巴切罗是法国一家电厂的经理。他告诉特斯拉，美国"花香草壮，金银遍地"。

爱迪生看了信之后，特斯拉建议他采用自己的交流供电系统。可爱迪生却怒气冲冲地说："住嘴，收起你的废话！这种东西太危险，我们美国搞直流电搞定了。"这时爱迪生的直流供电系统如日中天，哪里听得进特斯拉的话呢！

特斯拉

这样，爱迪生就按自己的需要，安排特斯拉干修理发电机的工作。其后，特斯拉不但成了爱迪生的得力助手，还加班加点为爱迪生完成了24台发电机的改造工作。但后来因爱迪生没有如约兑现给5万美元奖金的承诺，于是特斯拉"拿起他的圆顶礼帽阔步跨出了房门"。

特斯拉离开爱迪生后，积极为自己的生计和"交流电"奔波，终于在1885年5月遇到了另一位美国大发明家、企业家威斯汀豪斯（1846—1914）。他是全球著名的威斯汀豪斯公司即西屋公司的创始人，很早就主张用交流电实现美国电气化。在研究了特斯拉的交流供电系统后，他认为前途远大，于是有了两人后来的合作。

当爱迪生听到特斯拉与威斯汀豪斯就交流电系统进行合作、交易的消息之后，不禁怒火中烧——这对他的直流供电系统构成了很大的威胁。于是，他在门洛帕克的宣传机器，就连珠炮似的抛出一批批危言耸听的"炮弹"，进行一系列的活动，大肆宣传交流电的种种危险——即使交流电引发的危险实在找不出来，也要人为制造。于是有了下面的"怪事"。

在新泽西州奥林奇爱迪生新建的巨大实验室附近的人家，经常发现他们的宠物丢失。原来，爱迪生叫小学生为他抓猫、狗，每只约25美分。他要在为报界新闻记者举办的星期六示范表演会上用交流电将这些猫、狗电死，以证明交流电"危险"。

威斯汀豪斯

在爱迪生用交流电电死好些猫狗、甚至小牛做了巡回表演之后的1889年6月4日，美国纽约州政府正式采用交流电制作的"电椅"作为处决工具。于是，纽约州监狱当局宣布，要第一次用电椅处死一个死刑杀人犯。1890年

8月6日，威廉·弗朗西斯·坎姆勒（1860—1890）成了第一个被这样处死的犯人。以前在小动物身上做的电刑这次不灵了——坎姆勒被电得半死，于是吓人的程序只得重复。记者说，这是"一种可怖的景象""要比绞刑可怕得多"。

监狱之所以要用电椅行刑，是爱迪生派他的助手——自学成才的电气工程师、发明家哈罗德·皮特尼·布朗（1857—1944）"到监狱跑了一趟"的结果。这一年，爱迪生还用交流电电死了一头大象。爱迪生企图疏通奥尔巴尼的议员们通过一项法律，限制电压不得超过800伏。这真是一箭双雕：交流电远距离输电要提高电压才能发挥出效率高的优点，电压低就发挥不出来；直流电难以升高电压的缺点又不会显现出来。议员们并没有买他的账，因为威斯汀豪斯进行了反击，他扬言要控告爱迪生公司以及他人在纽约州法律掩盖下从事的阴谋活动。

就在爱迪生千方百计企图扼杀交流供电的同时，世界各地在"悄悄地"、更多地使用交流电。例如，1888年，英国就建成一个大型交流发电站——多福烈火电站，它把10千伏交流电送到7英里（1英里合1 609.344米）之外的伦敦市变电站，降到2 500伏后用第二级降压器降为100伏供用户使用。交流电越来越受到人们的欢迎。

爱迪生的生意越来越糟，公司每况愈下，经费拮据……1892年2月17日，美国《电气工程师》杂志宣告，爱迪生电气公司和汤姆孙－休斯敦公司合并，成立董事长是柯菲恩的通用电器公司。

交流电的一次决定性胜利，是在1893年的历史上第一次电气交易会——芝加哥举办的哥伦比亚博览会（芝加哥世界交易会）上。这次庆祝哥伦布发现美洲大陆400周年（实际晚了1年）的活动，要办成一个"明天的世界"、一座"白色都城"。

哈罗德·皮特尼·布朗

威斯汀豪斯再也找不到比这更好的展示交流电优点的机会了。他终于赢得了胜利：安装博览会所有的动力和照明设备——其中 25 万个灯泡，全部采用他的交流供电系统。1893 年 5 月 1 日，美国历史上唯一间断担任两届（1885—1889 和 1893—1897 在任）总统的克利夫兰（1837—1908），亲自用象牙和黄金制成的钥匙打开电门。刹那间，由 1 000 盏电灯组成的"光明之塔"光芒四射，探照灯以五颜六色的灯光和喷泉交相辉映。专门修建的威尼斯式河道反照出"旧世界"建筑物上明晃晃的现代灯泡，展厅内 9 万盏电灯有如"城里的月光"，电气架空列车如天上的游龙……从 5 月到 10 月，有 2 500 万即全美国约 1/3 的人来参观了这个博览会……

交流电的又一次决定性胜利，是在尼亚加拉瀑布。支持直流供电的英国物理学家开尔文（1824—1907），被任命为始建于 1891 年的尼亚加拉瀑布电站的国际委员会主席。设这个委员会的目的是为了选择治理这个瀑布的最好方案。从尼亚加拉瀑布到法布罗的输电和配电系统，最后还是采用了特斯拉的三相交流电系统。坚持直流供电系统的爱迪生和开尔文再次遭到惨败。从此，直流供电系统日落西山。

后来，出生在德国的美国工程师和数学家斯泰因梅茨（1865—1923），在坚实的数学基础上创立了交流电理论，使交流电成为整个配电系统的主要输电方式——今天，90% 都用三相交流电。

那为什么直流输电会惨败于交流输电呢？这是由于直流输电在当时有许多致命的缺点。

克利夫兰

首先，直流电不能高效率、远距离输电。要高效率、远距离输电，就必须采用高压输电；而高压输电的方法有用变压器升压和用多台发电机串联发电两种，由于后一种方法对交、直流电的效果都有限，所以前一种成了唯一的选择。"不幸"的是，变压器只能升高（或降低）交流电，不能升高（或降低）稳恒直流电，所以，直流输电效率低，距离一般被限制在几千米以内，每隔1千米多就要安一台发电机。例如，1882年爱迪生用110伏直流输电3千米，效率仅约25%。

其次，交流电动机不能用直流电，而直流电动机却可用交流电。如在直流供电系统中用直流电动机，则它与交流电动机相比有许多缺点——它的电刷易磨损，要经常更换，而交流电动机则没有这类易磨损的部件。交流电动机不能用直流电，而直流电动机却可用交流电；因为人们发明了一种可以用交流电驱动直流电动机的装置——"转动变流机"，它可将交流变为直流。这样，原有的直流电设备也不会因使用交流电而浪费，还可继续使用。

最后，直流发电机的功率难以提高，而交流发电机的功率却可提得很高。

由上可见，在当时的技术条件下，交流电系统远优于直流电。于是从19世纪末叶开始，交流输电逐渐占主导地位。

爱迪生的惨败为我们提供了许多教训。

首先，不遵守优胜劣汰的客观规律，是爱迪生失败的最主要、最根本的原因。企图借助于不公平竞争来扼杀交流电也无济于事。

其次，是什么原因使爱迪生不能客观地权衡两种输电方式的利弊呢？

第一个原因是他贪婪的物欲。

第二个原因是他不注意自身素质的提高。由于爱迪生文化水平、理论素质不高，所以他的成功主要是靠"99%的汗水"和集体的智慧。如果既有"99%的汗水"，又有很高的文化、理论素质，那爱迪生的成就会大得多。这些素质不高的短处，使他的许多试验、研究带有一些盲目性。对此，特斯拉对他的"经验拖网法"曾逗乐说："如果让爱迪生在一大堆稻草里去找一根针，他一定立刻像一只蜜蜂那样——不辞辛苦地一根稻草一根稻草地翻看，直到找到这根针为止。我就亲眼看到他是这么干的。其实……只要懂得一点点理论，稍微计算一下，他就可以省去90%的劳动。"但爱迪生对自己素质不高却不以为意。他曾傲慢地表示，他不必学数学，因为他随时都可用钱雇来一批数学家。这种低下的素质，使他历经10多年也没能认识到交流电的优点而最终惨败。

第三个原因是，他在思维方式上因循守旧、固执己见。有人坦率地批评爱迪生说："1879年的爱迪生曾是位胆大智谋的创新家，但是到了1889年却变成了一名因循守旧的顽固派了。"

直流输电在19世纪末叶遭到交流输电的致命打击而衰落之后，人们对它的探索并没有停止。例如，为了提高输电电压，人们把多台直流发电机串联起来发电，曾在1912年达到过10万伏，输送功率达1.5万千瓦的规模。后来，人们又逐渐发现了直流输电比交流输电具有更多的优点——而直流输电的缺点却可以得到克服。

那么，直流输电又有哪些地方优于交流输电呢?

①输送相同功率的直流电比交流电更省导线。这是因为交流电有"集肤效应"（交流电多在导线表面流动），而直流电没有。两种输电法在输送相同功率时，导线横截面积之比约1.33∶1，即交流输电多用约1/3的电线。加上交流输电用3或4根导线，直流输电只用两根导线，横截面积之比为（1.5～2）∶1。以上两笔账一算，直流输电大约可以省一半的电线；还可使高耸入云的输电铁塔的结构得到简化，压缩高压线走廊，节约大量的铁塔材料、空间和土地。

②相同的导线，交流输电的损耗比直流输电损耗大。这是因为导线对交流不仅有电阻，还有感抗和容抗，而对直流则只有电阻。这样，在输送相同功率时，如果用相同横截面的导线，交流的损耗要大于直流。更糟糕的是，在输送大功率电能时，如果导线横截面超过95平方毫米，对50赫兹的交流电而言，感抗的数值会超过电阻的数值——这就导致了输电损耗的增加。

③直流输电还可用大地和海水做回路，这时电阻比导线还小，更减少了电能损耗；而交流电不能这样做，因为这会使三相系统的对称

性发生畸变，人畜还有触电的危险。

④交流电不适于用电缆输送，而直流电则适于。输电线如果经过海峡或城市房屋密集地区，架空线输电方式将会受到很大的限制，这时不得不采用成本更高的水下或地下电缆。"不幸"的是，电缆内的金属输电线会和与它绝缘的水或大地之间形成电容。这个电容会随着输电线的增长而加大。电容对直流不起作用，但却能对交流起旁路作用而白白损耗电能。据估算，一条 200 千伏的水下电缆，每千米长的电容约 0.2 微法。这样，如果输电缆长度超过 50 千米，交流电几乎输送不到终端，使交流输电变得毫无意义。直流输电用电缆时就不存在这一问题。

⑤交流电并网即联网困难，直流电容易。

⑥直流电比交流电稳定。

⑦直流电可用于各种不同电网的联结，交流电只能用于特定条件的发电机或电网的联结。

⑧直流输电电缆与和它绝缘的海水或大地之间形成的电容，没有充放电的问题，因而电缆的介质即绝缘层不易老化、寿命长；交流输电电缆则存在不断充放电问题，因而绝缘层易老化而损坏。交流输电一般不用于远距离水底或地下电缆。英法海峡、新西兰、意大利至撒丁岛的电缆都用直流输电。

⑨直流输电的技术问题（换流器、换流变压器、控制调节保护装置等）已经随着科技的发展得到了很好的解决。

这样，直流输电的东山再起就成为历史的必然。

高压直流输电技术（HVDC）是 1929 年瑞典的阿西亚（AEA）公司首创的，这被认为是直流输电东山再起的里程碑。1954 年，AEA 公司在瑞典本土和哥特兰岛之间，铺设了长 96 千米的世界上第一条工业直流输电线。这条海底电缆输电电压 100 千伏，电流 200安，功率为 2 万千瓦，成为 HVDC 崛起的重要标志。

1962 年，苏联建成从伏尔加格勒至顿巴斯长 470 千米，输电容量为 172 万千瓦的 400 千伏超高压直流输电网。1972 年，加拿大也建成高压直流输电网。接着，莫桑比克至南非长 141 千米，输电容量为 192 万千瓦的 583 千伏超高压直流输电网也宣告建成。中国于 1977 年在上海建成 31 千伏的直流输电试验电路；1985 年，葛洲坝至上海长 1 080 千米的 500 千伏超高压电路也用直流输电。到了 1988 年，巴西和巴拉圭合建在巴拉那河上的伊泰普水电站建成，它采用 600 千伏的直流输电，容量为（630×2）万千瓦。举世瞩目的三峡输电工程竣工后，中国成为世界第一的直流输电国家。

直流输电的东山再起并没能够淘汰交流输电。因为目前换流设备还存在着制造困难、价格高昂等问题，所以，两种输电方式将会并驾齐驱若干年。事实上，2011 年 3 月通过国家验收的中国晋东南—南阳—荆门线路，就采用了特高压（当时世界上运行最高的 1 000 千伏）交流输电。

不管交流还是直流输电，都要导线，这显然是不方便的，有时甚至是不可能的（例如从地球与太空间的输电），于是无线输电就提上了科研日程。1994 年，日本就设计了一个名为"SPS2000"的太空发电卫星向地面输电的计划。这个卫星在地球赤道上空 1 100 千米高的近地轨道上运行。卫星上面的太阳能电池把太阳能转化为电能，用微波向地面输送，地面接收设施则将接收的微波转变为电力，可输出 1 万千瓦的电力。此外，美国、俄罗斯也在 1997 年秋分别用航天飞机和宇宙飞船进行了类似的试验，以探求太空发电和无线输电的可行性。如果试验成功，无线输电将具有广阔的前景，到时太空和地球间的输电，向沙漠、偏僻

中国首台 ±800 kV 特高压换流变压器

山区、孤岛输电将不再会有困难。

直流输电东山再起的史实可以给我们许多有益的启示。

首先，绝对好和绝对坏的事物并不存在——也许，"各领风骚数百年"就是这么来的吧。

其次，事物的优与劣、好和坏可以互相转化，科学技术的发展带来新技术的应用和观念的转变。电学、电子学的发展解决了换流器等问题，于是处于劣势的直流输电又有了新优势。

# 从马可尼到波波夫
## ——谁是"无线电之父"

　　1930年3月26日，澳大利亚悉尼市的万家灯火突然在一瞬间亮了起来。是谁，在哪里控制着它们的开关？

　　停泊在2.2万千米之遥的直布罗陀海峡的"埃莱塔"号试验船上，有一位意大利人——古格利尔莫·马可尼（1874—1937）侯爵。他从容不迫地按下电钮，接着就是轰动世界的"悉尼一亮"……

　　"以往，人们只有大喊大叫才能让百码以外的人听见；现在，我们的一声轻语都能让全世界各地的人听到。"约翰·布鲁克在《电话，第一个世纪》一书中描述的情景，也许古代那些想象力丰富的、创作"顺风耳"神话的作者也清楚——这仅仅是梦想。

马可尼在2.2万千米外按下电钮

　　实现这一梦想的是无线电：无线电话、无线电广播、无线电通信……可以从地球上任何一个地方把信息传到地球上任何一个角落。不相信吗？掏出你的手机，来一次"全球定位"吧……

　　那么，"无线电"是谁发明的呢？

　　许多国家普遍认为，马可尼是无线电的发明者。理由是：马可尼把无线电通信推向实用阶段；而且，他首先于1896年6月2日在英国取得了无线电发明的专利权。

马可尼的确为发明无线电做出过巨大的贡献。

1894年，马可尼楼上的无线电试验装置就使楼下的电铃响了起来。1895年夏，他已能将信号从住房发射到花园的接收机上，此后，他又把传送距离扩大到2.7千米。

初步成功和经费紧缺促使他写信向意大利邮电部求助，但没有得到支持。他只好于1896年夏去了英国。1896年12月12日，伦敦科技大厅座无虚席，英国邮电总局总工程师、英国电信界权威普利斯（1834—1914）做完了无线电的科普讲演之后，把马可尼和他的无线电报装置介绍给大家，并当场做了表演，从而使"整个大厅变得比游艺场还热闹"。

1897年5月11日和18日，马可尼和乔治·肯普完成了首次不用导线，就把信号传过英国一个海湾的壮举。半个世纪以后，英国当局还在实验地点举行了隆重的纪念仪式。在举行仪式的教堂里，陈列着一块古铜色的纪念屏，上面记载着这件事。

1897年6月，马可尼回意大利建了一座陆上电台，与军舰的通信距离达到19.2千米。意大利国王和王后接见了他，并兴致勃勃地看他表演。

1897年7月，马可尼重返英国并组建了无线电报通信公司，开始研究无线电的商业应用。下半年，由英国著名物理学家开尔文（1824—1907），在英格兰南端怀特岛艾伦湾马可尼建立的尼特无线电站，发无线电报给英国皇家学会会长斯托克斯（1819—1903）。虽然电报费只有一先令，但却是世界上首次收付费的商用无线电报。

1898年7月，马可尼正式启动无线电报的商业应用，替爱尔兰首都——都柏林《每日快报》报道快艇比赛情况。他在一条租来的船上将比赛消息拍发到岸上，再通过电话传给编辑部，结果当晚就登出了快艇比赛的消息。

1898年12月，马克尼完成了首次海难营救：使英国海军总部的一艘轮船避免了52 000英镑的财产损失。

马可尼首次公开播放
无线信号的纪念牌匾

1899 年，马可尼的电波越过英吉利海峡，与 45 千米外的法国通信成功，实现了世界上首次国际无线电通信。这一年的 9 月，在"美国杯"快艇比赛上，马可尼应美国之邀，用快艇上的电台及时向纽约新闻界报道比赛实况，引起世界轰动。

1901 年 12 月 12 日，马可尼实现了从英国康瓦耳和加拿大纽芬兰岛圣约翰斯港之间，横越大西洋长达 2 500 千米之遥的无线电报通信，传递了代表字母"S"的信号。

马可尼对无线电报做出了杰出的贡献，从而和布劳恩（1850—1918）分享 1909 年诺贝尔物理学奖。1929 年，他被意大利政府封为侯爵。1930 年，他又被科学界选为意大利皇家科学院院长。

马可尼的发明得到世界各国的赞誉。当他 1933 年到中国上海的交通大学访问后，该校为他建立了"马可尼纪念柱"。除了意大利于 1938 年和 1974 年（马可尼诞生 100 周年）分别为他发行过一枚纪念邮票，其他一些国家也为他发行过纪念邮票，例如卢旺达就曾发行过一套四枚的纪念邮票。

1937 年 7 月 20 日马可尼逝世后，意大利政府为他举行了国葬。他的同胞、著名诗人邓南遮为他写下了这样的墓志铭："他的发现开创了人类生活的一个时代。"《泰晤士报》的一篇社论则说："当尚未诞生的未来的历史学家们研究 20 世纪初的历史的时候，古格利尔莫·马可尼可能被认为是我们时代最重要的人物。"1937 年 8 月 30 日，英国所有邮局的无线电报和无线电话都沉默了两分钟。

由此可见，许多国家"用事实说话"，认为马可尼是无线电的发明者。

说马可尼是无线电的发明者的，还有"法"。1905 年 5 月 4 日，在美国关于无线电发明权的一场诉讼案中，北美巡回法庭判定马可尼是无线电的发明人："马可尼……使他的发明发展成为完善的系统，成功地用到商业上。"

可是，在俄国就不同了。俄国人说俄国科学家亚历山大·斯捷潘诺维奇·波波夫（1859—1906），才是真正的"无线电之父"。

波波夫的研究始于1889年，比马可尼早约5年。在马可尼得到专利权之前的1894年，波波夫就制成了一台无线电接收机，做过无线电通信实验，并最先使用天线。

1895年5月7日（这一天成为无线电的发明日），在彼得堡俄国物理化学的物理分会上，波波夫做了无线电方面的讲演，宣读了《金属屑同电振荡的关系》的论文，并当场和他的助手雷布金展示了世界上第一台无线电接收机，表演了无线电通信，并把自己发明的无线电接收机公之于众。于是，俄国人认为马可尼剽窃了波波夫的发明创造。

波波夫还于1896年3月24日在俄国物理化学协会的年会上和雷布金正式用莫尔斯电码完成了通信距离达250米的信号传送。电报内容是"亨利希·赫兹"，这是世界上第一份有明确内容的无线电报。亨利希·赫兹（1857—1894）是最早（1887年）发现电磁波的德国物理学家。

接着，波波夫又改进了接收机，在1899年完成了50千米距离的无线电通信。

因为无线电的发明，波波夫获得了各种奖励。例如，1900年彼得堡工学院授予他名誉电气工程师称号，第二年成为学院教授，1905年被选为院长。

由此可见，俄国人的说法也"事出有因"。为此，俄国物理化学协会还在1908年专门成立了一个委员会，对无线

波波夫　　　　马可尼

电发明优先权进行调查，向国外许多学者发信征求意见，最后宣布波波夫有优先权。

以上两种看法，一些美国人不同意，他们把"无线电之父"的桂冠，戴在同胞德福雷斯特（1873—1961）的头上：因为他于1906年发明了无线电的"心脏"——真空三极管。

持不同意见的还有一些南斯拉夫人，他们把无线电的发明归功于美籍克罗地亚人特斯拉（1856—1943），因为他早于波波夫和马可尼进行过无线电控制和输电的试验。

于是，关于无线电报的发明权，公说公有理，婆说婆有理，曾引起过广泛持久的争论。

为此，美国政府在审理诉讼案之后，于1905年5月4日宣布，马可尼是无线电的发明人。理由是，马可尼首先把无线电从实验室搬到了商业应用上。1943年6月21日，美国最高法院又裁定，特斯拉的基本无线电专利权早于其他竞争者。

但是，这些宣判并没有平息不同的声音——直到20世纪80年代人们仍在争论。例如，由此就引出了《古代无线电协会》（新编）在1980年3月第4期发表的《特斯拉先于马可尼发明了无线电》（*Priority in the Invention of Radio — Tesla vs. Marconi*）。这篇文章是公认的研究特斯拉（从20世纪50年代就开始研究）最著名的科技史学家、美国电气工程师里兰·安德森（1928—2021）写的。当然，后来的"无线电"已不是当时的"无线电报"了。

平心而论，特斯拉的研究最早，但没有在"无线电通信"上取得突破。波波夫的研究虽晚于特斯拉，但早于马可尼，而且早于马可尼实现无线电近距离通信。马可尼则后来居上，首先实现无线电远距离通信而使其达到实用化。德福雷斯特则"更上一层楼"——他的发明使无线电报发展到无线电广播、无线电话等的水平。

在1902年7月，马可尼随意大利国王乘巡洋舰"卡洛支伯图"号访问俄国，当波波夫上船欢迎马可尼的时候说："我对无线电之父表示祝贺！"后来，英国人和意大利人就把波波夫的这句话，作为他承认马可尼无线电发明权的依据。显然，这是可笑而站不住脚的——当今小孩子都知道，我们"办案"要"以事实为依据"嘛！

也有人说，诺贝尔奖评委会把诺贝尔物理学奖发给马可尼，就是肯定马可尼并否定波波夫的无线电发明权。这种说法也失之偏颇，因为诺贝尔奖只发给活着的人——1909年波波夫已经谢世近4年了。如果波波夫1909年还在人世，也许他们会共享这一殊荣的。

其实，中国电子学家冯秉铨（1910—1980）说得好："总之，谁发明了无线电这个问题之提出，其本身就是站不住脚的。我们只能说无线电电子学之所以能够达到今日的水平，是无数先辈科学家劳动的结果，上面所提到的几个人只不过是在某个发展阶段贡献较大的代表人物而已。"冯秉铨和孟昭英（1906—1995）并称"南冯北孟"，是老一辈的中国电子学界泰斗。

是的，无线电的发明是不同国度许多科学先贤们艰苦卓越劳动的成果；它是时代的产物，是智慧的结晶。其中贡献较大的功臣有特斯拉、马可尼、波波夫、德福雷斯特，还有赫兹及麦克斯韦等"先遣部队"。其中马可尼居功至伟。

邮票：纪念波波夫和马可尼发明无线电

# 从普朗克到康普顿
## ——光量子的确存在吗

威洛比·史密斯

夕阳西下，夜幕降落，一些公共场所的灯会自动开启。旭日东升，白昼来临，这些灯又会自动关闭。它为什么这样有"灵性"呢？

原来，灯的自动开关靠的是光电管、光敏电阻等光敏元器件，而它们的工作原理则是"光电效应"。光电效应分"内光电效应"和"外光电效应"。内光电效应指的是，在光的照射下半导体材料导电率改变的现象；（硒的）内光电效应是英国电气工程师威洛比·史密斯（1828—1891）和 Ch. 梅伊在 1873 年发现的。这一发现导致光电电池的诞生——包括那些用于最早的电视系统的光电电池。也有资料说："1819 年俄国人格洛古斯（Гроттус）就发现了光电效应。"

我们的故事就从光电效应开始。

1887 年，德国物理学家赫兹（1857—1894）发现了（外）光电效应——光照物体后产生电子（称"光电子"）的现象。光电子形成的电流叫"光电流"。而他的同胞、物理学家威廉·鲁德维格·弗朗茨·霍尔瓦克斯（1859—1922）在次年就发现带负电的金属板在光照下失掉其负电荷，在真空中也是如此。这就是说，霍尔瓦克斯也独立发现了外光电效应。于是，这一效应在同年就被命名为"霍尔瓦克斯效应"（Hallwachs–Effekt）。

1899—1902 年间，一些科学家和赫兹的学生勒纳德（1862—1947）先后发现：①只有光的频率高于某个值的时候才产生光电效应，与光的强度无关；②光电流在光照后多在 $10^{-9}$ 秒内就会产生，几乎不需要时间；③光电子的最大速度（或动能）只同入射光的频率有关，与光的强度无关。

霍尔瓦克斯

这些"奇怪"现象，无法用英国物理学家麦克斯韦（1831—1879）经典的电磁理论解释。对此，物理学家们困惑不已。

要消除这一困惑就要从"黑体"谈起。

黑体是指一种能完全吸收电磁辐射而完全没有反射和透射的理想物体，是用来研究热辐射的。由黑体问题的研究导致"紫外灾难"，最终引出了量子论。

1893 年，德国物理学家维恩（1864—1928）发现，黑体的热力学温度同所发射能量最大的波长成反比，这被称为维恩位移定律。1896 年他又通过半理论半经验的方法，找到了一个可用来描述能量分布曲线的辐射定律。这一定律在短波部分同实验事实符合得很好，但长波部分却偏离很大。其后英国两位物理学家瑞利（1842—1949）和金斯（1877—1946），以及爱因斯坦发现的瑞–金–爱定律，正好与维恩的辐射定律相反——短波部分相去甚远，长波部分符合得很好。这样，"灾难"就产生了。它在 1911 年被荷兰物理学家埃伦菲斯特（1880—1933）称为"紫外灾难"——因短波部分属于紫外线区得名。

德国物理学家马克斯·普朗克（1858—1947）从 1894 年起，历经六七年研究，终于战胜了紫外灾难。他的假说认为：物体在发射或吸收辐射时，能量不是连续变化的，而是以一定数量的整数倍跳跃式变化的。即在发射和吸收的过程中，能量不是无限可分的，而是有一个最小的能量单元。这个不可再分的单元，普朗克称它为"基本作用量子"。后来爱因斯坦改称为"（能）量子"或"（光）量子"。普朗克的有关论文《关于正常光谱的能量分布定律的理论》，于1900年12月14日在德国物理学会上宣读。

普朗克

自从微积分创立以来，人们就将物质世界的一切因果联系，都建立在连续性这个假设的基础之上。莱布尼茨"自然界无跳跃"的论断，谁都没有怀疑过。现在，能量的进出（变化）竟然是不连续（分立）的，这不仅违反了这一论断，是对古典物理理论的离经叛道，而且也为常识所不容；而普朗克却为实验事实所迫，不得不提出这种"冒天下之大不韪"的理论。连他自己也说，"完全是孤注一掷的行动""由于当时考虑到这个问题对于物理学具有根本的重要性""必须不惜任何代价去找出理论的解释"。由此可见，普朗克当时提出这一理论的确是"胆大包天"的，并且，不得不令人怀疑真有光子，以及他的量子论是否正确。

由于这一理论的革命性，物理学界最初的反应是冷淡。瑞利、金斯和几乎所有英、法的物理学家都不承认量子论。一些人表示反对。当初，人们只承认普朗克那个与实验一致的经验公式，而不承认他的理论性的量子论。

在一片争论声中，在这种冷淡、拒绝的压力下，普朗克坚持不住了。

1903年，普朗克在柏林的一次讲话中说，如果可能的话，他还是要避开量子论的，只是在没有任何出路时，他才别无选择地使用量子论。因此，他叮嘱别人"在将作用量子引入理论时要尽可能周密行事"。由于他自己也对量子论产生了信念上的危机，所以越来越觉得广泛运用量子论是"非常冒险"的事，于是他暂放下这一课题，转而研究紫外线发射的问题了。

只有少数科学家——例如爱因斯坦，才敢于接受这一革命性理论。1905 年 3 月 18 日，他在论文《关于光的发生和转变的一个新观点》中，利用、发展了普朗克的量子假说，提出光是由一个个"（光）量子"组成的和光电效应公式。他的新观点——"光（量）子论"，就能解释前述物理学家们的困惑。

爱因斯坦的遭遇也和普朗克差不多。

几乎所有老一辈的物理学家都反对光子论。直到 1911 年，荷兰物理学家洛伦兹（1853—1928）对普朗克和爱因斯坦的理论仍持怀疑态度。美国物理学家密立根（1868—1953）和康普顿（1892—1962）这两位诺贝尔物理学奖得主，分别在 1915 和 1922 年以前，也不相信光子论。甚至连普朗克本人，也在 1913 年认为，爱因斯坦的光子论是在思辨中迷失了方向。

1909—1914 年间，趋于保守的普朗克又重新研究量子论，但却遗憾地放弃了它。经过一番"彻底的"削足适履的改造之后，他又几乎回到了原地。

此时的普朗克心里还不踏实，因为发射过程在时间上还是不连续的，还不符合经典理论。于是在 1914 年，他又在《量子假说的另一种表述法》一文中，取消了发射过程时间上的不连续性。这样，他终于在花了 14 年转了一个大圈之后，彻底地回到了原地。

也许，这时他不再"担惊受怕"了——没有人再对"荒诞不经"的量子论评头论足、指手画脚了。

然而，普朗克错了。他的量子论犹如星星之火，已经点燃了爱因斯坦、丹麦物理学家玻尔（1885—1962）等青年的思想火花。虽然在 1914 年还没有达到燎原之势，但此前已有爱因斯坦解释光电效应和玻尔创立他的原子结构模型两项重大成果；因此，普朗克 1911 年和 1914 年先后发表的两种"新理论"，在当时就受到了批评，他也终于放弃了倒退的念头。其后，量子论已"百尺竿头，更进一步"，并为世人公认，直到 1925 年量子力学诞生。

一般认为，普朗克是量子力学之父。然而，我们却遗憾地看到，他在自己创立的量子论面前，没有一往无前——在徘徊犹豫了 14 年之后回到了原地，对他本来应该大有作为的理论的发展作用甚微。

这是什么原因呢？

普朗克是一个勤奋和善于思考的人，21 岁就在慕尼黑大学获得物理学博士学位。对此，洛伦兹曾对他提出量子论评论说："有这样的灵感观念和好运气，只有那刻苦工作和深入思考的人才能得到。"他没能"更进一步"的原因，不是因为懈怠和放弃深入思考。

普朗克没能"更进一步"的第一个原因是当时的科学氛围。19 世纪末至 20 世纪初，许多科学家都认为"物理大厦"已经建成，经典力学和电磁学已近完美。在这种环境下，一个背离"经典"的革命性学说提出后，没有实验事实的证明，自然很难得到及时的支持和赞同。在人们冷淡和怀疑的目光面前，普朗克不是"走自己的路，让别人说去吧"，而是看别人的眼色行事，把阵地一个个丢光。由此可见，在坚持真理的道路上，像波兰天文学家哥白尼（1473—1543）、意大利哲学家布鲁诺（1548—1600）那样具有坚定信念和献身精神是多么重要；而人云亦云，就会坐失良机，抱憾终生。

普朗克没能"更进一步"的第二个原因是他中年开始的保守思想，以及他"生性喜欢平和，不愿进行任何吉凶未卜的冒险"的性格，他害怕自己孤军奋战而失败。此外，他追求"绝对"的思维方法，也是他保守思想的体现。他认为已经达到绝对完善的经典力学和电磁学不能修改，认为一切新发现都应纳入其中。他不明白，"科学行为的标志是怀疑，甚至是对最珍爱的理论都要怀疑"（科学哲学家拉卡托斯）。

一头大象，只用一根细绳子就可以拴住，因为它被约束惯了；而一头小象，却要用一根粗绳子才能拴住，因为它没有被束惯的惯性思维。普朗克就是大象，爱因斯坦就是小象。

密立根曾花了 10 年时间来检验爱因斯坦光

密立根

康普顿

电效应公式。到了 1915 年，结果同他的"一切希望相反"，终于"不得不断言它的无歧义的实验证实"。

1922 年，康普顿刚发现"康普顿效应"时，仍不相信光量子论；但在经过多方探索之后，他和多数人终于认识到这一效应只能用光量子论才能解释。康普顿效应成了光量子存在的"判决性实验"，光量子论也被证实。1925 年，美国的少数物理学家和德国的两组物理学家，在分别进行实验之后，也终于肯定了光量子论。这离普朗克和爱因斯坦提出光量子论分别有 15 和 20 年了！

科学终于走出了传统的梅雨季，走向了革命的艳阳天。

有关（光）量子的研究至今没有完结。根据英国《新科学家》杂志在 2002 年报道，美国科学家发现，量子有一种被称为"缠绕"的特性，可以用这一特性来制作量子立体全息图。这一特性是，量子有一对互相缠绕的光子，不管其相距多远，总会互相反映对方的状况。

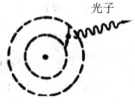
光子

原子发出光子

# 水银能变黄金吗

## ——元素可变性之争

中国古代："炼金"

"盛世古董，乱世黄金。"黄金——古人认为最完美的金属。德国思想家马克思（1818—1883）说它一直是"天然的货币"。

"它可以使黑的变白，丑的变美，错的变对，卑贱变尊贵，老人变少年，懦夫变勇士……"对于黄金，英国大文豪莎士比亚（1564—1616）有更深刻的警示感叹，"它可以使窃贼得到高爵显位，和元老们分庭抗礼，使鸡皮黄脸的寡妇重新成为新娘……"

正因为黄金"神通广大"，所以人类很早就做着"金满仓，银满仓"的美梦。可是，哪里有这么多黄金呢？于是，一些人就想通过人工的方法，把其他物质变成黄金。这种方法称为"炼金术"，这些人被称为"炼金术士"或"炼金家"。据说，炼金术不但可以炼出黄金，还可炼出诸如"万应灵丹"之类的"完美物质"，让人延年益寿，甚至长生不老。

中国古代就有一个叫李少君的炼金术士。他向汉武帝刘彻（公元前156—前87）吹牛说，祭祀灶神可以把鬼神引来，这样，丹砂（HgS，即朱砂或辰砂）就会被炼为黄金。司马迁（公元前145年或前 135 年—不可考）所著《史记·封禅书》记载的这件事，发生在汉武帝在位时代即公元前 140—前 87 年间。后来，晋代葛洪（约 281—361）、梁朝陶弘景（456—536）、唐代孙思邈（581—682）等前赴后继，成了重要的炼金术士。他们用丹砂、硫、汞这些原料，企图把铜、铁、铅等炼为黄金。

贾比尔·伊本·海扬

在七八世纪，中国的炼金术传到阿拉伯，于是引出了一位著名的阿拉伯炼金术士——贾比尔·伊本·海扬（721—815）。这位学识渊博的医生著有很多书，其中一本叫《东方水银》。他在这些书中指出，水银是童女，能起死回生，能将铜、铁、铅等变为黄金。拉泽（860—933）、阿卜·阿里·伊本·西那（980—1037）也是著名的阿拉伯炼金术士。

在 11—12 世纪，炼金术传到欧洲。英国翻译家在 1144 年译出《炼金术的内容》之后到 1350 年期间，以拉丁语出现的炼金术作品已不少于 72 种。欧洲早期的炼金术士有英国的哲学家罗杰·培根（1214—1294）。他所著的 18 本炼金术书中有一本名叫《炼金术原理》的主要著作，认为汞、硫是原始物，汞是金属之父，硫是金属之母，黄金则由纯汞和纯硫制成。他有一个法国弟子叫吕律（1235—1315），此人曾扬言，"假如海水是汞组成的，我能把它完全变成黄金"。英国国王（1272—1307 年在位）爱德华一世（1239—1307）曾聘他为造币厂的"点金士"。当时的人认为他真的得到了那种古希腊神话中梅达斯国王得到的

中世纪欧洲"炼金术士"的工作室

宝石——能将其他东西变为黄金的"哲人石"（又译"点金石"——philosopher's stone）。

卢瑟福

人类的物欲和长生不老的幻想曾将"炼金热"推向疯狂。以欧洲为例，人们在教堂和宫廷中升起炉火，炼金术士们日夜守候、汗流浃背、满身油烟，炼不出黄金有时会被处以死刑。当时英王亨利六世豢养的炼金术士竟达3 000人之多！不过，人类的狂热并没能感动"上帝"，他们无一不以失败告终。这样，一些人终于在十五六世纪"急流勇退"了。

不过，失败也有副产品，那就是化学的发展。所以有人说，化学起源于炼金术，此话不无道理。这也是一桩趣事：充满宗教、迷信、神话、幻梦的"炼金"活动，竟产生出一门学科。

到19世纪末，元素不变的信念已经牢固地树立起来了。例如，门捷列夫就曾宣布，"关于元素不能转化的观念特别重要""是整个世界观的基础"。

不过，究竟元素是不变，还是可变？科学家们依然各执己见，争论不休。

历史之钟指向1901年年底。此时，出生在新西兰的英国物理学家卢瑟福（1871—1937）与年轻的英国物理学家、化学家弗雷德里克·索迪（1877—1956）合作，发现了元素的嬗变——一种元素自动变为另一种元素的现象。

索迪

元素嬗变是革命性的思想，它打破了自古希腊以来人们始终笃信的、原子永远不生不灭的传统观念，表明一种元素可以变为另一种元素。

开始，卢瑟福也曾"一步三回头"——这太像早已被化学家们否定了的炼金术了。同事们也告诉他，对待证据千万要小心。但事实俱在，他与索迪终于1902年秋大胆地提出了元素嬗变的理论。因为这些成就，以及分别在 1910 年、1913 年提出了同位素假说与发现了放射性元素的位移规律，为放射化学、核物理学这两门新学科的建立奠定了重要基础，索迪还独享 1921 年诺贝尔化学奖。

不过，卢瑟福并不满足，他要"亲手"把一种元素变为另一种元素。他在 1917 年给丹麦物理学家玻尔（1885—1962）的信中写道："……我试图……把原子击破。"

1919 年 4 月 2 日，卢瑟福接替约瑟夫·约翰·汤姆孙，成为卡文迪许实验室的第四位主任。在这个实验室，他亲手实现了"把一种元素变为另一种元素"的梦想——用 α 粒子打击氮气，结果变成了氧和氢。

人类终于第一次用人工方法改变了元素的品种。于是他在当年发表这一让全世界大吃一惊的消息时，就干脆把他的书取名为《新的炼金术》。

当然，卢瑟福并没能真正"点石成金"，因为他并没有得到黄金。由于一种元素能变成另一种元素，这就为用人工方法炼金开辟了道路：既然氮可以变为氧和氢，那为什么汞不能变为金呢？

此外，这里有一个"奇怪"的问题，那就是，为什么世界各地的炼金术士们前仆后继，炼了 1 000 多年，从来没有谁能改变元素的品种，而卢瑟福却做到了呢？

要回答这个问题并不难。

我们知道，元素之所以不同，其根本原因在于它们的原子核里所含的质子和中子（统称"核子"）的数目不同。如果能用人工方法把一种原子核里的核子及核外电子，"变"得跟另外一种原子核里所含的核子及核外电子一样，那前一种元素就变为后一种元素了。不过，这个"变"却不

卢瑟福在卡文迪许实验室

容易，因为我们不能像用镊子夹取小物件那样把核子任意移来移去，特别是原子核十分"坚固"，要从中取走或加进核子，要费很大的"劲"——消耗很大的能量。据计算，要从原子核内取出一个质子所需的能量，比把一个分子破裂成原子所需的能量约大100万倍；因此，在炼金术士们用柴禾燃烧加热的锅内，只是在进行一些物理、化学过程——物态变化、分子变化，而原子核却"热锅烈火若等闲"。也就是说，原子核在炼金烈火中"岿然不动"——硫还是硫、汞还是汞。这就是炼金术士们始终炼不出黄金的原因。

那怎么才能得到黄金呢？很显然，只有像卢瑟福那样，用高能粒子——卢瑟福用的 α 粒子，或质子、中子、氘核等"粒子炮弹"去轰击原子核这个"顽固"的堡垒，才可能改变原子核内核子的数目，把其他元素变成黄金。

1932年，两位英国物理学家考克饶夫特（1897—1967）和瓦尔顿（1903—1995），用倍压加速器把质子加速到 $7 \times 10^5 eV$，轰击锂原子核使它分裂为两个粒子。这"第一枪"打响以后，科学家们信心大增。接着，出生在意大利的美国物理学家费米（1901—1954）也用中子轰击原子核，进行了一系列核裂变试验。这些工作，为"点石成金"提供了理论和实践依据。直线加速器、电子感应加速器、回旋加速器等种类繁多的加速器相继诞生，给"点石成金"提供了有力的"炮弹"。

1941年，美国哈佛大学的班布里奇（K.T.Bainbridge）博士和他的助手们用"慢中子技术"，成功地将比黄金原子序数大1的汞"轰"成黄金。人类的"人造黄金"之梦终于成真。

1980年，美国加利福尼亚州伯克利市劳伦斯研究所

考克饶夫特　　　　瓦尔顿

的主任研究员毛里斯和他的同事们，用当时世界上能量最大的粒子加速器"别瓦拉克"（Bevalac），把氚离子加速到接近光速，分别轰击83号元素铋和82号元素铅，得到了100万个金原子，花费了1万美元。

也许有人会问，既然人们可以把廉价的金属变为黄金，那为什么至今黄金仍然是"贵族"呢？

原来，上述实验虽然的确可以点"石"成金，但所得到的黄金数目极少，成本很高。以上述用1万美元得到的100万个金原子为例，它们仅值10亿分之一美分！如果仅仅从"生产成本""经济效益"来看，是"得不偿失"的。不过，随着科技的发展，也许——也许会有那么一天，人们会廉价地"点石成金"。这时，黄金也许会由"贵族"变为"平民"。

考克饶夫特和瓦尔顿的加速器

# 是氢谱线还是氦谱线

——玻尔原子模型受考验

玻尔

"打开原子的大门"是 19 和 20 世纪之交一个激动人心的口号，它起源于 1895 年 X 光、1896 年放射性和 1897 年电子的发现。从此，物理学的研究深入原子之中。

1911 年，出生在新西兰的英国物理学家卢瑟福（1871—1937）在《哲学》杂志上发表了题为《物质对 α、β 粒子的散射和原子结构》的论文，提出了他的写在当今物理教科书中的原子结构模型。然而，这个模型致命的缺陷之一是：按牛顿力学的观点，带负电的电子在绕核运动时会消耗能量，最终会落到带正电的原子核上而"坍塌"；但事实是，原子结构是稳定的——宇宙万物因此才没有"土崩瓦解"。

对此，卢瑟福的学生玻尔提出解决问题的新思路：应该否定的不是卢瑟福的原子结构模型，而是牛顿力学对它的解释；他认为应该把量子概念与原子结构模型结合起来，解决原子结构的稳定性等问题。

沿着这一思路，丹麦物理学家玻尔于 1913 年在《哲学》杂志上唱响了著名的"三部曲"——以"原子构造和分子构造"为题连续发表了三篇论文。其要点是：电子在绕核运动时不是"无轨电车"，而是"有轨电车"；电子既是"有轨电车"，同时还是"跳蚤"，它可以从一个轨道跳到另一个轨道上；电子跳轨时会丢失能量或放出能量，因而此时的光谱是非连续性的——这被称为"量子化"。

玻尔的理论，解释了多年来未能解释的氢原子光谱规律，并预言了氢和氦存在的新谱线；但也引出了一场争论——关于"皮克林谱线"的解释。这得从头说起。

1884 年 6 月 25 日，在瑞士巴塞尔女子中学的数学教师约翰·雅格布·巴尔末（1825—1898），将他的关于氢光谱的论文提交到巴塞尔科学学会。论文中提出了光学上著名的计算氢光谱波长 $\lambda$ 的巴尔末公式：$\lambda = Bn^2/(n^2-2^2)$，其中 B 为常量，$n$ 取 3、4、5、6……由它表示的谱线称为"巴尔末线系"。1897 年，美国天文学家爱德华·查尔斯·皮克林（1846—1919）在船橹座 ζ 星的光谱中发现了一个很像巴尔末线系的"皮克林线系"。

在皮克林线系和巴尔末线系的比较图中，较长线是巴尔末线系的谱线，和它相邻的较短线是皮克林线系的谱线；两者都用波长的倒数——频率表示。图中的两点值得注意：皮克林线系中每隔一条谱线和巴尔末线系的谱线差不多重合，但其他的谱线在巴尔末线系两邻近线之间；两个线系差不多重合的那些谱线显然稍有波长（或频率）上的差别。

如何理解上述两点呢？"给我一双慧眼吧！"

别具"慧眼"之人，是以整理元素的光谱资料著称的瑞典隆德大学的光谱学家约翰·罗伯特·里德堡（1854—1919）。1890 年，他在这个大学当讲师的时候，提出了当时已知元素周期表上前三族元素光谱的公式。他认为巴尔末线系是氢光谱的"漫线系"，而皮克林线系则是氢光谱的"锐线系"；他还预言氢光谱应有一个"主线系"。接着，巴尔末于 1896 年又提出了一个可用于氦、锂和铊的光谱

巴尔末　　　　　　皮克林

的公式。两者的公式本质上几乎相同。

里德堡

既然皮克林线系属于氢光谱，那就应该符合巴尔末公式罗！于是里德堡"灵机一动"，把巴尔末公式中的 $n$ 值加取半整数，即 $n$ 取 2.5、3、3.5、4、4.5、5……就可以了。

有趣的是，在里德堡预言氢光谱有主线系之后的 1912 年，英国光谱学家福勒（1868—1940）就在充有氢－氦混合气体的放电管火花放电中，发现了一条波长为 468.598 皮米的谱线。后来，人们就把福勒发现的线系称为"4686 线系"。由于它和里德堡预言的主线系非常接近，所以人们越发相信皮克林在遥远天体发现的线系，以及福勒放电管火花放电中发现的线系都是属于氢的谱线了。

当玻尔于 1913 年的"三部曲"唱响后，他认为皮克林线系和福勒的 4686 线系，都不是氢的光谱，而是氦的光谱。于是，争论开始了。

玻尔认为，巴尔末公式中出现半整数是不能容忍的，因为这与他的理论基点——量子化相矛盾；氢原子的能量只能取一系列不连续的分立值，不可能是半整数。

对于玻尔这种完全与众不同的观点，当时引起了众多的争议。这可以从玻尔的弟弟哈拉德（1887—1951）给他的信中看出："这里的人们对你的文章非常感兴趣，但……他们中的大多数都不敢相信……他们觉得这些假设太'大胆'和'异想天开'了。如果能确实解决氢－氦光谱的问题，也许可以取得决定性的效果。你的所有对手都抱着这一点不放：不能认为有充分的根据来相信这些不是氢光谱……"

玻尔自己也明白，如果拿不出确实的证据，人们是

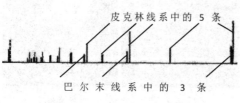

皮克林线系中的 5 条

巴尔末线系中的 3 条

皮克林线系和巴尔末线系的比较图

不会相信他的理论的；因此，他就给他的老师卢瑟福写信请求帮助。玻尔推测福勒实验所用的仪器可能还在，希望能用充有氦和一种电负性元素（氯、氧等）的混合气体来做实验，也应该得到福勒所发现的那些谱线。

卢瑟福本人对玻尔的理论也有所怀疑，不过还是请他的老朋友伊万斯在他的曼彻斯特实验室里做了这个实验。伊万斯在一个玻璃管内充入极纯净的氦气，结果得到了皮克林谱线。

1913 年 8 月 11 日，伊万斯给英国的《自然》杂志写信，表示确认了 4686 谱线起源于氦而不是氢。

福勒对此仍然有不同的意见。他在 9 月 13 日给《自然》的信中说："目前在我看来，玻尔博士的理论，并没有给出很多的证据，来表明氦是所讨论的那些谱线的源。"他还指出，按照玻尔的理论应该把他所发现的两个线系合成一个线系，不过他还看不到这种可能；根据玻尔的公式所做的计算，误差要比用里德堡公式的误差大。

针对福勒的不同意见，玻尔在 10 月 8 日致《自然》的信中做了有力的答辩。玻尔用自己的理论，对福勒所得谱线的波长值进行了分析，把福勒谱线统一成一个线系，用一个公式就全部描述了原来福勒归入三个"氢"谱线系的 10 条谱线。对于误差的来源，玻尔的解释是，在他的原始推导中，假定原子核的质量很大，因而可以忽略它的运动，而实际上核和电子都绕公共质心运动。考虑了这一因素，就会使计算值与观测值符合得很好；同时，玻尔还预言了氦元素所存在的一些谱线的波长值。

在这种情况下，福勒愿意放弃自己原来的意见。他在致英国《自然》杂志的另一封信中说："我很高兴能够引得玻尔博士写了这封令人感兴趣的信；并且我很欣幸地承认，他所给出的更为精确的方程与所讨论的谱线的观测结果是完全相符的。"

至此，围绕玻尔提出的氢光谱理论的争论就基本结束了。

1923 年，德国物理学家帕邢（1865—1947）在铝的火花光谱中发现了氦的谱线，与玻尔理论预言的精确地相符。这使玻尔理论得到了再次验证。

当然，玻尔的理论并不是完美无缺的。它只限于计算氢原子和类氢原子的光谱和波长，在解释比较复杂的原子的光谱时，就与实验事实不符；更无法计算光谱的强度。不但如此，经典理论和量子理论是互不相容的，但玻尔理论却将经典理论和量子条件并放在一起，缺乏逻辑的统一性。

更完整、更准确、应用面更广的关于原子结构的理论，在经过许多物理学家的努力之后，在1925年诞生，它就是量子力学。他们中主要有：德国的索末菲（1868—1951）、马克斯·玻恩（1882—1970）和海森堡（1901—1976），荷兰的埃伦菲斯特（1880—1933），奥地利的薛定谔（1887—1961），法国的德布罗意（1892—1987），英国的狄拉克（1902—1984）等。

可见，玻尔理论是通向量子力学的一座不可或缺的桥梁，在探索微观世界的征程中有不可磨灭的历史地位。

玻尔在同他的理论的反对者的论战中，完善了自己的理论，不但使许多疑问得到澄清，而且引出了量子力学。可见，科学上的争论并不是新理论成长的"毒药"，而可能是新理论发展的"养料"。

科学在争论中从春耕走向秋收。

# 爱因斯坦是"剽窃者"吗

## ——谁创立了相对论

"乘着三月黑色的小船，爱因斯坦和四月，在声名鼓噪的时节，从海上，穿过涟漪起伏的水仙花丛，踏上了僵死的自由女神像脚下的国土……那就是爱因斯坦，从复杂的数学中崛起，矗立在水仙花丛中……"

这是美国诗人威廉姆·卡罗斯·威廉姆斯（1883—1963），在1921年发表的诗《水仙花的圣·弗郎西斯·爱因斯坦》中的一小段。他为什么要写这首诗呢？

爱因斯坦的广义相对论预言，光线经过太阳的引力场要弯曲——这首诗就是赞美这一预言在1919年年底得到初步验证的。

诗的标题中的水仙花，指思想自由的爱因斯坦和革命性的广义相对论。标题中的"圣·弗郎西斯"是法语人名，含"自由"之意。诗的标题和内容，不但指思想自由的爱因斯坦，也隐喻他给"僵死的"美国人带来的自由新观念，比自由女神表现的自由还要新颖、伟大——否则就不会"穿过……水仙花丛"而"矗立在水仙花丛中"！

是的，提到相对论，人们必然与"思想自由"的爱因斯坦联系在一起。几乎所有的人都一致认为，爱因斯坦是相对论唯一的创立者。

可是，直到20世纪90年代，还有人认为爱因斯坦不是相对论的唯一创立者，甚至有人说他是"剽窃者"。当然，攻击他是"剽窃者"的声音在1920年就有了。例如，在这一年8月初，德国保护自然科学家工作党（协会）的创始人和代言人、高级工程师、有政治野心的新闻记者 P. 威兰德在《每日展望》报上撰文说，相对论是"科学大众的建议"和"一个最大的愚弄"，并指责爱因斯坦"剽窃"。

那么，事实真相究竟是怎样的呢？

1905 年 9 月 28 日，爱因斯坦在德文物理杂志《物理年鉴》（*Annalen der Physik*）第 17 卷第 891 ~ 921 页上，发表了《论动体的电动力学》，宣告了狭义相对论的诞生。显然，它的唯一创立者是爱因斯坦。

发表在《物理年鉴》第 17 卷第 891 页的《论动体的电动力学》

可是，英国数学家、物理学家和科学史家埃德蒙·泰勒·惠特克（1873—1956）于 1910 年出版的名著《以太和电学的历史》（*A History of the Theories of Aether and Electricity*），在第二卷写到相对论的历史时，却认为狭义相对论的创立者是荷兰数学家、物理学家洛伦兹（1853—1928）和法国数学家、物理学家庞加莱（1854—1912）；认为爱因斯坦不过是对这两个人的理论做了一些补充。不少荷兰科学家甚至迄今也不承认狭义相对论是爱因斯坦创立的。中国科普小册子 1978 年版的《科学发现纵横谈》第 12 页上也写着："相对论：爱因斯坦、彭加勒"。这里的"彭加勒"，是庞加莱的又一译名。

惠特克

那么，洛、庞二人究竟与狭义相对论有何渊源呢？狭义相对论是不是他俩创立的呢？

先说洛伦兹。1890 年，德国物理学家赫兹（1857—1894）明确指出，光速与光源的运动速度无关。这显然与力学中的"伽利略变换"相抵触。为了解决这一矛盾和"以太漂移"的零结果，洛伦兹在 1892 年提出了在以太中运动的物体，会因分子之间的一种力使长度收缩的假说。1904年，他又在阿姆斯特丹科学院的会议纪要上，发表了著名的、成为相对论相对性原理基础的、关于"洛伦兹变换"（公式）的文章。

洛伦兹

与相对论的旁观者不同，爱因斯坦从来就没有把相对论的创立看成是革命性的事件；相反，他倒认为洛伦兹的理论才是革命性的。洛伦兹公式虽然重要，但它并不等于狭义相对论。因为后者是建立在"相对论的相对性原理"和"光速不变原理"两个基础上的；当时间和空间各物理量从一个惯性系转换到另一个惯性系时，才用得到洛伦兹公式。洛伦兹虽然更早发现了狭义相对论的核心公式，但却在经典力学面前"雪拥蓝关马不前"——只急于对传统理论进行修补，没能再进一步创立狭义相对论。

事实上，类似洛伦兹变换的关系式，德国物理学家伏格特（1850—1919）在1887年，爱尔兰物理学家拉摩（1857—1942）在1900年，都曾发现过；但他们当时都没能认识到这种变换的重大意义。由此可见，发现了洛伦兹变换并不等于创立了狭义相对论。发现"好钢"不识货，或者没能把它打成"宝剑"的，大有人在。

此外，我们注意到，爱因斯坦于去世前的两个月，在回答创立狭义相对论时的知识状况这一问题的时候说："在1905年，我只知道洛伦兹在1895年发表的文章，而不知道他后来的工作。从这种情况来看，我1905年的工作是独立完成的。"这里，他所说的"1895年发表的文章"，是指洛伦兹的综合性文章《运动物体的电力和光学理论的尝试》。这是完全可能的——1905年在瑞士的爱因斯坦没能看到1904年洛伦兹在阿姆斯特丹发表的文章，但他知道的一定比1895或1904年洛伦兹论文中的内容多得多。

再说庞加莱。诚然，庞加莱早在1895年用"尺缩"假说解释"以太漂移"时，就提出了同时性的相对性原理——他反对"绝对时

121

间"，并于 1904 年 9 月在美国圣路易斯学术讨论会的一次演说中，正式表达了这一原理——与 9 个月后爱因斯坦在瑞士独立提出的相对性原理很相似。然而，庞加莱也没有跳出牛顿绝对时空的框架，没有把"光速不变"作为原理，而仅仅是看作洛伦兹理论成功之处的一个"注脚"。在"云横秦岭家何在"时，勒转了马头。例如，他

庞加莱

说："洛伦兹理论（上的修补），虽说不是令人满意的，但也是现有理论中最好的。"这样，他也走到了狭义相对论的边缘——但同样与它擦肩而过。

总之，洛伦兹和庞加莱都因为固守旧理论，循着物理学自身的逻辑进行探索，最终未能发现"那人却在灯火阑珊处"而"更上一层楼"。

由于没有人能有"包天之胆"，于是历史选择了"胆大包天"的爱因斯坦——他抽出了革命的倚天长剑，刺向传统的经典力学，创造了狭义相对论的历史。

爱因斯坦胜于洛伦兹和庞加莱之处在于，他敢于运用"非逻辑方法"，不是像他们那样企图在理论上为"光速不变"寻找根据——这种"根据"至今没有找到，并且也许永远找不到；而是在科学分析的基础上发挥了大胆的想象力，把"光速不变"作为一条基本原理，把一切综合成为一个突破经典力学的完整理论。

在狭义相对论中，自然规律在所有惯性系中都保持不变的形式，这就留下了两个疑难：引力理论不能纳入其中，惯性系不是宇宙中的真实存在。这两个疑难被爱因斯坦称为狭义相对论"固有的认识上的缺陷"，而我们不妨把它叫

格罗斯曼（左）和爱因斯坦

作"狭义相对论的家丑"。

消除这一"家丑"的是爱因斯坦的广义相对论。

广义相对论是爱因斯坦从 1907 年开始，经过近 8 年的研究，于 1915 年 11 月 25 日完成的。其主要标志是 1916 年 3 月 20 日在《物理年鉴》上发表的《广义相对论的基础》——以一个 50 页单行本的形式。

希尔伯特

广义相对论的发明权一直争论到 20 世纪末。有人认为爱因斯坦不是唯一的发明者；也有人认为德国数学家希尔伯特（1862—1943）早于爱因斯坦发明广义相对论，而爱因斯坦是剽窃的。这又是怎么回事呢？

原来，爱因斯坦创立广义相对论的 8 年中，他遇到了自己数学基础差、缺乏合适的数学工具等困难。为此，他常求助于老同学、数学家格罗斯曼（1878—1936），并与他于 1913 年联合发表《广义相对论的引力论》；也常求教于希尔伯特等人。因此，国际史学界的一些人认为，爱因斯坦不是广义相对论的唯一发明人。

这一看法也是站不住脚的。因为广义相对论的数学基础——洛伦兹变换、闵科夫斯基空间、黎曼空间、里奇张量等，并不等于广义相对论。与这些人合作或向其请教，并不能代替爱因斯坦独自建立的广义相对论的原创科学思想。

认为爱因斯坦是剽窃的人说，希尔伯特将他提出的广义相对论要点归纳在一份手稿之中，早在 1915 年 11 月 20 日就提交给了普鲁士科学院，并于 1916 年 3 月 1 日发表。虽然发表日比爱因斯坦晚了大约 3 个月——爱因斯坦在 11 月 25 日提交给普鲁士科学院的广义相对论手稿发于 1915 年 12 月 2 日，但希尔伯特的提交日却早了 5 天；因此，是爱因斯坦剽窃了希尔伯特的大量成果。

这里的两个历史之谜是：早 5 天提交论文的希尔伯特是否创立了

广义相对论，爱因斯坦是否剽窃了希尔伯特？

事实的真相由 1997 年的一期美国《科学》周刊报道出来了。这一年，以色列特拉维夫大学、德国慕尼黑的马克斯·普朗克外太空研究所和美国波士顿大学的三位历史学家，终于找到了无可辩驳的证据，证明爱因斯坦是广义相对论的唯一最早创立者。

原来，他们发现了以前从未公开过的爱因斯坦和希尔伯特的几份手稿，彻底揭开了前述历史之谜。这几份手稿中最能说明问题的是，1915 年 12 月 6 日（晚于前述 1915 年 11 月 20 日）希尔伯特手写的一篇关于相对论的论文，其中并没有出现几个关键性的数学方程式；而这些方程式，正是从牛顿力学演进到关于物质运动与时空关系的广义相对论不可缺少的基础。三位史学家一致认为，希尔伯特只是后来要发表论文之前，对这篇论文进行修改的时候，才加入了上述几个方程式。爱因斯坦的广义相对论已经在 1915 年 12 月 2 日发表了。

经过史学界的考证，准确无误的结论是：爱因斯坦是清白的——他没有剽窃希尔伯特的成果，倒是希尔伯特引用了（说不客气点是"剽窃了"）爱因斯坦的成果；爱因斯坦是唯一最早创立（狭义和）广义相对论的"举世无双的杰出天才"。

至此，一场长达 80 年的广义相对论发明权争论宣告结束。

事实上，希尔伯特也承认广义相对论的伟大思想，应完全归于爱因斯坦。1915 年他还推荐爱因斯坦荣获波尔约奖。这个奖是为纪念非欧几何的创立者之一——匈牙利数学家亚诺什·波尔约（1802—1860）设立的，1905 年庞加莱获这个奖时的奖金为 1 万金克郎。

最后，顺便说一个爱因斯坦的"隐私"。1990 年 2 月，美国科学促进年会就他是否应当享有他理论的全部荣誉问题，展开了热烈的讨论。S.T. 普罗依茨的书

米列瓦和两个孩子汉斯、爱德华

《在爱因斯坦的影子里》《米列瓦·玛丽丝的悲剧生活》是引起这一轰动的"导火线"。

爱因斯坦和妻子爱尔萨

爱因斯坦一生结婚两次。1875 年出生在南斯拉夫塞尔维亚伊伏丁那省的米列瓦，是爱因斯坦的第一任妻子。1896 年两人在瑞士联邦理工大学求学时相识，1903 年 1 月 6 日他俩登记结婚，生有两个儿子，后于 1914 年 6 月分居，1919 年 2 月 14 日离婚。米列瓦 1948 年 8 月 4 日死于苏黎世。1919 年 6 月 2 日，爱因斯坦第二次结婚，妻子是比他大 3 岁的表姐爱尔萨——她在 1936 年 12 月 20 日死去。普罗依茨的这两本书认为，有 10 个证据表明，世人所说的"爱因斯坦的工作"，是他和米列瓦合作的成果。

因篇幅所限，这里仅列举一个证据。爱因斯坦和米列瓦最后一次见面，是在 1934 年——但通信仍然在继续。在他给米列瓦的 41 封信中，提到"我们的工作""我们的探索"，经常就物理理论向她表示感谢。而在米列瓦给他的现存的 10 封信中，没有一封提到物理，更没有"表示感谢"的踪影。

由此看来，爱因斯坦在 1922 年才独享的 1921 年诺贝尔物理学奖，也应有米列瓦的"一半"——怪不得爱因斯坦按照离婚协议把诺贝尔奖奖金 121 572 瑞典克朗，全部给了米列瓦。让她用这笔钱在苏黎世买了三幢公寓楼，过着安静、坚韧克己的生活，做数学家教，照料他们患有严重精神病的儿子爱德华·爱因斯坦（1910—1965）。

"一片白云横谷口，几多归鸟尽迷巢。"看来，我们对爱因斯坦在 20 世纪初的成果来源的认识，多少像唐代佛光禅师（即元安禅师，本名浦元安）的这诗中的鸟一样……

# 太阳将告诉一切
## ——相对论是正确的吗

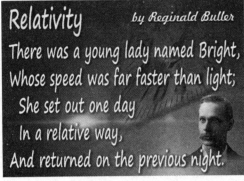

Relativity
*by Reginald Buller*

There was a young lady named Bright,
Whose speed was far faster than light;
She set out one day
In a relative way,
And returned on the previous night.

布莱尔和他创作的《相对论》

"一个小妞叫光明，走起路来比光快。她今白天出门去，沿着一条相对路，昨天夜晚返回来。"这是一首打油诗，诗名《相对论》（*Relativity*）。作者是出生在英国的加拿大的真菌学家（主要研究真菌和小麦锈病）、科普诗人——美国真菌学会的终身会员阿瑟尔·亨利·雷金纳德·布莱尔（1874—1944）。他于1926年将该诗发表在诗歌集《数学鹊》中。这首诗，集中反映了当时人们对怪异甚至诡谲的相对论浓厚的兴趣和毫不掩饰的怀疑，当初以"有一个叫光明的少女"（*There was a young lady named Bright*）为题，发表在1923年12月19日《穿孔》（*Punch*）杂志的第591页上。

那么，这浓厚的兴趣和毫不掩饰的怀疑又缘何而起呢？

"爱因斯坦万岁！"一个会场里爆发出震耳欲聋的口号声。它是从哪里来的？

1919年11月6日（星期二）上午11时，位于匹克迪利的英国皇家学会老家柏林敦的大厅人声鼎沸，热闹非凡。皇家学会和皇家天文学会联合会议在这里召开。会议唯一的议程是：讨论两个日食远征队的观测结果。英国各地的科学家——特别是有地位的物理学家和天文学家云集在这里。显然，大家都预感到有震惊科学界的重大成果要研讨和发布。

第一位发言人是皇家天文学家弗兰克·沃森·戴森（1868—1939）爵士。由于他的远见、推动和国际主义的态度，才使对日食的远征观测变成现实。在他发言的最后宣布："经过仔细研究相片底版……根据爱因斯坦的引力定律，光线发生了偏移。"

发布重大成果的是当时天文学界的灵魂人物之一——1914年起任剑桥天文台台长的英国天文学家爱丁顿（1882—1944）。戴森与爱丁顿郑重宣布：根据他们各自在不同地点，对当年5月29日的日全食观察结果，爱因斯坦广义相对论的一个预言得到验证。大会两主席之一的英国皇家学会会长（1915—1920在任）约瑟夫·约翰·汤姆孙（1856—1940）也有同样的结论；他还声称，爱因斯坦的广义相对论，是"人类思想史中最伟大的成就之一"。另一个大会主席A.福勒也持类似的观点。在会上，虽然O.洛吉和L.希尔伯斯坦持反对意见，但支持意见占了主流。接着，"爱因斯坦万岁！"的口号响起……

会后，各大媒体就将这一重大消息拍发到全世界，引起了科学界空前的轰动。英国《泰晤士报》文章的标题是《科学的革命》。英国另一家报纸刊登的漫画是：侦探手电筒的光拐了两个大弯，射到撬保险柜的小偷身上；标题是《爱因斯坦：这是小意思！》……

爱因斯坦一夜醒来，就成了轰动科学界的大人物：雪片般的要求签名的信件、国王般的礼遇、爱因斯坦式雪茄、相对论牌香皂……

戴森　　　　　爱丁顿

那么，是爱因斯坦的何种预言得到验证而劳科学家们兴师动众，并引起如此轰动呢？这得从头说起。

1905 年是近代物理学史上一个值得用金字书写的"奇迹年"。这一年，住在瑞士伯尔尼克拉姆街 49 号顶楼一个默默无闻的小专利员，先后写出了 3 个领域（光量子论、分子运动论、狭义相对论）的 6 篇论文——其中 4 篇在当年发表。其中任何一篇，都可以使他享有物理学家的盛名而青史永垂。例如，3 月 18 日发表在德国物理学期刊《物理年鉴》上的《关于光的发生和转变的一个新观点》，就使他在 1922 年独享 1921 年诺贝尔物理学奖。又如，9 月 28 日发表的长 30 页的《论动体的电动力学》，标志着狭义相对论的诞生。

这个默默无闻的伯尔尼专利局的小专利员——1902 年初的年薪仅 3 500 瑞士法郎、两年试用期结束后的 1904 年 9 月 16 日增加到 3 900 瑞士法郎的"三级技术鉴定员"，不是别人，就是后来名扬四海的大物理学家爱因斯坦。

1915 年 11 月 25 日，爱因斯坦完成了广义相对论；次年 3 月 20 日，他的总结性论文《广义相对论的基础》，作为一个单行本正式发表在《物理年鉴》上。

"想象是诗人的翅膀，假设是科学家的天梯。"德国大诗人歌德（1749—1832）说。爱因斯坦以"九天揽月"和"五洋捉鳖"的气概，革命性地为狭义相对论架设了"天梯"："光速不变原理"和"狭义相对性原理"。广义相对论的"翅膀"则是"广义相对性原理""等效原理"和"马赫原理"。马赫（1838—1916）是奥地利物理学家、哲学家，出生在现属斯洛伐克的莫拉维亚。马赫原理包括四个方面的内容：空间不是一种

《物理年鉴》1905 年第 17 卷第 132 页：
《关于光的发生和转变的一个新观点》

"事物"，而是物质之间距离关系总体的抽象；粒子的惯性是由它与其他物质作用造成的；局部的非加速度标准决定所有物质的平均运动；所有物质都与其他物质存在相对运动。

韦尔

深奥的相对论发表以后，引起了不同的反应。

一些人持冷漠态度。在法国，直到 1910 年还几乎没人提到狭义相对论。在实用主义盛行的美国，在最初十多年里也没人认真对待。

不过，也有一些人倍加赞赏，致力于更加完满地解释或进一步概括。例如，在瑞士苏黎世工作的德国数学家、物理学家赫尔曼·克劳斯·雨果·韦尔（1885—1955）就推广了相对论，指出它不但适合于引力现象，也适合于电磁现象，并由相对论得到与英国物理学家麦克斯韦（1831—1879）电磁方程相同的方程。对此，出生在瑞士的美国著名数学家和科学史家卡约里（1859—1930）赞叹道，相对论"具有几乎是魔术般奇妙的性质"。他还用歌德在《浮士德》中的妙语送给爱因斯坦："写出这些符号的是一个神吗？"爱丁顿也用广义相对论做出了包括电现象的解释。德国物理学家马克斯·普朗克（1858—1947），德国数学家、爱因斯坦大学时的老师闵可夫斯基（1864—1909），则是支持相对论的代表。

对异常玄乎以致"荒诞"的相对论，反对的声言也很强。从 1906 年德国科学家考夫曼（1871—1974）指出相对论与实验事实不符开始，普尔（C.L.Poor）、T.J.J. 西伊、法国数学家保罗·潘勒韦（1863—1933）、两位德国物理学家勒纳德（1862—1947）和伦琴（1845—1923）、麦克斯·阿勃拉罕，也加入了反对派的行列。其至被爱因斯坦称为"相对论先驱"的马赫（别忘了"马赫原理"！），也要表示"清白"——他宣布不承认相对论。至于后来因为爱因斯坦的犹太人出身和他反对军国主义的立场，也"连累"他的相对论被许多德国科学家反对。反对浪潮更是在 20 世纪 20—30 年代甚嚣尘上，闹剧连连。1930 年，德国曾出版了一本名为《100 位教授出面证明爱因斯坦错了》的书，就是这种闹剧中滑稽的一幕。

那么，相对论是否正确呢？只能"用事实说话"。

历史终于等到了"用事实说话"的那一天。

克鲁梅林

1919 年 2 月，英国皇家学会派出以爱丁顿和考汀汉姆（E. T. Cottingham）为首的科学家观测队，到当时西班牙控制的西非几内亚湾的普林西比（Principe）小火山岛观测。英国皇家天文学会也派出以英国天文学家安德鲁·克劳德·德·拉·切罗斯·克鲁梅林（1865—1939）、弗兰克·沃森·戴森和查尔斯·戴维森为首的另一个队，远征巴西西北部的索布腊尔（Sobral）镇观测。另一种说法是，后一个队以另一位英国天文学家安德鲁·克劳德·德·拉·切罗斯·克罗梅林（1865—1939）为首。两个队要观测 5 月 29 日持续 302 秒的日全食，看光线在太阳附近是否弯曲或弯曲的数据与爱因斯坦 1916 年的预言是否一致。

过了中午，雨停了下来。虽然云还没有散尽，但日食已开始出现。"照相开始！"爱丁顿举起右手有力地往下一挥，轻声地说。节拍器"啪啪啪"地响了起来，在约五分钟的日食过程中，他们一共拍了 16 张照片。

"哗的一下，照来了强光。像出鞘的利剑，照得人眼花；像齐鸣的鼓号，震得人耳聋。"爱丁顿的感觉，就像这首歌德的诗中描写的那样——他为什么有这种感觉呢？

原来，看到最后一张冲洗出来的照片上，太阳周围的光线都向外偏转……

结果，爱丁顿队观测的数据为 $1.61'' \pm 0.30''$，克鲁梅林队为

1.98″±0.12″，与爱因斯坦预言的 1.75″ 比较接近。于是，引出了前面那个科学家们济济一堂的盛会。

"真是出色极了！"广义相对论被首次验证，给爱因斯坦带来了极大的欢乐和荣誉。一天，他拿出了爱丁顿寄来的照片，高兴地对一位来访者这么说。

不过，一些科学家依然对太阳光线偏转能验证广义相对论持怀疑态度——太阳表面温度变化、底片成像质量等因素，都可能对最后结果产生较大的影响，于是争论继续。

3 年以后，美国利克天文台（Lick Observstory）台长（1901—1930 在任）、美国天文学家威廉·华莱士·坎贝尔（1862—1938）和出生在瑞士的美国天文学家罗伯特·朱利叶斯·特鲁普勒（1866—1956），随美国的克罗克银行总裁——商人、慈善家威廉·亨利·克罗克（1861—1937）带领的远征队到了澳大利亚西海岸的沃拉尔（Wallal）圣诞（Christmas）岛观测了 1922 年 9 月 21 日的日全食，得到 1.72″ 的结果。这也接近爱因斯坦预言的 1.75″。

后来的 1929 年、1936 年、1947 年和 1952 年发生日食时，各国天文学家都进行了观测，光线的偏折角度都与爱因斯坦的预言互有出入。直到 1973 年 6 月 30 日的日全食，美国人在毛里塔尼亚的欣盖提沙漠绿洲中，得到了 1.66″±0.18″ 的偏折角度。1974—1975 年间，天文学家用甚长基线干涉仪，在可见光波段之外精密观测了太阳对三个射电源辐射造成的偏折，得到 1.761″±0.016″ 的偏折值，以误差小于 1% 的精度，最终验证了爱因斯坦关于"光线在太阳附近弯曲"的预言。

不但光线在太阳附近的弯曲的预言被基本验证，而且广义相对论中存在黑洞的预言也被证明。利用建在智利的欧洲南方天

黑洞拉伸、撕裂并吞噬恒星

文台，德国慕尼黑的马克斯·普朗克外太空研究所的天文学家们，对银河系中心 28 个星球历经 16 年的测算之后，在 2008 年 12 月证实了该中心存在巨大的黑洞"人马座 A"。距地球约 2.7 万光年的这个黑洞，质量约为太阳的 400 万倍。黑洞是 20 世纪 60 年代就开始被发现的。

此外，爱因斯坦或其他人用相对论做出的另外一些预言也先后被大致验证。例如，光线在强引力场中要发生红移、雷达回波要延迟、有爱因斯坦环、物质会产生"玻色－爱因斯坦凝聚"、宇宙膨胀、宇宙起源于"大爆炸"、宇宙中存在中子星和宇宙微波背景辐射等等。

经过这些验证，相对论是不是就已经完全被证明为真理了呢？

答案是否定的。这又是为什么呢？

① 一些预言虽然被得到有实验误差的验证，但正如美籍意大利物理学家、1959 年诺贝尔物理学奖的两位得主之一的塞格雷（1905—1989）所说："不幸的是，这些效应都微小得难以观察，以至于直到现在，也没有不含糊的实验验证。" 正因为类似的原因，1922 年 11 月 10 日，瑞典皇家科学院秘书、诺贝尔奖评委会主席——昆虫学家佩尔·奥洛夫·克里斯托弗·奥利维留斯（1843—1928）曾特别写信给爱因斯坦，指出他得到 1921 年诺贝尔物理学奖的原因："是您发现了光电效应定律，但是没有考虑您的相对论和引力理论的价值，这要在将来得到肯定之后。"因为诺贝尔奖的评选条件和原则是，不对没有被证实的理论创新颁奖——虽然此前已有光线在太阳附近的弯曲被初步验证。

奥利维留斯

事实上，从 1910 年到爱因斯坦在 1922 年才独享 1921 年诺贝尔物理学奖的 13 年间，相对论就得到诺贝尔奖评委会的 11 次提名——只有 1911 年和 1915 年这两年除外，但没有一次被评上。对"获得"的解释是：1922 年 10 月初，爱因斯坦偕妻子爱尔萨离开柏林，在瑞士待了几天，10月8日从法国马赛港登上日本汽轮"北野丸"号，应1919年创刊的日本《改造》杂志之邀赴日访问，于途中的11月中旬在上海霞飞路短暂停留时，才从瑞典驻沪总领事那里得知11月9日诺贝尔评委会决定把前一年的诺贝尔物理学奖授给他的消息。

不过，也有人——包括爱因斯坦认为，作为原理性理论的相对论，感觉经验可以为它提供证据，但科学理论并不是关于感觉经验的，科学不应该也不能"跟着感觉走"。因此，相对论的一些原理不能够、也不应该还原成经验操作去接受经验检验。诸如"同时的相对性""四维时空"等概念，是不能也不应从经验去理解、用经验方法来检测的。正如古希腊数学家欧几里得（约公元前330—前275）那个没有长宽高的"点"的概念，只能从理念上去把握，而无法用经验去证明它的真实性一样。

②即使相对论的全部预言都得到实验验证，也不能证明它完全正确。我们可以只用一个实验来否定某个理论，但却不能用有限个实验来证明一个理论——理论的确立必须要经过严格的逻辑证明。这正如爱因斯坦所说，没有任何一个实验能一劳永逸地证明相对论的正确性，但只要有一个可重复的实验能够证伪他的理论，那就表明相对论是错误的。相对论是否完全正确，至今仍有不同观点，我们必须持谨慎态度。

③人们对相对论的原理之一——"光速不变原理"提出了质疑。我们将在下一个故事中详述。

④爱因斯坦在相对论的计算中可能有误。1985年，由太阳物理学家西尔教授领导的三位天文学家就说过："广义相对论的计算中有一个错误，所以有95%的把握证明是错的。"这一说法，对数学较差的爱因斯坦来说，并非不可能。

⑤相对论的许多问题还没有定论。例如由它引出的直角杠杆佯谬、柔绳佯谬、运动物体视在形象佯谬、双胞胎佯谬、超光速佯谬等，至今仍是未破解的物理难题。狭义相对论用于质点动力学是成功

的，但一涉及广延体，就会出问题；以至于相对论静力学、相对论热力学、相对论流体力学等，至今仍未建立起令人信服的理论框架。甚至像"运动物体变热还是变冷"这类问题，至今也没有定论。相对论力学的局域性和量子力学的普适性之间的矛盾还没有解决。

纽康

⑥一些预言虽在一定精度上被间接证实，但并没有直接的证据，所以不能说已被完全证明。黑洞和引力波的预言就是如此，而相对论的本质就是引力理论。下面结合爱因斯坦有关引力理论的预言加以分析，这也是我们这个故事的重点。

不过，迄今相对论的不少预言都被初步验证——特别是被直接观测到的引力波（2017 年诺贝尔物理学奖的得奖项目）完成了广义相对论的"最后一块拼图"。于是，此前一些人认为的"相对论是何等美丽，可实验却少得令人羞愧"，因而相对论是"理论物理学家的天堂，实验物理学家的地狱"的状况有所改善，大大增强了相对论"用事实说话"的声音。

1915 年，爱因斯坦在《用广义相对论解释水星近日点的进动》中，算出了水星近日点的"剩余进动"为 43″ 03/100 年，激起了已平静几十年的"水星近日点剩余进动之谜"的波澜。这又是怎么回事呢？

原来，根据牛顿力学的计算，水星近日点的进动为 5 557″ /100 年。但是，根据 1859 年法国天文学家勒·威烈（1811—1877）的测算，却多出了 38″ /100 年，这被称为"剩余进动"。他误以为这是水星轨道内一颗实际上并不存在的"火神星"吸引水星引起的。1882—1895 年间，美国天文学家西蒙·纽康（1835—1909）等人更准确地测算为 43″ /100 年。不但如此，他们还发现金星、地球、火星轨道也有类似剩余进动。他们不是像勒·威烈那样笃信牛顿万有引力定律，用其他方法、从其他角度解释，而是将万有引力定律中的二次方修改为二点几次方来解释，结果也以失败告终。这就是未能解开的"水星近日点剩余进动之谜"。

这样，当爱因斯坦用相对论破解这个谜的时候，"死水"当然就会顿起"波澜"了。

到了 1975 年，科学家们终于测得 $41.4'' \pm 0.9''$ /100 年的值，与爱因斯坦的计算基本相符。不但如此，此前测得的金星（$8''$ /100 年）、地球（$4''$ /100 年）、火星、小行星鲁卡伊斯的剩余进动值，也与用相对论的计算值基本相符。相对论的支持者们又有新的依据了。这样一来，相对论天体物理学、相对论天体力学先后在 20 世纪 50 年代和 80 年代创立。

不过，相对论的支持者们并没有太高兴。20 世纪 60 年代，科学家们测得太阳并非规则的球体，而是有 $10^{-5}$ 量级的扁率。它足以使水星产生 $4''$ /100 年的剩余进动——约为 $43''$ /100 年的 11%。天啦！相对论也这么"不中用"！全世界再一次轰动。于是许多物理学家又一次抛弃爱因斯坦的引力理论，纷纷提出自己的引力理论。至 20 世纪 80 年代初，新引力理论有如"战国春秋"——已近百种。

事实又一次"偏爱"了爱因斯坦。其后利用航天技术测得太阳的扁率仅 $10^{-6}$ 量级——大大减少了相对论在水星近日点的剩余进动预言上的误差。加之赫尔斯（1932— ）等 3 人经过 1974—1978 年连续 4 年，对他们新发现的脉冲双星 $PSR_{1913+16}$ 周期稳定变小的观测，得到 4 年共减少 750 万分之一秒的结果。这与爱因斯坦的预言符合得较好，从而间接地证明了引力波的存在。

这两件事再一次使相对论的支持者们占了上

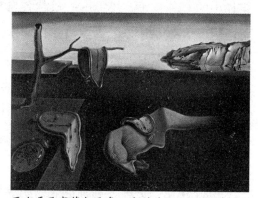

西班牙画家萨尔瓦多·达利（1904—1989）的油画《记忆的永恒》——时空在这里凝成一体

风。于是，上述"战国春秋"中的"弱国"大多消亡，至今是"五霸七雄"——仅有几种仍在继续被研究。

虽然已间接证明了引力波及由它产生的引力透镜的存在，但由于它远小于电磁作用，所以异常难以直接测量。

再说 2017 年诺贝尔物理学奖的得奖项目——引力波被直接观测到。

从 1958 年开始，美国马里兰大学的韦伯就开始尝试直接测量引力波。目前全球有几十个引力波实验室，其中德国慕尼黑的马克斯·普朗克天体物理研究所、美国麻省理工学院和英国格拉斯哥大学等，所使用的激光干涉仪引力波干涉台（LIGO）最有前途。它的工作原理是麻省理工学院的惠斯于 1970 年提出来的。2001 年 12 月 28 日，位于美国路易斯安那州的力文斯顿和相距 1 900 千米华盛顿州的汉福德首次投入了 LIGO 的同步运行，它的巨臂长 4 千米，能测量质子直径 $10^{-6}$ 的微小伸缩。同一天，另一套 LIGO 也在德国汉奴弗起动。最终，科学家们在 2015 年到 2017 年之间，5 次直接观测到了引力波。这个"认识宇宙的新窗口"打开以后，将会开辟一个"全新的天文学领域"。

引力大小会不会随时间改变？这也是相对论诞生以来争论不休的又一问题。爱因斯坦引力理论中的比例系数 G，也和牛顿万有引力定律中的 G 一样恒定不变——虽然各自数量不同，称为引力常量。英国物理学家狄拉克（1902—1984）则从宇宙间量纲大数间的关系出发，说 G 将随宇宙年龄的增大而变小，并预言每年减小约 $5 \times 10^{-11}$。接着，各种各样变常量引力理论应运而生。著名的有 1949 年的约当理论、1961 年的布朗士-狄拉克理论、1977 年美国坎鲁多等人的理论，他们的 G 值变化率与狄拉克的大约相当。这样，似乎牛顿和爱因斯坦又被孤立了。

1984 年初，美国加利福尼亚州帕萨登纳喷气推进实验室的、以海宁为组长包括坎鲁多在内的 6 位科学家，分析了 6 年来一些航天飞行器测量的结果，发现 G 值变化率仅为狄拉克预言值的 1/5。此外，他们还排除了 G 值随宇宙质量变化的可能性。这似乎又利于牛顿和爱因斯坦了。

仍有科学家宣称，已发现 G 值有改变的迹象。看来，G 值是否可变的争论还得继续下去。

据说，一群科学家在 2007 年 11 月 11 日发表报告指出，他们证实了相对论中的"钟慢效应"——这被通俗化为"时间稀释"。这群科学家通过国际合作，用分子加速器使原子发出绕圈而行的两束光，模拟理论中较快的钟，然后用高精度的激光测量时间，结果发现光束的确比外界的光慢——与爱因斯坦的理论"完全吻合"。

从对相对论的探索可以看出，人类对自然界的认识是有限的，正如中国科学家钱学森（1911—2009）所说："在科学上没有什么认识是最后的。"美国电影演员、漫画家、作家威尔·罗杰斯（1879—1935）则说："没有什么是永恒的。"

这种思想也适合于任何领域。马克思、恩格斯在《自然辩证法》等著作中就多次声明，他们的理论并非"永恒的真理"。

那么，相对论这个"美丽的大地的孩子，长大你会像谁？"（罗大佑）人们在拭目以待。

大气磅礴的革命性的相对论跌跌撞撞地走过了一个多世纪，然而却走得那么潇洒，那么红火。科学家们为它争吵、忙碌至今，"人们处处都被它推导出来的明显的佯谬所吸引或排斥""幽默家们在这个理论中发现了他们艺术表演的材料"（美国数学家和科学家卡约里）。难怪美国天体物理学家、科普作家迈克尔·H. 哈特（1932—）在《历史上最有影响的 100 人》（*The 100: A Ranking of the Most Influential Persons in History*）一书中写道："除了达尔文，没有哪位现代科学家像爱因斯坦引起那么多的争论。"这里说的达尔文，是指英国生物学家查理·罗伯特·达尔文（1809—1882，以下简称达尔文）。

感谢爱因斯坦，感谢相对论——不但为我们打开了科学的视野，也为我们带来了无尽的欢乐和无穷的探索。

在论文的后面，通常都有为数不等的引文索引，但《论动体的电动力学》后面却是"和尚的脑袋——光秃秃"的：爱因斯坦谁也不靠。这种"倚天抽宝剑"，敢把牛顿力学"裁为三截"的大胆创新精神，永远激励着人类进行无穷的探索。

人们把相对论称为里程碑，而里程碑的真正含义是：来去的路都望不到尽头。"杰出的先生们，让我们扬起真知之帆，比所有前人都更深入地去探索大自然的真谛。"让英国皇家学会首任两秘书之一的奥尔登伯格（1615—1677）的这个号召，激励着我们去望一望那"望不到尽头"的路吧！

# "上帝"在掷骰子吗

## ——测不准原理之争

　　1932 年 12 月 10 日下午，瑞典斯德哥尔摩市中心的蓝色音乐厅显得格外庄严壮丽。同每年的这天一样，这里要颁发诺贝尔奖。这一年的诺贝尔物理学奖要颁给德国物理学家海森堡（1901—1976）一个人，而他的老师——德国物理学家马克斯·玻恩（1882—1970）却意外落选。

海森堡

　　玻恩为何会落选呢？这还得从一场争论说起。

　　1926 年，玻恩提出了波函数的"统计解释"。这一量子力学上"最重要的发现"认为，微观粒子没有确定的运动轨道，只存在统计规律，就像掷骰子掷出的点子不确定一样。1927 年 3 月底，海森堡发表了《关于量子论的运动学和力学的直觉内容》的论文，提出了著名的"测不准原理"——微观粒子的位置和速度只能同时测准一个。同年 9 月，丹麦物理学家玻尔（1885—1962）提出了"互补原理"即"并协原理"。

　　这些量子力学上最重要的原理，却受到了爱因斯坦的质疑。于是"20 世纪最大的论战"，在最杰出的物理学家之间爆发了。

　　1927 年 10 月，在第五届索尔维国际物理学讨论会上，爱因斯坦针对玻恩提出的量子力学中波函数的统计解释提出了诘难，与玻尔、玻恩和海森堡等一大批物理学家发生了激烈的争论。这一下子群情

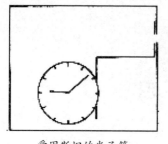
爱因斯坦的光子箱

激奋了——有十多位科学家用十多种语言叫嚷着要求发言。这一下子乱了：会场分成好多部分，"大会发言"变成了"分组讨论"。

爱因斯坦认为，"上帝不是在掷骰子"，微观粒子的运动应该有确定的轨道。爱因斯坦还认为测不准关系的存在是观测手段不完备造成的，因此，它的客观实在性值得怀疑，不应该把它看成一条真实起作用的原理。他精心设计了一个理想实验，企图驳倒它，并说服玻尔，但是爱因斯坦并没有找到统计解释和测不准关系在理论上的欠缺。爱因斯坦的决定论的观点，则遭到了玻尔等哥本哈根学派的有力反击。爱因斯坦气得脸色发青，不失斯文地拍了一下桌子，斩钉截铁地说了一个"不"字，接着又大声说道："还是量一量我们无知的程度吧！"就这样，双方不欢而散。

1930 年，在第六届索尔维国际物理学会议上，爱因斯坦精心设计了一个理想实验——光子箱实验，力图证明时间和能量可以同时准确测量，用它来推翻测不准关系。这一"突然袭击"，使玻尔当时无言以对，败下阵来。

当晚，玻尔怎么也睡不着。通过一个通宵和助手的讨论，玻尔"以其人之道还治其人之身"——用爱因斯坦的广义相对论原理，巧妙地设计了一个相反的理想实验。第二天早晨，玻尔胸有成竹地在会场黑板上画出了爱因斯坦光子箱实验的"改进"图，然后指出了爱因斯坦理想实验中的矛盾，恰恰是违反了自己所创立的广义相对论；并且证明了在爱因斯坦的理想实验中，只有引进测不准关系才能使矛盾顺利解决。眼观"风云突变"，爱因斯坦哑口无言，只好承认统计解释和测不准关系，以及整个哥本哈根学派对量子力学的解释并没有内在矛盾。

"会上比分"：1：1。

爱因斯坦仍然以十分怀疑的目光，注视着哥本哈根学派的物理学研究和哲学解释。始终认为量子力学的统计方法在认识论上让人无法接受，在美学上更不让人满意。

会后，爱因斯坦仍然不断地设计实验，反驳以玻尔为代表的哥本哈根学派的观点。玻尔与哥本哈根学派的科学家也不断地发表文章予以论证和反击。1935年，爱因斯坦还与两位年轻的助手合作发表了《能认为量子力学对物理学实在的描述是完备的吗？》一文。再次强调他的决定论的观点，否认量子力学规律的完备性。直至爱因斯坦去世，他仍然拒绝接受测不准关系。

这场争论是异常激烈的，以致爱因斯坦曾经发誓：如果电子的运动"都由它自己去选择……我宁愿做一个补鞋匠，或者当一个赌场雇员，而不愿做一个物理学家"。

这场争论的影响也是十分巨大的。

首先，爱因斯坦的反对，客观上推动了量子力学的发展。因为双方都必须做更深入的研究来企图驳倒对方。

从另一个角度来看，爱因斯坦"一直批判着哥本哈根学派的解释，然而他也从不提出任何具体的替代办法"，这就使人无所适从了。更何况，爱因斯坦过早地离开了量子力学研究的洪流，去进行统一场论的研究。这就使得他的"探索始终未取得具有物理意义的结果，但却几乎耗尽了他整个后半生的科学创造精力，并使他远离当时物理学最蓬勃发展的领域——以量子力学为指导理论的微观物理学，这对物理学的发展无论如何是一种损失"。

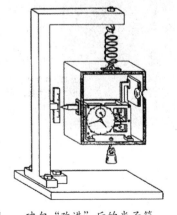

玻尔"改进"后的光子箱

对这一点，玻恩深有体会。当他谈到爱因斯坦对量子力学的态度时写道："我们当中许多人都认为，这是一出悲剧——对于他来说，他在孤独中探索自己的道路；对于我们来说，则失去了领袖和旗手。"难怪在纪念爱因斯坦诞生 100 周年的时候，还有人提出：人们可以猜想，如果他对量子力学给予直接支持，那对这门科学将会发生些什么作用？而他对这门科学所持的否定态度又引起了什么变化？

这确实是个值得人们深思的问题。一个需要科学中最高智慧的量子力学，却失去了具有这样智慧头脑的爱因斯坦的直接支持，这对量子力学来说，是失去了一个难得而巨大的推动力啊！

科学史家们认为，正是由于有赫赫声名的爱因斯坦对玻尔学派上述观点的反对，所以诺贝尔奖评委会只好望而却步，致使玻恩直到离 1932 年已经 22 年才成为 1954 年诺贝尔物理学奖的两位得主之一！

这场意义非常深远的争论，不但涉及物理学的本质以及整个自然科学的根基，还特别富有哲学意义；即使爱因斯坦和玻尔这两位 20 世纪最伟大的物理学家辞世以后，争论仍然在进行，一直持续至今，胜负未分。

微观粒子是独立于我们之外客观存在？还是除了感觉，对客观世界什么也不能说？微观粒子是"有轨电车"，还是"无轨电车"？微观粒子的位置和速度能同时测准吗……这些问题，至今仍然没有毫无争议的、公认的确定答案。

看来，人们对大自然的认识，还应该像英国医生、生物学家哈维（1578—1657）喜欢的这首诗那样："谁也没有臻达完善，他以为自己知道，实际上多么无知。时空和经验给他乳汁，改正了他的错误，让他在训诲中成长，教他放弃曾深信不疑的信条……"

玻恩

# 有没有"试管中的太阳"
## ——人能控制轻核聚变吗

为了解决能源短缺的问题，人们把目光瞄准了核能——当今全世界 400 多座核电站发出的核电，已约占总电力的 13%。核电站是用重核裂变放出巨大的能量——加以控制的原理建造的。

那么，还有没有更好的核能呢？有的。那就是用轻核聚变放出更大的能量——当然也要加以控制，否则就会像氢弹那样突然放出巨大的能量而酿灾致难。轻核之一氘（D）的来源——重水，约占海水的 1/6 000，是取之不尽的。这里提到的氘（重氢）即氢 –2（核内 1 个中子），是氢的四种同位素之一——其余三种是：氢 –1 即氕（H），也就是普通氢（核内无中子）；氢 –3 即氚（T），也就是超重氢（核内 2 个中子）；不久前发现的、核内 4 个中子的氢 –5 即特重氢，很不稳定。

要实现轻核聚变可不容易，要控制它的聚变速度更不容易。用加速器加速氘核的"冷靶法"和"对撞法"都行不通。于是人们想到了太阳——每秒钟的热核聚变就可以提供多达 $3.8 \times 10^{26}$ 焦耳的能量。可热核聚变需要高达上亿开的温度——哪里去找呢？就人为制造吧，但"激光法""磁约束受控核聚变"都还在试验之中。

可不可以换一种思路，在较低的温度下实现受控核聚变呢？科学家们为此绞尽脑汁，做了大量的实验。

"喜讯"终于传来了。

1989 年 3 月 23 日 13 时，在美国犹他州盐湖城的犹他大学

（University of Utah）举行了一次新闻发布会。在会上，该校化学系主任、美国（1991年移居法国）电化学家斯坦利·庞斯（Stanley Pons，

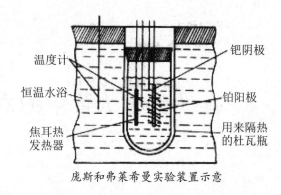

庞斯和弗莱希曼实验装置示意

1943—    ）即鲍比·斯坦利·庞斯（Bobby Stanley Pons）教授，和来自英国南安普敦大学（University of Southampton）的英国（出生在捷克斯洛伐克的卡罗维发利，1991年也去了法国）电化学家马丁·弗莱希曼（Martin. Fleischmann，1927—2012）教授宣布，他们用简单的重水电解装置，在室温下实现了持续的核聚变——"冷核聚变"或"冷聚变"。人们称之为"犹他实验"。他们用99.5%的重水和0.5%的普通水，加入少量的氘氧化锂制成电解液；用铂做正极、钯做负极，在室温下进行电解。结果，测到了热效应——输出能量4瓦大于输入能量1瓦，和核产物——γ射线和中子。

犹他实验的装置非常简单，而且在室温下进行，所以这一惊世骇俗的消息刚一宣布，就立即引起了全世界的轩然大波，两人也一下子出了名。这似乎是打破了"核聚变必须在上亿开的高温下才能进行"的传统观念，使低成本的核聚变能有了希望，所以，他们的发现被誉为"试管中的太阳"。许多人都认为，一旦这一实验被证实，他们肯定会获得诺贝尔奖。于是，一些著名的实验室和数百个实验小组纷纷摩拳擦掌，要"让太阳更亮"，积极加入了冷聚变试验的行列。

一场世界范围的冷聚变研究的热潮开始了。

仅仅过了7天，在哥伦比亚大学的一次学术活动中，犹他州伯明翰·杨大学的美国物理学家斯蒂文·厄尔·琼斯（1949—    ）教授就宣布，他也独立地实现了冷聚变。只是他的实验结果与庞斯等的实验结果有较大不同。他的冷聚变是在钛电极中实现的，所观察到的中子

量比庞斯等的中子量少得多，并且没有观察到热效应，所以没有引起更多的注意。

第二天即 3 月 31 日，匈牙利的拉乔斯·科苏特大学实验物理系的两位物理学家——久洛·奇考伊和泰勃·斯陶里奇考伊宣布，他们重现了庞斯等的实验，观察到了热效应和中子。4 月 1 日，日本农工大学的小山升教授也宣布，他也部分实现了庞斯等的实验，观察到了 $\gamma$ 射线和氚等。

从 4 月 10 日开始，冷聚变的研究出现了高潮——几乎每天都有人宣布冷聚变成功：

4 月 10 日上午，美国得克萨斯州的 A & M 大学的一个 10 人小组在新闻发布会上宣布，在他们的冷聚变实验中，输出的能量比输入的高 20% ~ 80%；

4 月 11 日，美国乔治亚理工学院宣布，他们在冷聚变的实验中测到了中子，其信号比原来高 13 倍；

4 月 12 日，苏联莫斯科大学物理系固体物理实验室的研究小组报道，他们重复了庞斯等的实验，测到了热和中子流；

…………

在这些"成功"之后，犹他大学校长还特意在原有的 500 万美元的基础上，向政府追加申请了 500 万美元的研究经费。

然而，在这场冷聚变研究的热潮中，也有许多研究小组没能重现出庞斯等的实验结果。特别是一些世界著名的研究机构，发布了下面一些不利于庞斯等的实验结果。

4 月 25 日，美国乔治亚理工学院正式发表声明，撤回他们以前关于测到中子的结果。他们解释说，这是由于中子测试仪对温度的敏感性导致了错误的结论。

在 5 月的美国物理学会年会上，以加州理工学院的史蒂文·库林为代表的许多科学家对冷聚变的实验提出了尖锐的批评。在 5 月 7 日的美国洛杉矶化学学会会议上，在 5 月 23 日的美国新墨西哥州关于冷核聚变现象专题国际会议上，出席会议的大多数科学家都认为庞斯等的实验结论不可靠。

1990年，4名非犹他大学的学者组成的评议小组对庞斯等人的实验进行了为期1个月的检测，结果没有发现任何证明冷聚变发生的证据，而伯明翰·杨大学的相关研究人员也主动否定了他们的"研究成果"。

迫于压力，犹他大学校长引咎辞职，而两位当事人——庞斯和弗莱希曼被扫地出门。

1994年，美国能源部和能源顾问委员会组成的共同的调查委员会，用详尽的事实彻底否定了冷聚变。最终，这项轰动世界的"科技成果"在烧掉了大量美元之后，以一出闹剧收场。

不过，事情并没有彻底完结。

由于冷聚变实验的结论与传统的物理学理论有很大的冲突，所以在庞斯等宣布实验结果以后，许多人就已经持怀疑态度。其原因在于：根据核物理理论，两个原子核要彼此接近到核力相互作用范围内，才能发生核聚变反应。由于同性电荷间库仑斥力等的存在，要使两个自由核子聚合在一起，必须要有上亿开的高温。这一理论曾成功地解释了太阳上的热核反应，也曾使氢弹制造成功，所以庞斯等人的实验及解释令人怀疑——直到上述1994年被否定。

这并没有让冷聚变的支持者闭上嘴巴——这也许与人们企盼用它解决能源危机有关。于是，一场关于是否能实现冷聚变——进而延伸到能否控制轻核聚变的争论就不可避免了。争论主要围绕着以下几个问题。

关于冷聚变的热效应问题。一些实验室宣布他们观察到了热效应，而大多数实验室则表示他们没有观察到热效应。也有人说庞斯等所观察到的热效应并不是来自核反应。

关于中子的测量问题。大多数的研究小组宣称，他们只测到少量的中子或没有测到中子。

关于冷聚变的理论解释问题。由于冷聚变中的热效应和中子有不同的结果，所以就带来了理论上的不同解释。一类理论解释支持庞斯等的实验结果，认为冷聚变可以在很高的速率下进行；另一类理论支持琼斯的实验结果，认为冷聚变只能在较低的速率下进行；还有一类理论认为，冷聚变是由于某种化学反应所产生的热引起的。

关于冷聚变的理论和实验依据问题。支持方的依据之一，是20世纪60年代的一个发现。这指美国物理学家弗兰克、苏联物理学家杰里多维奇和沙哈罗夫等最早发现，慢速阴介子能围绕着原子旋转，并且比电子的旋转半径小得多，形成所谓的介原子。在介原子中，带电的 π 介子或 μ 介子可以抵消一部分核电荷对外的作用，所以介原子中间或介原子与普通原子接近的静电斥力很小，能在很小的距离内实现核聚变。美国物理学家阿里瓦列茨用实验证实，介原子的确能在常温下发生聚变。认为冷聚变打破了传统观念，就如同科技史上许多在开始的时候不被承认的发现和发明一样。介原子寿命很短，含有 μ 介子和 π 介子的原子平均寿命分别仅 $2 \times 10^{-6}$ 秒和 $2 \times 10^{-10}$ 秒，说明阴介子很快就会被原子核俘获或发生突然蜕变，所以不是每个介原子都能参加核聚变。况且获得介原子的过程比较复杂，因此反对方认为，阿里瓦列茨的实验只是从理论和实践上证实了冷聚变的一种可能性——如此而已。

不过，关于冷聚变的最大争议是：它是不是"伪科学"或"病态科学"？中国国内有人认为冷聚变是病态科学的典型，国外有的科学刊物则提出要给庞斯和弗莱希曼颁发"可耻诺贝尔奖"。

所谓病态科学，它的主要特征是：实验效应很弱，没有显著的因果关系；常常是低统计的事例；惊人的高精密度；背离原有理论；发现者沉醉于所得结论，拒绝任何批评；等等。

有人总结出冷聚变具有病态科学特征：实验重复性差；超额热与核产物不匹配；中子数据在检测极限，与现有的核理论相悖；许多论文发表前未经评审；等等。不过，在2005年，美国乔治·华盛顿大学的工程师戴维·内格尔说，不要紧，超导现象也是经过了40年的研究才解释清楚，因此，没有理由驳斥冷聚变的可能性，不要轻易戴病态科学的"帽子"。

1993年10月，在日本的名古屋召开了第三届国际冷聚变会议，与会者一致认为：冷聚变不是是否存在，而是如何存在。此外，有报道说，中国物理研究院研究员王大伦等做的冷聚变实验，就有良好的可重复性。在1998年1月6日，经过院和所的两级专家严格考核，已获得顺利通过。

当然，也有不少科学家持审慎态度。在1989—1999年的10年中，美国海军的多个实验室共进行了200多次实验，试图发现冷聚变是否能在常温下进行但都没有确定的结果。在这种背景下的2004年12月，在对各种证据进行评估之后，美国能源部说，它将接受冷聚变的各种建议。

由于核聚变研究涉及探索新能源，所以这场至今胜负未分的争论，很引人瞩目，而且许多国家都在"只争朝夕"地试图拨开"迷雾"。

研究核聚变也是中国科学家的一个重要课题，有的成果还跨入了世界先进行列。例如，2017年7月5日，中国科学家发布了一段100多秒的视频，立即引起了世界科学界的震动。该视频显示了中国科学家在核聚变研究中创造的一个世界纪录：$5 \times 10^7$ ℃的核聚变物质，悬浮在 −269 ℃下的超导体形成的磁场中。

关于核聚变的最新成果是，在2018年6月初，位于英国牛津郡

位于牛津郡的"托卡马克"热核反应堆

的"托卡马克能源公司"的一座"托卡马克"热核反应堆，实现了氢的热核聚变，得到的温度为1 500万℃。据报道，该公司希望借助于这项成果，能于2030年前在英国实现并网发电。

# 盐水会变"毒气"和"金属"吗
## ——电离说面前的决战

"氯化钾会在水中分解为离子？这简直是天方夜谭！"

1884年5月26日。北欧已经告别了春寒料峭，可是瑞典乌普萨拉大学的一次博士学位论文答辩会上，"天气"依然乍暖还寒……

面对一个25岁"毛头小伙"的论文中的"新理论"，老教授们要"保卫真理"，是否授予他博士学位——也要"严格把关"。

阿仑尼乌斯

那么，这个"毛头小伙"是谁，"新理论"怎么会和"保卫真理"、评学位扯到一块呢？

生于瑞典乌普萨拉附近维克城堡的化学家阿仑尼乌斯（1859—1927），是一位神童。他3岁就可以看书，6岁能帮爸爸算账，17岁考入乌普萨拉大学，在三年级就通过了哲学候补博士学位考试。

当时，由于乌普萨拉大学在化学和物理学方面十分保守——拒绝讲授门捷列夫元素周期系及当时的物理新成就，这就迫使阿仑尼乌斯来到斯德哥尔摩科学院物理研究所领导人埃德仑德的实验室。自1882年起，他用一年多时间研究了电解质的极稀水溶液的电导，阅读了韦廉穆森、克劳修斯、郭尔洛熙、楞次等人的著作，从而提出了电解质自动离解成游离带电离子的概念，并于1883年6月6日写出学位论文《电解质的导电研究》。这是初步的电离学说诞生的开端，也是现代电离说的核心。1884 年 5 月 26 日，他进行了答辩并获得博士学位。

然而，阿仑尼乌斯的电离学说却引出了一场激烈的争论。

当 1883 年 5 月阿仑尼乌斯把电离学说这一新思想，首先汇报给母校乌普萨拉大学的化学教授克列维（1840—1905）的时候，却被讥讽嘲笑——说这"纯粹是胡说八道"，是把"鼻子伸进不该去的地方"。后来，阿仑尼乌斯回忆说，他是"让我明白，他要再细听这种滑稽可笑的议论，身价都会降低"——可见克列维对此蔑视到了何等地步。就这样，守旧的克列维成了第一个错误反对电离学说的化学界权威——虽然他早在 1879 年就因分离出稀土元素钬和铥闻名于世，在地质学和植物学领域也有很高的造诣。只有生理学教授玛尔斯腾觉得阿仑尼乌斯的想法独特，建议他继续研究。

不但如此，乌普萨拉大学的多数物理学家和化学家，都不同意阿仑尼乌斯的新观点。在前述论文答辩时，一些教授对这一大胆的创见也纷纷加以指责，"个个怒不可遏"，难以容忍这种"荒谬绝伦"的理论，认为他"纯粹是空想"。克列维说："不能想象，氯化钾会在水中分解为离子。钾在水中能独立存在吗？任何一个小学生都知道，钾遇水会产生强烈反应，生成氢氧化钾和氢气；氯的水溶液是淡绿色的，又有剧毒。氯化钾的水溶液却完全是无色的，完全无毒啊！"

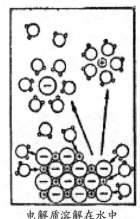

电解质溶解在水中
会电离成正负离子

尽管阿仑乌斯解释说，在氯化钾水溶液中存在的是钾离子和氯离子，它们分别与自己的原子、分子性质不一样，但权威们就是不承认，认为阿仑尼乌斯的理论纯粹是想"出人头地"的空想。于是一篇出色的论文只得了个"三级"的评语。

勉强通过答辩并获得博士学位之后，阿仑尼乌斯并没有得到他渴望已久的乌普萨拉大学物理学副教授一职——反对派的力量太强大了！

这个强大的反对派，还不只是乌普萨拉大学的权威们。

阿仑尼乌斯的论文《电解质的导电研究》在1884年公开发表后，特别是他1887年更加完整、系统、深入的电离学说论文《关于溶质在水中的离解》发表后，更引起了许多人的攻击——在几乎形成的国际化学界的反对阵线中，一些人的声望和成就远远超过了克列维。"攻击波"规模之大、之猛，真有"黑云压城城欲摧"之势。他们之中，有三位俄国化学家：以发现元素周期律闻名的门捷列夫（1834—1907）、建立溶液蒸汽张力定律的柯诺瓦洛夫（1856—1929），以及别凯托夫（Н.Н.Векетов），有发明溶液渗透膜的法国化学家特劳贝（1826—1894），还有以研究溶液电动现象著称的德国化学家魏德曼（G.Wiedemann）。两位英国化学家皮克林（Pikering）和亨利·爱德华·阿姆斯特朗（1848—1937），也加入了反对阵线。他们都一致认为，电离学说背离了"经典化学理论"，因此，这种"奇谈怪论"必然会像已经被证明是错误的"燃素说"一样被推翻。经典化学理论认为，溶质与溶剂发生化学反应后形成溶液，而电解质在溶液中只有通过电流的作用才能离解成离子——怎么可能自动离解成离子呢？

在这个反对阵线中，还有一位斯德哥尔摩科学院物理研究所的、以物理学家自居的塔林教授。他在1888年攻击阿仑尼乌斯的研究是"胡闹""毫无价值"，并反对阿仑尼乌斯接替埃德伦德逝世后的物理学教授的空缺。阿仑尼乌斯只好离开了斯德哥尔摩，辗转于阿姆斯特丹、莱比锡和格拉茨等地。1891年，他收到德国吉森大学发来的教授聘书，尽管这能给他带来极大的荣誉，但他仍谢绝了。他认为，即使在国内不能大展宏图，也不能离开自己亲爱的祖国。恰好就在这一年，他接任了斯德哥尔摩大学物理研究室主任。

有幸的是，面对一大群科学家的攻击，阿仑尼乌斯并没有退却。他坚信自己以实验事实为依据的理论是正确的，并巧妙而坚定地为捍卫科学真理而抗争。后来，化学家帕尔美（Palmaer）曾评价说，他那真正瑞典人的性格——特别好斗而又温厚幽默，使他在战斗中能很好地保持清醒的头脑。

为了说服权威们，阿仑尼乌斯全力寻求支持者。就在前述论文答辩后的第二天，他立刻把论文分寄给另外几位科学家，征求他们的意见，宣传自己的理论。其中有德国的迈尔（1803—1895）、克劳修斯（1822—1888）、奥斯特瓦尔德（1853—1932），荷兰的范霍夫（1852—1911）等。他和他于1886—1888年间出访时一起工作过的奥斯特瓦尔德、范霍夫被誉为"物理化学的三剑客"，组织起"离子学家的奇军"，坚决而勇猛地利用他们的"科学智齿"向反对者开战。

在支持者中，奥斯特瓦尔德的努力，使人难以忘怀。他接到阿仑尼乌斯的前述论文时正在生病，妻子也正临产。当他"慧眼识文"之后，竟不顾这些困难、不计较身份，去向这位异国的"无名"年轻人求教。他等妻子分娩完毕稍加安置，就亲自匆匆赶到乌普萨拉，同阿仑尼乌斯促膝长谈研究。真是，伟哉——侠之大者！

对大人物奥斯特瓦尔德的这一举动，克列维曾大惑不解，但在奥斯特瓦尔德和社会的要求下，乌普萨拉大学不得不再次举行答辩会。因为克列维仍固执己见，阿仑尼乌斯的论文仍然没有得到学术委员的承认。

不过，早期就支持电离学说的首届诺贝尔化学奖两位得主之一的范霍夫，却称赞它是"物理化学史上的一次革命"。

⋯⋯⋯⋯

经过13年的鏖战，"离子学家的奇军"终于击败了包括门捷列夫在内的权威们，使电离学说在19世纪末得到广

奥斯特瓦尔德

范霍夫

泛承认。其间，德国物理学家马克斯·普朗克（1858—1947）从物理角度，以严密的热力学观点给予有力的支持，奥地利物理学家玻耳兹曼（1844—1906）和荷兰物理学家范德华（1837—1923）也肯定了电离学说。

由此可见，一种正确理论面临厄运时，本人的坚定不移和友军有力的支持是何等重要。

后来，阿仑尼乌斯高兴地回忆有了这些支持才使论战取得胜利的时候说，自己能"经历并参与如此蓬勃的科学发展，乃是一种只有幻想才能相比的最大幸福"。

阿仑尼乌斯的电离学说取得胜利和应有的承认的重要标志，是他独享1903年诺贝尔化学奖，成为瑞典第一位诺贝尔化学奖得主。而此前的1895年，他被选为德国化学学会名誉会员；1900年，他已是诺贝尔物理学奖评委。而他得到的包括1902（一说1903）年英国皇家学会戴维奖章，各种会员、名誉会员等荣誉，更是不计其数。

从电离学说最终取得胜利可以看出，因为一群"大人物"使一种正确理论面临厄运时，"小人物"的坚定不移有多么重要，友军有力的支持也必不可少。

在反对者中，门捷列夫是首要的大人物——直到1889年还用《溶质离解简论》的文章对电离理论再次进行猛烈抨击，但这也无济于事。认识不到新生事物的革命性本质，抱着传统观念死死不放，是这群反对者最后失败的根本原因。这一教训，虽然人们精心地屡屡记取，但却惊人地常常"再版"，值得现代人警醒。

"历史上新的、正确的东西，在开始的时候常常得不到多数人的承认，只能在斗争中曲折地发展。"这的确是至理名言——真理，有时看似近在咫尺，实际却远在天涯。

对有相当声誉的科学界做出的科学贡献给予的荣誉越来越多，而对那些没有出名的人的成果则不予承认。这就是科学中的"马太效应"。马太效应的存在，使许多不太出名的"小人物"、年轻人被埋没，造成科学史上的遗憾，这值得警惕。

在 20 世纪，阿仑尼乌斯的电离学说得到进一步完善和发展，成为现代电离理论。

# 物质因何会燃烧
## ——"燃素说"与"氧化说"之争

"燧人取火免鲜食。"火,对人类的重要性无须赘言。人们对火及燃烧现象的实践活动,至今已有 50 多万年的历史。多少年来,对火及燃烧现象的认识吸引了许多学者——企图认识它的本质,掌握它的规律。

古代,人们对火及燃烧的认识都披上了一层神秘的色彩。中国人把发现火的燧人氏奉作火神,把传说中的宋无忌称为火仙;西方认为火是一个叫普罗米修斯的神到太阳那里偷来的……总之,人们把燃烧看作是不可捉摸的神秘玄妙奇观。

到了 15 世纪,意大利科学家达·芬奇(1452—1519),曾注意到物质在燃烧时如果没有新鲜空气补充,燃烧就不能继续进行。

其后的 1630 年,法国学者雷伊(1583—1630)注意到金属锡和铅经煅烧后,重量都增加了。他认为这是空气凝结于锡烬灰的缘故,如同干燥的砂吸收了水分而变得更重一样。

1663 年,英国科学家玻意耳(1627—1691),观察到在密闭容器内煅烧金属后重量增加(称量时打开了瓶盖)的现象,认为原因是火微粒透过容器壁与金属结合的结果,从而提出了"火微粒说"。

1674 年,英国学者梅猷(1635—1675)经过实验发现,空气中部分物质被燃烧和呼吸消耗了。他还发现,火药能在水下燃烧,是因为硝石(就是硝酸钾,又称钾硝石、火硝或土硝)中存在那种空气中助燃的部分。他称这种成分为"硝石精",但他没能将硝石精从空气

施塔尔

中提取出来。

1703年，德国名医和化学家施塔尔（1660—1734），发展和总结了他的导师贝歇尔（1635—1680）及当时各家的观点，系统地创立了"燃素说"。燃素说认为，火是由无数细小、活泼的微粒构成的物质实体，而由这种火微粒组成的火的元素就是"燃素"。燃素不是火本身，但它包含在所有可燃物中，也包含在能烧成灰渣的金属里面，能由一个物体转移到另一个物体。一切与燃烧有关的化学变化都可以归结为物体释放燃素与吸收燃素的过程。例如金属煅烧逸出燃素，变成煅渣；煅渣与木炭共热时，又从木炭中吸收燃素，所以金属又重生。物体含燃素越多，燃烧就越旺。不含燃素的物体不能燃烧。

按照燃素说的观点看，金属－燃素＝金属锻灰，可燃物－燃素＝灰烬。当解释不通金属锻灰比金属重时，就说燃素具有负的重量。有人问施塔尔："燃素是什么样子？"施塔尔回答："谁也未见过。"有一些燃素说的崇拜者说燃素是"火质"，当人们问他们火跟火质有什么不同时，他们又瞠目结舌了。也有人说燃素是粒状的，但他们又拿不出一颗燃素来。从来没有人得到过燃素。

进入18世纪中期，一些化学家对燃素和燃素说发生了怀疑。对燃烧现象提出新的看法。

1756年，俄国"百科全书式的科学家"罗蒙诺索夫（1711—1765）做了金属煅烧增重的实验。指出质量增加是由于金属在煅烧时吸收了空气的结果。他于1737—1739年留学德国马尔堡大学（University of Marburg）时的老师——著名哲学家克里斯蒂安·弗赖赫尔·冯·沃尔夫（1679—1754）是坚持燃素说的，但罗蒙诺索夫反对燃素说，师生俩还进行过争论。

1772年，出生在德国的瑞典化学家舍勒（1742—1786），在一系列实验中得到了"火气"（即现在说的氧气）。他证明火气也存在于空气中，还发现当某种物体在火气或空气中燃烧后，就消失了。舍勒信奉燃素说，认为燃烧是空气中火气与煅烧物放出的燃素结合的过程，火就是火气与燃素生成的化合物，因而也没能对燃烧现象做出正确的解释。

沃尔夫　　　　　罗蒙诺索夫

1774年4月，法国化学家皮埃尔·巴扬（1725—1798）在《物理学报》上撰文说，汞在煅烧时和空气化合而增重，但他认为和空气化合前失去燃素的观点，却是错误的。

1774年8月1日，英国化学家普利斯特利（1733—1804），用聚光镜加热放在玻璃器皿中的汞煅灰（即氧化汞HgO），发现很快分解出气体来。他原来以为放出的是空气，但发现蜡烛在这种气体中燃烧时火焰非常明亮；老鼠在这种气体中活的时间比在空气中长；自己呼吸时也感到格外舒畅。遗憾的是，普利斯特利也是一个很顽固的燃素说信徒，他仍然认为空气是成分单一的气体，助燃能力之所以不同的原因在于燃素的含量不同。

舍勒和普利斯特利实际上都独立发现并制出了氧气，但由于他们被传统的燃素说所束缚，因而"从歪曲的、片面的、错误的前提出发，循着错误的、弯曲的、不可靠的途径行进，往往真理碰到鼻子

拉瓦锡

尖上的时候还是没有得到真理"（恩格斯），结果是"这种本来可以推翻全部'燃素'说观点，并使化学发生革命的元素，在他们手中没有能结出果实"（马克思）。

历史选择了智者。法国化学家拉瓦锡（1743—1794）摆脱了传统的燃素说的束缚，从尊重大量实验事实出发，进行综合分析，最

后得出正确的结论。

1772 年，拉瓦锡读到一篇报告：高温下灼烧金刚石的时候，金刚石会消失得无影无踪。他想，如果按照燃素说的观点解释，金刚石就是燃素了，这岂不是笑话？他不相信燃素，于是他集中精力研究燃烧问题。

拉瓦锡想，金刚石灼烧消失，一定与周围的空气有关。他要看一看在没有空气的条件下，灼烧金刚石会有什么结果。于是他将金刚石裹了一层石墨外衣，经过几小时加热灼烧冷却后，剥去石墨外衣——金刚石完好无损。这说明在隔绝空气的条件下，灼烧金刚石不会发生变化。那么，金刚石灼烧后会消失，一定是与空气发生了作用。

为了搞清灼烧物质时空气发生的变化，拉瓦锡在 1774 年做了著名的煅烧金属的实验。他发现密封在曲颈瓶中的锡或铅，在加热前后重量不变。然后把瓶盖打开，发现瓶外的空气冲了进去，再称，总重量增加了。这证明金属煅烧后增加的重量，正是后来冲入瓶中空气的重量。然而，他用铁煅灰加热，却没有分解出氧气——如果能分解出氧气的话，那金属煅灰增重的原因是氧气而不是燃素就无可辩驳了。

此时是 1774 年 10 月，普利斯特利正好来到巴黎旅行。在拉瓦锡为他举行的隆重欢迎宴会上，他将加热汞煅灰分解出氧气的实验告诉了拉瓦锡。拉瓦锡立即喜出望外——"踏穿铁鞋无觅处，得来全不费工夫"：他没能做成分解出氧气的实验，普利斯特利已经做成了！

拉瓦锡马上重复了这个实验，结果真的从汞煅灰中分解出了氧气。由于这种气体助呼吸、助燃烧，拉瓦锡称为"上等纯空气"。又由于磷、硫在这种约占空气 1/5 的气体中燃烧后，其产物溶于水，溶液呈酸性，所以拉瓦锡在 1777 年正式把它命名为"Oxygen"（氧）——"成酸元素"的意思。拉瓦锡还得出金属燃烧是化合反应，是金属＋氧气＝煅灰（氧化物）等结论。

1777 年 9 月 5 日，拉瓦锡向巴黎科学院提出题为《燃烧概论》的报告，阐述了燃烧的"氧学说"的以下要点。

①物质燃烧时放出光和热。

②物质只有在氧气中才能燃烧。

③空气由两种成分组成；物质在空气中燃烧时，吸收了其中的氧，因而加重，所增加的质量恰为其所吸收的氧气的重量。

④一般可燃物（非金属）燃烧后通常变为酸，氧是酸的本源，一切酸中都含有氧元素；金属燃烧后即变为煅灰，他们是金属的氧化物。

拉瓦锡推翻了燃素说，建立了氧学说，被誉为"真正发现氧气的人"。随着碳酸气、氢气、氨气……特别是这次氧气的发现，使人们认识到气体的多样性和空气的复杂性。

1784年，英国科学家卡文迪许（1731—1810）用两体积氢气和一体积氧气成功合成了水。于是燃烧的氧化学说被举世公认，燃素说彻底破产，此时历经七八十年的争论也就尘埃落定了。

"大江东去，佛祖西来。"这藏头"大佛"的对联似乎在说——经过50多万年的风雨兼程，人类终于取得了真经。

显然，燃素说是完全错误的，它使"真实的关系被颠倒了"（恩格斯）。尽管如此，燃素说对于化学

曲颈瓶
玻璃钟罩
汞槽

拉瓦锡的密封曲颈瓶实验

科学的发展，用统一的观点来解释完全不同的各种化学现象方面，还是起到了一定的积极作用。同时，它也促使燃素说的信奉者从科学实验去寻找它，从而积累了大量丰富的实验材料，给科学的氧学说当了"铺路石"。

对此，德国哲学家尼采（1844—1900）的看法则更为宽容和深刻："如果没有从前那些魔法师、炼金术士、星相学家和巫师以忘我的精神追求释放那种荒谬的能力的话，你还相信科学会产生并变得如此伟大吗？"

我们感谢掩映在历史长卷中的先贤——不管他们是正确还是错误，是成功还是失误……

# 是否真有"隐得来西"
## ——"生命"和"非生命"有鸿沟吗

"任何生物体内，都有一种叫'隐得来西'的神秘力量。"古希腊大哲学家、科学家亚里士多德这么说。这里，"隐得来西"是希腊语"特殊的生命活力"的音译。

教会欣赏《生命力论》

放眼绚丽多彩的世界，世间万物千差万别："非生命物"有时五彩斑斓，但却死气沉沉；"生命物"有时略显单调——例如一片苍翠，但却生机勃勃，"生命之树常绿"！

于是，我们要问：真有"生命活力"吗？"生命"和"非生命"有界限吗？

由于生命物——动植物等体内有许多有机化合物，而非生命物——如岩石、沙子却多由无机化合物组成；所以，在19世纪之前，就有许多化学家力图把无机物变成有机物，看能不能打破生命和非生命这个界限。然而，却无一不以失败而告终。

于是，在化学界中盛行着一种"生命力论"即"活力论"或"生机论"。活力论认为，有机物跟无机物的区别是绝对的，它们之间有一条不可逾越的鸿沟；由于动植物是"上帝"创造的，因此，只有依靠上帝赐予的生命力才能够制造有机物。一句话，有机物不可能由无机物制得，也不可用人工的办法来合成；没有生命力不能制成生命。

教会对这个谬论异常欣赏，因为在他们的教义中，就明文写着上帝主宰生命力，一切地球上的动植物是按神的意志创造出来的。于是，教会很乐意为这颗毒草的种子施肥浇水，期望着将来能获得永恒美满的丰收，让上帝的代表——教会永远主宰世界。

活力论把有机化合物神秘化了，这种唯心主义的理论，严重地阻碍了有机化学的发展。

这方面典型的例子，就是贝采利乌斯（1779—1848）在教科书中的"权威"说法。"元素在生物界是服从另外一种与非生物界不同的规律，"1807年，瑞典著名化学家贝采利乌斯在一本化学教科书的序言中写道，"有机化学是植物物质和动物物质的化学，或是在生命力影响下所制成的物质的化学。"你看，他的说法多么幼稚、荒谬！

贝采利乌斯也想冲破无机物和有机物的界限。他花了15年时间，力图用氢、氧、碳、水等无机物来合成有机物，结果都没有成功，因而对此丧失了信心。他最后声称："生命活力是神秘的，高不可攀的。"

另一些人却认为，既然万物都由"元素"组成，那就没有什么生活力；生命和非生命之间也没有不可填平的鸿沟。

正当贝采利乌斯偃旗息鼓，对合成有机物表示绝望的时候，他的学生、德国化学家维勒（1800—1882），却一马当先，抢过合成有机物的"接力棒"，决心填平这个"不可逾越的鸿沟"。

填平不可逾越鸿沟的机会，来自一次偶然的发现。

1822年，仅22岁年轻的维勒发表论文，公布了他所测定的氰酸的化学成分。

到了第二年，同样年轻的20岁的德国化学家李比希（1803—1873）发表论文，公布了他所测定的雷酸的化学成分。

氰酸分正氰酸（H—O—C≡N）和异氰酸（H—N＝C＝O）两种，是有挥发性、腐蚀

贝采利乌斯

161

性和强烈醋酸味的液体，性格安定而"温柔"。雷酸（H—O—N＝C）却"脾气"暴躁，容易爆炸。

可是，人们把两篇论文一对照，竟发觉氰酸和雷酸的化学成分一模一样！在当时，这简直是不可理解的事儿。那时的化学家认为，一种物质只有一种成分，没有两种物质成分完全相同。于是，当时著名的世界化学权威贝采利乌斯对这件事发表了自己的意见："在维勒和李比希两人之中，总有一人测定错了！"

于是，李比希拿氰酸银来进行分析，发现其中含有氧化银71%，并不是维勒所说的77.23%。李比希发表论文，认为维勒搞错了。维勒又重做实验，发现李比希搞错了——李比希所用的氰酸银不纯，所含氧化银应为77.5%。李比希看了维勒的论文后，也重做实验，证明维勒的分析是正确的，即氰酸银与雷酸银的化学成分完全一样。

后来，经过维勒、李比希、贝采利乌斯的深入研究才发现——原来，世界上存在着化学成分一样而性质不同的化合物，这种现象叫"同分异构"。特别是当人们发现酒石酸与葡萄糖酸等的同分异构之后，明白了这一现象不是个别的，而是普遍的。

俗话说："不打不相识。"维勒与李比希在争论中认识了，而且建立了深厚的友谊。李比希爽快、激烈，维勒温柔、平和。一个好动，一个爱静，却结成了莫逆之交。维勒与李比希合作，两人共同进行化学研究，写出了几十篇化学论文，都以两人名义发表。李比希在给维勒的一封信中，曾这么说："我们两人同在一个领域中工作，竞争而不嫉妒，保持最亲密的友谊——这是科学史上不常有的例子。我们死后，尸身将化成灰烬，而我们的友谊将永存。"维勒结婚后两

维勒

李比希

年，妻子病故，李比希就把维勒接到自己家中，安慰他，并一起研究苦杏仁油。维勒感动地说："你以爱意接待我，留我如此之久，我不知应当如何谢你。当我们一起面对面工作时，我是何等快乐。"

维勒先用无机物氰化汞加热得到了氰，然后，再将氰、水和苛性钾一起放到器皿中加热水解，第一次用人工方法合成出了植物体内含有的草酸钾。

接着，维勒又做了 4 年实验，终于在 1828 年用无机物氰酸钾跟硫酸铵水溶液制成了氰酸铵，再加热分解，得到人们公认的有机化合物——尿素。这是他对化学最重要的贡献。同年，他用德文和法文发表论文《尿素的人工合成》，介绍了他的成果。

尿素，是动物和人的排泄物。维勒制得的尿素，竟与尿中的尿素一模一样！当时人们一直认为有机化合物是不可能用人工的方法制造的观念开始动摇了。尿素并不是只有活的肾脏才能产生，无生命的物质也能产生。

维勒在制成了尿素之后，立即给贝采利乌斯写信："我要告诉您，我可以不借助于人或狗的肾脏制造尿素！"

贝采利乌斯却死抱着生命力论不放，根本不相信维勒的发现。他挖苦地问维勒，能不能在实验室里制造出一个小孩来！此外，还有人牵强附会地说，尿素本来就是动物和人的排泄物，是废物，不能算是"真正的有机物"，充其量只能算是"介于有机物与无机物之间的东西"。

后来，维勒又用其他人工方法合成出尿素和其他有机物。1845年，德国化学家柯尔柏（1818—1884）制成了醋酸。1854 年，法国化学家贝特罗（1827—1907）合成了脂肪。1861 年，俄国化学家布列特洛夫（1828—1886）合成了糖类……这接二连三合成的有机物，给了唯心主义的活力论以致命的打击，使有机化学摆脱了唯心主义和神秘思想的束缚，新的有机化学理论就像雨后春笋般破土而出，大踏步地迈进。

对此，恩格斯评论说：“新创立的有机化学，它一个接一个地从无机物中制造出所谓有机化合物，从而扫清了这些所谓有机化合物神秘性的残余。”

无机物与有机物不存在内在联系的陈腐观点，在事实面前碰得头破血流。生命力论也成了涨破的肥皂泡——破灭了！

对此，恩格斯曾写道：“现在只剩下一件事情还得去做：说明生命是怎样从无机界中发生的。在科学发展的现阶段上，这就是要从无机物中制造出蛋白质。”在恩格斯写下这段话79年之后的1965年，中国科学家就在世界上首次人工合成了蛋白质——结晶牛胰岛素。而此前1952年冬到1953年，独享1934年诺贝尔化学奖的美国化学家哈罗德·克莱顿·尤里（1891—1981）和他的研究生、美国生化学家斯坦利·劳埃德·米勒（1930—2007），也在试管中通过7昼夜的放电作用，从氮气、水、氢气、氨中得到了甘氨酸、丙氨酸、天冬氨酸、谷氨酸等11种氨基酸。这个实验证明，在无机世界和生命体之间，不存在不可逾越的鸿沟。

维勒之所以做出这一伟大发现，有赖于他优秀的思维品质——思维的独立性和批判性。他不随波逐流，不盲从权威，既敢闯入前人设置的禁区，也能走出前人迷失的误区，从而做出超越前人的发现。这应了一句话：“创新是科学的灵魂。”遗憾的是，由于维勒后来害怕进入“原始森林”——有机化学，又退回去研究无机化学，就再也没有做出令人称道的发现了。这又应了一句话：“创新最难。”

不过，直到20世纪初，仍有人坚持活力论。例如，法国著名的哲学家伯格森（1859—1941），就把生命看作一股不断的洪流。这个洪流实现着自古就有的“生的冲动”——生命的本质就归结为“生的冲动”。

出生在俄国的伊利亚·普利高金（1917—2003），是一位很重视哲学思想的比利时物理学家。他坚信世界总是不断向上变化发展的，自然界也应存在从无序向有序转化的客观规律。他从20世纪40年代就开始寻找发现这一规律的途径，从而在 1969 年的理论物理学和生物学国际会议上，发表了《结构、耗散和生命》的论文，创立了"耗散结构"理论。该理论开辟了用理化方法研究生命现象和生物进化的道路，为填平前述鸿沟在生命界和非生命界间架起了成功之桥，被誉为"20 世纪 70 年代科学史上最光辉的成就之一"。他也主要因此独享 1977 年诺贝尔化学奖。

普利高金

# 巴斯德被赶出会场
## ——消毒法诞生在嘲笑之中

1888 年，法国人民自愿为一位功勋卓著、德高望重的老人捐资修了一所学院，这所学院以老人的名字命名。在学院落成典礼大会上，老人激动地说："科学固然是没有国界的，然而科学家却有自己的祖国。他应当把自己的才能贡献给祖国。"

然而，就在几年以前，他还被人赶出了会场呢！

他是谁，为什么会被人赶出会场？

人为什么会生病，伤口为什么会溃烂，有没有治疗的方法？这些问题一直困扰着人类。

早在 1626 年，比利时医生、化学家海尔蒙特（1580—1644）就指出，应当把疾病看成是一群异己的病魔侵入机体的结果。他推测说，一旦这些病魔在生物机体内站稳了脚跟，就会使机体转而为它们的利益服务，同时——还产生对寄主有毒的废物。

海尔蒙特的学说，基本上是现代疾病概念的先驱——它和另一种与之对立的学说在医学领域里并存了 200 多年。

另一种学说认为，疾病是由于患病的机体失调，从而使机体自身受到毒害的结果。虽然这种学说也曾考虑到某些疾病是受到外部因素的影响，但是，通常这些外部因素是"邪气"或"瘴气"，而不是外来的寄生生物。19 世纪中叶，英国格拉斯哥皇家医院的许多医生就持这种观点。

到了 19 世纪初，另一种学说认为，"难闻的气味是引起疾病的原因"。根据这种学说，人们开始注意保持环境的清洁。除此，唯一在实践上获得了一定成功的防病措施是种牛痘。这种成熟的技术，是由英国医生詹纳（1749—1823）在1796年发明的——此前有类似的技术，但很不成熟。

巴斯德

19世纪中叶，越来越多的事实表明，疾病的发生与微生物的存在有关。德国生理学家施旺（1810—1882）等，对取自病人和病畜的体液所做的显微研究证明，当病人和病畜表现出病症时，这些体液中就存在着一些形状特殊的微生物；而在健康的时候就没有。维护旧观点的人辩解说，这些微生物的存在是由于身体健康状况不佳、机能失调所引起功能紊乱的一种副作用——它们是通过自然发生的方式产生出来的。

可以清楚地看出，必须经过三个步骤，才能确立起现代的疾病概念：证明疾病的发生是微生物侵入机体的结果；彻底粉碎微生物的自然发生说；搞清楚詹纳种牛痘的过程和病理，并从中得出一般性的结论。

"天降大任于斯人。"历史的重任落到法国生物学家、化学家巴斯德（1822—1895）身上。

为了振兴法国的酿酒业和养蚕业，巴斯德进行了大量的调查研究，得到一个重要的发现，即几乎所有病害都来自有毒的微生物或细菌。由此，他自然联想到微生物和人类疾病的关系，也联想到法国医院的惨不忍睹的现实。

在当时的法国产科医院里，产妇死于产褥热者高达1/19；仅1864年在巴黎产科医院，就有300多名产妇死于产褥热，因此产科医院一度被称为"犯罪之家"。此外，在一般医院中，外科手术的死亡率最高达50%～60%。

面对这样的惨状，巴斯德又闯入了医学这一新领域，希望能够用自己的聪明才智"拯斯民于水火"！

从生理条件上讲，巴斯德并不适合从事医学研究——他连观看手术都害怕，见了尸体更是惊恐不安，在脓血面前常常呕吐不已，但他仍坚持深入医院，带领助手进行试验研究。研究的结果不负众望，他终于发现造成人类疾病的主要祸首，是那肉眼看不见的小家伙——微生物。

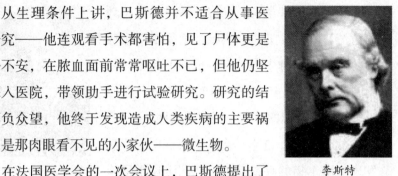

李斯特

在法国医学会的一次会议上，巴斯德提出了细菌致病的新理论。他指出，开刀的伤口是暴露在千百万细菌面前的。这些细菌存在于空气之中、手术医生的手上、洗涤伤口的海绵上、接触伤口的刀具上，以及覆盖伤口的纱布上……因此，巴斯德建议，外科医生应将他们的手术器械在火焰上烧一下再用。对于这一建议，法国医学会的一些老专家们报以狂傲的大笑，连连摇头。然后继续他们的老一套——巴斯德过分简单的建议使他们不屑一顾。

当然，并不是各国医学界都反对巴斯德的建议。英国格拉斯哥皇家医院的外科医生李斯特（1827—1912）就是第一个重视这种建议的人。1865 年，他读到了巴斯德的一篇论文，认识了疾病的细菌说。他心中豁然开朗，立即将巴斯德的细菌致病理论运用于外科临床，实行石碳酸消毒法，取得了极大的成功。把开刀的死亡率由 90% 降低到了 15%。他的成功，使他成为英国女王（1837—1901 在位）维多利亚（1819—1901）的私人外科医生，并任皇家学会主席达 5 年之久。

尽管如此，法国医学会的外科专家们仍然不理会李斯特的成功，照旧反对细菌致病理论。他们的理由是："它是一个新的观念——因此，也就是一个糟糕的观念。"

由于经验主义和保守思想作祟，法国的产科医生们，仍继续沿用错误的产褥热形成理论，使更多本来可幸免于难的人死于非命。

来自医学界的错误反对是十分顽固的，而巴斯德的信念却更加坚定。巴斯德却不知道，此时已是"山雨欲来风满楼"。

在科学院的一次报告会上，当一位医学会会员向同行们做有关产褥热问题的报告——列举可能的病因时，巴斯德按捺不住地从后排站了起来，当即驳斥说："胡说八道！产褥热完全不是由你提到的那些东西引起的，医生和护士才是应该负责的人。他们把微生物从一个受感染的病人，带给了另一个未受感染的病人，从而造成了很多母亲的死亡。"

被激怒的演讲者也不甘示弱，他以攻为守，讽刺地问："什么，请你讲一讲，你说的那种微生物又是什么样子？"于是，巴斯德走上讲台，在黑板上迅速勾画出一个念珠状的图形，告诉听众："看，这就是它的样子。"

会场顿时沸腾起来，那些资深的老专家们也不当"忍者神龟"了。他们大骂："巴斯德是捣乱分子，客串的外行，对医学一无所知的门外汉，最好还是搞他的化学药品和瓶瓶罐罐去吧！"

在一片叫骂声中，巴斯德被人多势众的反对者强行赶出了会场。

然而，真理并不会因为巴斯德被赶出会场而销声匿迹。尽管那些保守的专家权威们继续反对细菌致病理论和蒸煮加热消毒法，但年轻的医生们却逐渐地接受了巴斯德的观念，并把它用在医疗实践之中，大大地降低了医院的死亡率。

有人估计，自19世纪以来，人的平均寿命大体增长了一倍。第二次把生命赐给我们每一个人的是现代科学和医学，而巴斯德的细菌致病理论居功至伟。于是，我们对美国科学书作家迈克尔·H.哈特在《历史上最有影响的100人》中，把巴斯德排在紧靠马克思之后列第12位的高位，就不会感到意外了——当然，哈特还加上了巴斯德发明狂犬疫苗和鸡霍乱疫苗、发明巴斯德消毒法、发现镜像同分异构现象等成果。

巴斯德并不是提出细菌致病理论的第一人。除了海尔蒙特，吉罗拉摩·费拉卡斯托罗、弗里德里克·亨利等也提出过。巴斯德的丰功伟绩在于，通过大量的实验和论证有力地支持和确立了这一理论，并最终用于临床防治种类繁多的疾病。

面对像产褥热、肺结核这样的当时死亡率很高的疾病，或者像古代鼠疫、黑死病这样的曾经使国家或民族灭亡的传染病，我们是不会谈虎色变的——我们有先辈们发明的各种有效药物做"定海神针"。即使在艾滋病这类"不治之症"面前，我们也能坦然面对，因为它只有特殊的传播渠道。

反对者虽然强行把巴斯德赶出会场，但巴斯德却笑到了最后。"笔比剑更重要。"在第二次世界大战时期名噪一时的英国陆军元帅蒙哥马利（1887—1976）这么说。

今天，我们正在前人的树荫下惬意地"乘凉"。当我们翻开历史的长卷，感受像巴斯德这类先贤艰难跋涉的时候，对他们由衷的敬意就会油然而生！

# 发酵的本质是什么

——巴斯德与李比希之争

馒头和面包等面食，既松软，又好吃。如果你把它们掰开来一看，就会发现里面有许许多多的小窟窿。这些小窟窿是怎么产生的呢？原来，这是酵母菌干的好事。说起酵母菌，还得从100多年前说起。

19世纪50年代，法国的酿酒业非常发达，但是陈的葡萄酒容易变酸，不易保存，法国每年都要因此损失几百万法郎。这时，法国化学家、生物学家巴斯德，正好举家由斯特拉斯堡大学来到位于葡萄种植中心的里尔学院任教。响应该城商业委员会和酿酒商的要求，原先对酿酒并无多少研究的巴斯德，开始研究葡萄酒发酵和变酸的问题。

巴斯德经过研究发现，发酵是酵母微生物在无氧条件下作用的结果；而导致酒变酸的酵素则是另一种杆棒状的微生物。他把这一发现公布于众，随即又将研究成果写成论文，在里尔科学协会宣读，还寄给了法国科学院。后来，巴斯德从里尔转到巴黎继续进行发酵方面的研究，并进一步认识了发酵的生物学性质。他曾高兴地说："我的显微镜明白地告诉我，是酵母把大麦酿成啤酒，是酵母把葡萄发酵为酒。"

巴斯德的这一正确见解，却遭到一些科学家错误的反对——其中最有影响的是德国化学家李比希（1803—1873）。李比希坚持认为，糖转化为酒精和发酵没有关系；发酵的原因要归于蛋白。由于反对巴斯德的都是大人物，所以巴斯德就开始设计更加严格的实验——他知道，要说服这些科学权威，就必须在完全没有蛋白的汤里培养酵母。如果在这样的汤里，酵母还会使糖变为酒精，那么李比希等的反对就会不攻自破。

李比希

经过连续几个星期的奋战，巴斯德找出了一种没有蛋白的酵母培养液。他发现，将少量的酵母放进由蒸馏水、纯糖和酒石酸铵组成的培养液中，经过一夜的培养，就能产生出千千万万个酵母来；这些酵母能将溶液发酵为酒。

当做出这一发现的时候，巴斯德激动得泪水直流。他自言自语道："李比希错了——蛋白不是必需的——使糖发酵的是酵母，是酵母的生长。"

此后的一个星期，巴斯德又反复做了这一实验，结果完全相同。他还发现，给这些酵母以足够的糖，它将连续生长 3 个月，甚至更久。

他的证据使李比希无言以对。巴斯德在这场争论中初步获胜。随后，巴斯德向科学界通报了这一发现。

李比希的错误在于凭老经验看新问题——这种方法有时有效，但却不是万能的。

围绕发酵本质的科学争论并未完全结束。1878 年，在法国著名生物学家贝尔纳（1813—1878）逝世以后，法国科学界的一些人找

贝尔纳

出他的一篇未完成的著作，反对巴斯德的发酵理论。贝尔纳生前曾高度赞赏巴斯德的这一理论，可是在他的遗著中却提出，是葡萄汁自己变为酒。为了回答亡友的指责，巴斯德又设计了一项精心的实验，证明了不与酵母接触的葡萄汁是不能变为酒的。就这样，巴斯德依靠科学的实验，回答了一个又一个权威的错误反

对，将人类对发酵的认识提高到一个新的水平。

李比希和贝尔纳的失误，还在于他们从"本本"出发，从想象出发的成分多了一些，缺乏必要的实验根据。

酵母菌是一种重要的微生物——真菌，能分解碳水化合物，产生酒精和二氧化碳。酵母菌的种类很多，已经发现的有好几百种。其中人们常用的有面包酵母、酒精酵母、葡萄酒酵母、啤酒酵母和饲料酵母等。

中国很早就开始利用酵母菌了。酵母菌用于发面，大约开始于晋代。那时人们用经过酵母菌发酵的面粉，制成了又松又软的面饼。

酵母菌还有其他用途。药物中的酵母片就是脱水的酵母，食母生的主要成分也是酵母。植物饲料经过酵母菌发酵后，可大大增加蛋白质的含量，糖化酶、脂肪酶和各种微生物的含量也增多了，用来饲养家禽和家畜，就能促进它们快速生长。

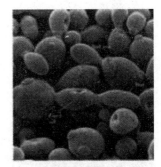

酵母菌

# 生命个体是如何发育而成的
## ——"渐成论"大战"预成论"

乔治·萨顿和他的女儿

上苍把生命的种子撒向"诺亚方舟",一个个新生命在地球上生长繁育。

那么,新生命个体是如何发育起来的呢?

"他"或"它"好像是从预先存在于性细胞(精子或卵子)中的雏形发育而成的,发育只不过是这一雏形生物的机械性扩大,并没有新的东西产生出来。这个观点被称为"预成论"(preformation)或"先成论"。它的一种形式是"套装说":各个胚胎层层嵌套,包含数量巨大的其他成年个体的世代微小雏形,所有的胚胎都伺机而发。大名鼎鼎的莱布尼茨(1646—1716),就是"套装说"的坚定支持者。

人类和动物的各种组织和器官又好像是在个体发育过程中逐渐形成的,而性细胞中并不存在任何雏形。这个观点被称为"渐成论"(epigenesis)或"后成论"。

在17世纪以前,人们对生物个体发育的认识,受预成论的绝对统治。预成论属于"神创论",认为上帝在创造第一代物种时,就已经包含了以后的子孙万代;胚胎的发育是预先形成的微小动物的扩大,没有任何分化或者增加的新成分。这种错误的观点一直持续到 19 世纪初，严重地阻碍了生物学的发展。这正如美国著名科学史家乔治·萨顿（1884—1956）后来在 1931 年评论的那样："这样一来，17 世纪精细观察的传统中断了，或者说无论从哪个角度看都远不如上个世纪……"

1615 年，英国医生、生物学家哈维（1578—1657）出版了《动物的开始》一书，得出"卵为发育的基本"这一结论。他认为："不论鸟类、兽类还是人类，一切胎体都是从卵中产生的，孕妇的最初总是以卵为其出发点的。"从而得出"一切动物来自卵"，和胚胎是从卵中逐渐形成的渐成论观点。

卵细胞受精

一切动物和人都来自卵受精

就这样，哈维的渐成论与另一派的预成论开始了论争。

预成论者又分为"卵源论"（ovists）和"精源论"（homunculists）两派。

卵源论者轻视精子的作用，认为卵子中包含了一个很小的成形的婴儿，精子仅仅起激活他生长的作用。例如，法国博物学家布丰（1707—1788）等人就认为："精子只不过是精液之中的寄生物。"

精源论者忽视卵细胞的作用，认为一切生命起源于精子，先成的婴儿存在于精子的头部，但要等精子到达适宜的子宫环境之中才开始发育；精子是种子，子宫环境是土壤。

有趣的是，哈维的"卵为发育的基本"这一渐成论观点，却被预成论者作为预成论思想的"科学温床"，以及攻击渐成论的"法宝"。

先说卵源论。瑞士博物学家、生物学家查尔斯·邦尼特（1720—1793）根据 1745 年发现的蚜虫的孤雌生殖和植物种子内的胚有子叶的事实，设想卵内一定预先存在着构造完备的胚胎，支持了卵源论。

意大利的马尔比基（1628—1694）、被誉为"现代生理学之父"的瑞士解剖学家、生理学家、博物学家和诗人哈勒（1708—1777）和其他一些卵源论者也认为，动物的后代在卵子里已经完成形成。哈勒宣称，他算出夏娃卵巢内藏有2 000亿个胚体。荷兰生物学家施旺麦丹说："自然界没有发生，只有增殖，即各个部分的生长。这样，原因就得到了说明。因为所有的人都已包含在亚当和夏娃的性器官内，当夏娃体内储存的卵都用完了时，人种就终止了。"

邦尼特　　　　　　马尔比基

再说精源论。列文虎克和莱布尼茨等精源论者认为，新的机体在精子里就预先完成了雏形。例如，荷兰数学家、物理学家尼古拉斯·哈特索克（1656—1725）在1694年宣称，他在显微镜下看到了精子里面的小人。他说，精子的头部有一伸可缩的薄膜，膜里藏有一个头、身、手、足都完整的小人，精子的尾部就是婴儿的脐带。

你看，"卵为发育的基本"这一预成论观点的确成了预成论者的"科学温床"和"法宝"。

预成论的思想，在生物学界统治长达一个半世纪之久。

1759年，德国胚胎学家沃尔夫（1733—1794）在《发育论》一书中，对渐成论的观点进行了充分表述。他用显微镜观察后认为，在植物的胚胎中并不存在预成的叶子、花等器官，它们是从简单的微小突起——"小胞"或"小球"等发育出来的。书中还详细描述了鸡雏的发育过程。他指出，如果生物是像预成论认为的那样，在卵或精子中预先形成，那就应该在胚胎中看到成年动物的肢体和器官；可是，他通过显微镜观察后，发现小鸡的血管并不是事先就存在的。1768年，他又进一步证明，小鸡的肠子开始只是一种片状的简单组织，以后才形成管状。

这就说明了，胚胎发育不是微型个体的简单放大，而是通过原初物质的进化而逐渐形成的过程，从而否定了预成论。

沃尔夫的渐成论观点相当卓越，但在18世纪，预成论的势力十分强大，他的观点没有被学术界接受。

到了19世纪，渐成论在圣提雷尔（1772—1844）、在克里斯蒂安·海因里希·潘德尔（1794—1865）和卡尔·恩斯特·冯·贝尔（1792—1876）等的努力下，才有了较大的发展。

哈勒

1817年，俄国胚胎学家、牙形刺古生物学家潘德尔证明，小鸡胚胎的发育过程是通过三个原始的组织层（或称小叶）的形成而进行的，从这些层逐渐形成了小鸡的各种器官。

法国生物学家圣提雷尔（1772—1844）为确立渐成论，在1825年设法撕裂胚胎，以及把鸡蛋上下颠倒和摇动，人工地产生畸形小鸡，反驳了预成论。

1827年，"比较胚胎学之父"——出生在德国的俄国生物学家、胚胎学家冯·贝尔，发表了《论哺乳动物和人卵的起源》。1828年和1837年，他又先后出版《动物发展史》上、下册，继承和发展了沃尔夫和潘德尔的胚层演化观点。贝尔证明，在许多种类动物胚胎的生长中，最初重要的发育是四个胚层的出现。随着发育，最外层形成皮肤和中枢神经系统，第二层形成肌肉和骨骼系统，第三层形成主要血管，最内层则形成食道和附属器官。

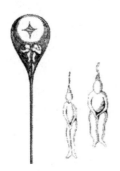

想象中的精子与小人：
哈特索克在1695年绘制

莫佩都用子女有的像父、有的像母、有的兼有父母的特征，来说明渐成论，而这种现象，是预成论无法解释的。此外，布丰、尼达姆也是渐成论的拥护者。

冯·贝尔等的渐成论沉重地打击了预成论，从此，预成论渐趋衰亡。

就这样，随着科学家们从19世纪初开始发现"有机体都是由细胞组成的"这一事实，发育期间的许多新生细胞都是来自自裂卵的产物，这些产物会形成一些新型细胞。就这样，300多年的预成论和渐成论之争，就以渐成论的胜利落幕。不过，作为争论一部分的"活力论"与"机械论"之争，至今还在继续。像莱布尼茨和法国著名的哲学家伯格森（1859—1941，他将生命的本质归结为"生的冲动"）

等"活力论"者认为，生命物质粒子和非生命物质粒子有着本质的不同；而"机械论"者则认为，物质就是物质，生命现象可以用物质粒子的集合来实现。

潘德尔　　　冯·贝尔

# "进化"和"神创"的对决
## ——从六周大辩论开始

1859年11月24日，一个和往常同样平凡的日子。可是，这一天伦敦的一家书店面前却排起了长队，人声鼎沸的市民急切地等待购买一本"时髦"的书——什么书使他们如此心动？

这本书就是达尔文的《物种起源》——书中提出了著名的进化论。

达尔文并非创立进化论的第一人。达尔文的祖父——医生、自然哲学家伊拉斯马斯·达尔文（1731—1802）和拉马克等，都是先行者。

正好在《物种起源》出版之前50年，拉马克出版了《动物哲学》。第一个成体系的进化论学说——"拉马克学说"，就是他在这本书中首先提出来的。

当然，进化论还有更古老的萌芽。早在2 000多年前的中国《周礼》和《尔雅》等古书中，都有发现变异性的记载：马的毛色就有黑白杂毛的马和红白杂毛的马，等等。中国北魏时期的农学家贾思勰在《齐民要术》一书中，也描述了谷子不同品种的形态、成熟期、品质、产量和出米率等各

拉马克

达尔文

自不尽相同的特性。

不同凡响的达尔文使人们相信，这个丰富多彩的世界用不着上帝的指导和安排，自然的力量（"物竞天择"）就能解释一切。他的理论建立在大量的地质资料和实地考察的基础之上，因此具有很强的说服力。再加上科学界事前已经知道他在写这样一本书，于是初版的1 250本书第一天就被抢购一空——以卖书10小时算，1分钟就卖了两本。接着出的第二版3 000册也被一抢而空。可以说，达尔文的生物进化论综合了当时生物学的所有成就，把进化论和生物学都推进到一个新的历史阶段，被誉为19世纪的三大发现之一。

然而，科学史上最有争议的两位人物是达尔文和爱因斯坦。美国科学书作家迈克尔·H.哈特在《历史上最有影响的100人》中这样认为。

是的，从《物种起源》出版之后，就一直有两种截然不同的声音。

达尔文的学说在受到众多赞誉的同时，也一直非议不断——有时甚至是猛烈的抨击。他在《物种起源》初版热销之后几天之内，就收到200多封恶毒的攻击信，气得他站在壁炉边浑身发抖，把这些信扔进壁炉付之一炬。"达尔文学说是不是科学"的声音，一度甚嚣尘上。不时有人宣称达尔文学说已经死亡。在《物种起源》出版之后近1/4个世纪的1882年4月19日，达尔文的肉体停止了"进化"。虽然他在威斯特敏斯特大教堂与牛顿一起长眠，但其理论却没能像他的这位"邻居"那样——得到公认。

不过，达尔文和他的进化论，并不是受到了"虐待"，因为当时在生物学中占统治地位的，是"神创论"（即"特创论"）"目的论"和"物种不变论"等宗教神学观念。它们认为世界上的所有生物都是上帝创造的，物种是永恒不变的，一切都被上帝安排得巧妙完美、合乎目的。

赞誉和非议当然不会"和平共处"——在《物种起源》初版之前也是这样。于是，从 1830 年 2 月起，法国生物家居维叶（1769—1832）与圣提雷尔（1772—1844）之间，就爆发了一场大辩论。

居维叶　　　　圣提雷尔

辩论导火索是，在法国科学院 2 月 15 日的一次会议上，圣提雷尔提出了他的两个学生合写的一篇论文。这篇论文试图证明软体动物与脊椎动物的头足类有统一的结构图案，并在论文中批评了居维叶的四种结构类型的思想。

2 月 22 日，居维叶提出五点理由对圣提雷尔的观点进行了反驳：在动物化石中，找不到它们的过渡类型；外界条件只能引起表面的变化；不同种动物互相排斥，对形成杂种产生障碍；不同家畜骨骼的变异的微弱程度，和骨骼关节与臼齿有固定关系；埃及金字塔碑上描绘的动物和现有的动物相似。他的结论是，物种并不存在着可变异性，现存生物并不起源于上一地质年代的生物。

双方辩论激烈，持续了六周，最后的结果是居维叶获胜。有人评论这场辩论说："在法国，把生物进化的思想消灭了数十年之久。"

对达尔文学说的非难可以笼统地分为两种：一是科学进步带来的挑战；二是来自伦理学家或是社会卫道士的抨击。

先说第一种。

应当说，原初的达尔文学说纷繁芜杂，有许多臆想和错误的成分。在 20 世纪初，开始是"新达尔文主义者"剔除了其中的"拉马克成分"。后来是"现代综合论者"在遗传学研究的基础之上，对"自然选择"及其相关概念——例如"适应""生存斗争"做了新的诠释，使进化论有了更加严谨和完善的科学体系。这些大的修正，使得进化论者在 20 世纪 40 年代达成如下的共识：自然选择是进化的主导或唯一因素，而生物进化是一个由微小的突变逐渐积累的渐变过程。当然，此前还有英国哲学家斯宾塞（1820—1903）等人提出的"新拉马克说"，和其他修正达尔文进化论的学说。

达尔文学说的确存在许多问题——以下仅仅是其中两个。

这个学说没有得到实验检验——谁也没有看到一种生物是如何突变为另一种生物的。于是，1945 年诺贝尔生理学或医学奖三位得主之一，也是青霉素发明者之一的英籍德国生物学家钱恩（1906—1979）说："由于偶然巧合的发展和生存观没有任何证据，也与事实相矛盾。"

这个学说有许多缺陷。例如，1963 年诺贝尔生理学或医学奖三位得主之一——终生致力于人的大脑研究的澳大利亚生物学家埃克尔斯（1903—1997）就说，达尔文学说有许多严重的缺陷，因为它没有解释人的意识是怎样产生的。

由此可见，在前一个世纪，争论都局限于达尔文进化论这个范畴之内。

近 40 年来，随着分子生物学的发展，人们对进化、遗传的认识已深入到分子一级水平，发现越来越多的重要现象与达尔文的进化论格格不入。这就对物竞天择这类"基本原理"产生了怀疑，也对上述共识产生了怀疑。

埃克尔斯

1968 年，日本群体遗传学家、进化生物学家木村资生（1924—1994）首先"发难"——在英国的《自然》杂志上，发表了《分子水平上的进化速度》一文。翌年，美国生物学家 J. L. 金和 T. H. 朱克斯，在美国的《科学》杂志上发表了《非达尔文主义进化》一文。他们都用"分子进化中性论"向传统的达尔文进化学说挑战。这个理论认为，大部分突变是"中性突变"——对生物体的生存无害也无利，自然选择在生物进化中没有起主导作用——一切决定于偶然，生物进化速度不受环境和生物世代的制约。木村资生建立的分子进化的中性学说，是自达尔文提出自然选择学说以后出现的一个最有创造性、最重要的理论，在进化生物学领域占有一席之地。

接着，出现在20世纪70年代的"间断平衡理论"认为，新物种的形成是"跳跃—进化停滞—再跳跃"的往复过程，而不是渐进、平滑的累积过程。

这两个"非达尔文主义进化学说（理论）"出现之初，都引起过不少人的惊呼："自然选择失效了，达尔文学说终结了！"

不过，事情并没有这样简单。分子进化中性论能够很好地解释分子的多态性，但对个体层次上表型适应性进化无能为力。现有的证据并不完全支持间断平衡理论，大量的事实表明生物进化的渐变模式同样存在。今天，人们并不认为这两个理论，与自然选择原理或者达尔文的进化学说相对立，或者说代替了后者，而只是认为它们为进化论的发展提供了新思路。

由此可见，达尔文学说虽然经过20世纪初和1968年及其后的两次大修正，但生物进化学说仍然需要"进化"——正如爱因斯坦所说："科学绝不是，也永远不会是一本写完的书。"

再说第二种。

1995年，美国科罗拉多州正式决定，学校将不设进化论知识考试；堪萨斯州也取消了进化论考试。密西西比州和田纳西州的学校，则根本不教进化论；而佛罗里达州和南卡罗来纳州的教材，只是略微提了一下进化论。

《做不成年鉴》的编辑——以编辑《搞笑诺贝尔奖》闻名的美国作家、记者马克·亚伯拉罕斯（Marc Abrahams）讽刺说，既然对所有关于人

亚伯拉罕斯

类起源的理论都要一视同仁，那么，学校也应该讲授日本古生物学家冈村的理论——生命是从小马、小牛和小龙这些图案进化而来的。

此外，由于达尔文当时用了一些哲学、经济学的术语来阐述自己的理论，未能很好地局限在科学的范围内，所以后来一些人就在社会学、伦理学等领域做起了各种文章，引出生物学理论在研究社会、文化等方面的争议。

前述堪萨斯州的争论，在 2005 年 5 月中旬"大爆发"——这个州法庭的一场辩论的主题是是否把进化论从教材中删去。对此，路透社报道的标题是：进化论和上帝又在堪萨斯交手了。原来，神创论被一些人改头换面为"智能设计院"——说是"智能动物"设计了人。同年 11 月 8 日，该州教委通过了修改后的公立学校新理科教育标准：要理解进化论概念，但同时指出因近年来最新发现的化石证据和分子生物学研究，进化论已受到质疑。

2005 年，美国的一次盖洛普民意测验表明，1/3 的美国人不相信或支持达尔文进化论的证据，另外有 1/3 的人持肯定态度，剩下的 1/3 不置可否。45% 的人相信上帝创造了人类，是上帝在过去的 1 万年中形成了现在的模样。

达尔文曾经说过："我必须从大量事实出发，而不是从原理出发，我总怀疑原理中有谬误。"从他的理论至今争议不断的事实来看，达尔文是"有先见之明"的。

对于达尔文的"从大量事实出发"与我们说的"有先见之明"，这里有一个能检验他的进化论的可以说是神话般的实例。

1862 年，达尔文出版了《在英国和外国的兰花由昆虫授粉的各种精巧设计》一书（全名 On the various contrivances by which British and foreign Orchids are fertilised by insects）。他在书中提到，一种原产于马达加斯加的彗星兰，其开口到底部有长达 11.5 英寸的细管，只有底部 1.5 英寸处才有花蜜。"什么样的昆虫能够吸到它的花蜜？"他大胆地预测："在马达加斯加必定生活着一种蛾，它们的喙能够伸到10到11英寸长！" 1903年——距离他的预测41年，终于在马达加斯加找到了这类蛾！

不过，幸运的是，在争论没有尘埃落定的现在，已经有不少科学家在做另一项有关的工作了，它就是"让进化和选择的天平出现倾斜——让无害的生物占据有利的位置"。

# 人猿揖别在何年

## ——猴子是"我们"的祖先吗

古希腊神话：飞鸽女神
尤利诺姆创造宇宙万物

"啊！猴子！"大会堂里的人躁动起来，诧异地喊道。庄严的大会堂怎么会有猴子呢？

1877年的一天，剑桥大学决定授予它的一个校友荣誉学位，以表彰他的杰出贡献。当他在掌声中走向主席台的时候，在主席台边上竟然有几个学生举起了一只猴子，想以此来侮辱他！

他是谁？为什么几个学生要演出这样一幕闹剧？这得从头说起。

人类在追索自身起源的过程中，曾惊讶地发现：人与猿之间是如此相似。

于是，"人猿同祖论"认为：人类与现代类人猿都起源于2 000万年前（中新纪）的一种古猿。由于分支发展，一支变成了人；另一分支则演化成现代的类人猿。

中国的女娲氏抟土造人的传说，古埃及的哈奴姆用黑泥塑人的臆想，古芬兰的怪岛蛋孵人的故事，人类是上帝创造的亚当和夏娃的后代的神话……这是人类在科学发展水平还十分低下的历史条件下，探索自身起源的一种朴素遐想。

宗教神学为了从根本上否定人与自然的必然联系，对一切违背

"上帝造人"教义的人，残酷地进行迫害与打击。古希腊数学家、哲学家阿拿萨哥拉（约公元前500—前428），曾颇有见地地提出人是由动物演变而来的，结果被雅典法庭判处死刑。虽然年近70高龄的他，最后免遭一死，但却被驱逐出境，惨死在异乡。

现行公历的创建者、罗马第227任教皇（1572—1585在位）格雷戈里十三世（1502—1585）曾公开声明，上帝造人的时间是在基督降生之前的5 199年。据此，英国剑桥大学副校长（一说校长）约翰·莱特福德博士就向世界宣布："上帝造人的准确时刻是公元前4004年10月23日上午9点正。"

科学真理终究是会闪光的。上帝造人的神话很快就破灭了。就在哥白尼（1473—1543）出版巨著《天体运行论》的1543年，比利时医学家维萨里（1514—1564）出版了同样伟大的巨著《人体结构》。维萨里在书中，用实际解剖的"事实说话"：男女的肋骨一样多。这与《圣经》上说，上帝造人时把男人的肋骨取走一根，从而女人的肋骨多一根的说法，大相径庭。这"一把解剖刀杀死上帝造人说"的事实，曾使欧洲神学界惶惶不可终日。

由于维萨里一个人的力量太单薄了，宗教的势力太强大了，于是上帝造人的神话"涛声依旧"——在17世纪，意大利著名哲学家瓦尼尼（1584—1619）仅仅由于阐述了人类是变化而来的观点，就被宗教裁判所割去了舌头，处以火刑。

瑞典著名生物分类学家林耐（1707—1778），在18世纪上半叶对生物进行分类比较过程中，发现人与猿的基本形态有着惊人的相似。为此，他指出："再没有什么东西有像猿类那样和人类相类似的了！"他在《自然系统》一书第十版中，把人、猿、猴同归于动物分类学中的灵长类。虽然林耐把人猿形态上的相似归结为神创（称"神创论"即"特创论"），但却客观地反映了人与

林耐

布丰

猿的亲缘关系，因此他实际上已经揭示出了"人猿同类"的思想。

林耐关于人猿同类的思想直接触犯了宗教教义，因而遭到罗马教皇的坚决反对，并把他的《自然系统》一书列为禁书。

科学的进步是不可阻挡的。与林耐同庚的法国博物学家、进化论的先驱者——布丰（1707—1788），摒弃了林耐的神创论观点，进一步提出"人猿同源说"："猿体……的构造跟人的相比……这种构造图案总是一样的。"由于当时"科学还深深地禁锢在神学之中"，加上布丰本人思想上的怯懦，最后在唯心主义、宗教神学的压力下，他被迫违心地宣称："我没有任何反对《圣经》的企图，我是坚决地信仰《圣经》上所说的关于神创世界的时间和事实的……"

"人猿同源说"就这样中途夭折了。

18、19世纪之交，法国博物学家、系统进化论的首创者拉马克（1744—1829），继承了布丰的进化观点，他在1809年发表的名著《动物哲学》中指出："如果我们不知道人类是由神创造的，那么我们也许可以用这一理论来解释人类是由动物起源的。"这样，拉马克又进一步地提出了"由猿变人"的观点。

拉马克的进化论思想也同样遭到了非难。法国皇帝曾愤怒地把拉马克的书丢在地上。由于理论观点的分歧，拉马克的同事、法国科学界的"生物学独裁者"居维叶（1769—1832），也对拉马克的著作采取了冷漠的态度。在种种压力下，77岁高龄的拉马克处境十分困难，以致双目失明。当他离开人世时，已经穷到连长期葬身之地都买不起。他的女儿只好租用了一块为期5年的坟地。到期之后，又把他的遗骨挖出来埋到公共墓地去，以致后人想凭吊这位伟人，竟找不到他的墓！

拉马克的由猿变人的思想，在湮没了半个世纪之后终于又复兴起来——达尔文出版的《物种起源》一书发展了的进化论，"推翻了那种把动植物种看作彼此毫无联系的、偶然的、'神造的'、不变的东西的观点，第一次把生物学放在完全科学的基础上"，但支持他的人微乎其微，异议和反对声倒是甚嚣尘上。

赫胥黎

达尔文学派的"总代表"——英国博物学家、生物学家托马斯·亨利·赫胥黎（1825—1895），在1863年发表了他的具有历史意义的著作《人类在自然界的位置》。他进一步明确说明了"我们人类的种族是从哪里来的"这个长期争论不休的问题。"人的构造和其他动物一样，尤其和猿更接近，"赫胥黎说，"所以，人类是和猿类由同一个祖先分支而来。"

和达尔文一样，赫胥黎也曾遭受宗教神学和学术界保守势力的围攻。1860年6月28—30日，英国科学促进协会年会——"牛津大辩论"（The Evolution Debate in Oxford）在牛津大学举行。在得知教士们在牛津大学集结之后，赫胥黎就决定不参加大会，以免招惹教会而"失去和平与安宁"。就在开会的前一天，赫胥黎偶遇1844年出版的进化论著作《宇宙自然史拾遗》一书的作者——苏格兰出版商、地质学家、进化思想家、作家和杂志编辑罗伯特·钱伯斯

威尔伯福斯

（1802—1871）。钱伯斯希望有人出面狠狠地教训曾粗暴对待其作品的家伙，就力劝赫胥黎到会并回击"善辩的萨姆"——英格兰主教、著名演说家塞缪尔·威尔伯福斯（1805—1873）。由于达尔文身体不适，没有到会。赫胥黎就作为达尔文的代言人，以"准备受火刑"的决心，去参加"很少有取胜机会"的辩论会。

6月30日——星期六下午，辩论会原

定在演讲厅里进行，因为参加的人多，所以临时转移到一个大博物馆的图书馆阅览室里去开，但是，700多人依然挤得水泄不通，还有几百人被拒之门外——不过达尔文学说的支持者却寥寥无几。

亨斯罗

担任辩论会主席的，是达尔文的老师和朋友——英国牧师、植物学家和地质学家约翰·史蒂文斯·亨斯罗（1796—1861）。会议一开始，从纽约来的出生在英国的美国科学家、哲学家、医生、化学家、历史学家和摄影师——世界上首先拍摄出女性面部清晰照片（1839—1840）和第一张月球细节照片（1840）的约翰·威廉·德雷珀（1811—1882），做了《欧洲对于达尔文先生观点的看法》的"主题讲演"。接着，进化论的反对者，英国最优秀的著名比较解剖学家理查德·欧文（1804—1892）挑起了争论。此时，威尔伯福斯在教徒们的一片掌声中登台讲话。他说进化论不符合事实，指责达尔文学说违背"圣经与神意"，然后就开始嘲笑："按照达尔文的观点，一切生物都起源于某种原始菌类，这样说来，我们人类就跟蘑菇有亲缘关系啰！"他还说："按照达尔文的观点，所有萝卜的品种都能变成人，这是可信的吗？"最后，他竟然像泼妇骂街，以极其傲慢、猥琐的口吻质问："我要请问一下坐在我旁边的赫胥黎教授，按照你的关于人是从猴子传下来的信念，请问：跟猴子交媾的，是你的祖父一方，还是你的祖母一方？"

此时，会场里的教徒们为这带有亵渎的语言哄堂大笑、狂呼喝彩，庆贺大主教的"胜利"。

德雷珀

对于主教的蓄意挑战，"达尔文的斗犬"，中国文学家鲁迅（1881—1936）所说的"一匹有功人世的好狗"——沉着的赫胥黎没有立即回答，而是自言自语说："好吧，我要反击了！"

由于当时没有音响设备，赫胥黎自知此时他的声音无法压倒教徒们的骚动声，就没有急于回应。直到听众不断呼喊"赫胥黎！赫胥黎！"的时候，才稳重地走上讲台。

赫胥黎先扬扬手里拿着的铅笔说："人是从比这个铅笔尖还小的胚胎发育来的，所以人从低等动物进化而来是可能的。"接着，他有力地驳斥："一个人没有理由因为有猴子做他的祖父而感到羞耻。如果有一个祖先在我的回忆中会叫我感到羞耻，那就是这样的一种人：他不满足于自己的活动范围，却要用尽心机来过问他自己并不真实了解的问题，想要用花言巧语和宗教情绪把真理掩蔽起来。"

当然，这里的"他"指的是威尔伯福斯——曾获牛津大学数学院头等奖，一定程度上可以称为数学家，但不大懂科学。不过，他"胸有成竹"——"内行"的欧文为他准备了前面的发言稿。

牛津大学：赫胥黎 PK 威尔伯福斯

在那个年代，对一位主教如此不敬，的确非同小可。听众的反应可想而知：教士们气愤地振臂怒吼，达尔文的支持者们则振臂欢呼，大学生们更是推波助澜。在喧闹声中，喊叫最凶的一个天主教贵妇戴维·布鲁斯特夫人（Lady David Brewster，1827—？）当场就气得昏了过去。这位当时年仅33岁的少妇，原名简·柯克·珀内尔（Jane Kirk Purnell），是英国科学家、发明家、作家和学术管理员戴维·布鲁斯特（1781—1868）的第二任妻子，他俩在1857年3月26日或27日结婚。"第一流的辩论家"——威尔伯福斯无言以对，自觉颜面丢尽，也偷偷溜出了会场。

声誉很高的辩论者和大学讲师赫胥黎"超水平发挥"，捍卫人猿

戴维·布鲁斯特夫人（左二）、布鲁斯特（右）

同祖论的铿锵有力的发言，赢得了听众的阵阵热烈掌声。

经过激烈的争论，很多青年学生都站到了进化论一边。这场争论在客观上促进了进化论的传播，使人猿同祖论得到进一步的证明。

近一年以后，一种适合中产阶级的伦敦幽默刊物——《笨拙》周刊在1861年5月号上，用这样的诗句描述牛津大辩论及其后的论战情景：

"然后是赫胥黎和欧文，旗鼓相当的对手；唇枪舌剑，笔墨飞舞；头对头拼死相搏，直到有一个仆倒在地，无力还手；嘿！真是一场精彩的搏斗！"

在牛津大辩论之后，赫胥黎与欧文关于人猿同祖的争论，并没有结束，于是在17年以后就有了前述几个学生举起了一只猴子来侮辱达尔文的那幕闹剧。当然，此前1863年赫胥黎发表的论文《人类在自然界的位置》，已经让人猿同祖论的处境以欧文的失败稍有好转。

不过，围绕建立在进化论基础上的人猿同祖论的斗争却仍然没有平息。

在当时，反动的宗教势力组织信徒出版刊物，不断集会大造声势，叫嚣："打倒进化论""拯救心灵""粉碎达尔文"。不但如此，他们还不准达尔文的《物种起源》放在三一学院的图书馆内。1864年，竟有30位皇家学会会员与40位医学博士，联名发表宣言反对达尔文。赫胥黎在当时的处境也很艰难，正如他自己

达尔文猴子：1871年3月22日英国《黄蜂》杂志刊登讽刺达尔文人猿同祖论的漫画

李春生

所说："若干年间，批评指责的北风刮起了它最大的曲解和嘲讽的暴风，甚至把我说成是一个邪恶的人。"

人猿同祖论和进化论，在中国也同样遭到了反动宗教势力的诬蔑和攻击。曾任震旦学院院长的耶稣教神父李问渔（1840—1911）在1907年著书攻击说："始人出于猴性之说，荒谬不经。"1908年，由教会创办的福州美华书局，出版了有"台湾第一位思想家、哲学家"之称的李春生（1838—1924）长老所著《东西哲衡》一书，更加肆无忌惮地攻击人猿同祖论为"谰言呓语，微特无一毫价值，徒令识者笑为丧心病狂"。1940年，中国细胞生物学专家、辅仁大学的武兆发（1904—1957）教授，就因为在讲台上宣传了进化论被解聘。

20世纪以来，西方抵制进化论、反对人猿同祖论的事件也屡屡发生。1925年5月5日，美国田纳西州达顿（Dayton）市雷亚县高中（Rhea County High School）的科学青年教师、足球教练约翰·托马斯·斯科普斯（1900—1970），由于在课堂上讲了人类起源于古猿的进化论，被法庭指控违反该州法律，同年7月21日被判处罚款100美元。这实在有点"煞（田纳西州的）风景"。虽然该州最高法院于1967年5月18日责令撤销，但仍维持该州法律中有关反对进化论的条款。其后，人们才能在田纳西州的课堂上合法地讲授进化论。

在另一些地方，进化论并非"合法"。1970年，美国加利福尼亚州教育厅竟公然把神创论写入中学生物教科书。1977年，英国伦敦大学物质科学系主任安德鲁斯教授说："目前越来越多的人正在舍弃达尔文的进化论，赞成包括亚当和夏娃故事的神创

斯科普斯

论。"20 世纪 80 年代，美国还组织了一个"神创论研究会"，大肆宣传《圣经》中的上帝造人的神话。1995 年，美国科罗拉多州教育委员会主席克莱尔说："我相信上帝创造人的学说。"

田纳西州的风景

人猿同祖论的产生和发展，不断遭到保守势力——科学界、哲学界和宗教界的激烈反对和攻击。直到今天，也仍有来自各个方面的反对者。

人们不禁要问：一个自然科学的理论为什么如此长期地遭到保守势力的反对呢？答案是，因为这是一个涉及人类起源的重大理论问题，又是唯物论与唯心论长期争论不休的一个根本问题；当然，也有人类认识的局限性的问题。

辩证唯物主义认为，人类是自然界的产物，是客观物质世界经过长期演化的必然结果。唯心主义则认为，人是精神的产物，是由上帝创造出来的。人猿同祖论科学地论证了人与猿的同祖关系，正确地解释了人类的起源，这就唯物地说明了人与自然界的关系，因而必然要遭到唯心主义的抵制和反对。

人猿同祖论长期遭到非难的事实表明：我们要牢固地树立辩证唯物主义的自然观和科学观，自觉地做一名坚定的辩证唯物主义者。这对于抵制唯心主义思想的侵袭，卓有成效地开展科学研究工作，无疑具有重大意义。正如俄国－苏联革命家列宁（1870—1924）所说："任何自然科学，任何唯物主义，如果没有充分可靠的哲学论据，是无法对资产阶级思想的侵袭和资产阶级世界观的复辟坚持斗争的。为

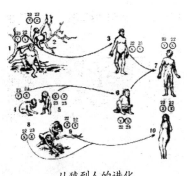

从猿到人的进化

了坚持这个斗争，为了把它进行到底并取得完全胜利，自然科学家就应该做一个现代的唯物主义者，做一个以马克思为代表的唯物主义的自觉拥护者，也就是说应当做一个辩证唯物主义者。"

"北京人"头盖骨

人的染色体有23对，其中的一对男、女不同；古猿的染色体有24对，其中的一对公、母不同。20世纪80年代，法国内克尔医院细胞遗传学主任格鲁希博士研究了这一差别后认为，可能这一对是古猿在外界条件、环境改变时丢失的。如果真是如此，那人猿同祖论就有了分子生物学上的证据了。后来的研究还表明，人和猿在解剖方面有623处共同点，在脑结构上有396处共同点。这是人猿同祖论在解剖学上的依据。

不过，人猿同祖论至今仍有争议——例如还没有彻底解决达尔文所描述的介于人和猴子之间的"中间链环问题"。

科学家一直在寻找人和猿之间的"中间体"。首先找到它的是一个荷兰医生——他于19世纪80年代在印度尼西亚的爪哇岛上找到了"爪哇猿人"的化石。接下来就是1935年在中国发现的周口店"北京人"猿人化石等。这些所找到的介于人和猿之间的"中间"形式，

尼安德特人复原

并不是这种"中间链环"。例如，所谓"非洲南方古猿"和"拉玛古猿"是已知种类的猴子，"爪哇猿人"根本就不存在，"尼安德特人"就是普通的人。

尼安德特人化石，是达尔文在1871年出版他的第二部巨著——堪与《物种起源》比肩的《人的由来和性的选择》之前15年，在德国的尼安德特峡谷中发现的。对尼安德特人的遗骨进行的近期研究表明，其中没有当

代人肌体中包含的任何 DNA 成分。这意味着，所假设的"祖先"在人的进化过程中所起的作用甚微或等于零。

20 世纪 60 年代，分子遗传学领域里，出现了"生物分子钟"理论。它认为，两种生物如果起源于同一祖先，那么，在这两种生物体内，就应该找到源于共同祖先的同源分子。这种分子的结构基本上相同，但不同物种的同源分子从同一祖先分化出来后，在进化历程中结构会发生变异，所以同源分子又有差异。

20 世纪 70 年代，美国耶鲁大学的鸟类学家、匹兹堡自然博物馆馆长查尔斯·西伯雷，在美国动物学家——他的助手阿尔魁斯特的协助下，把"生物分子钟"理论运用于比较灵长目的动物与人的时候，获得的结论令人惊讶不已，而且导致了一个新的人猿分野理论的产生：人类不再是"人科"和"人属"中唯一现存的种类，人类还有同属的近亲黑猩猩和大猩猩。一位外国学者也说："人类仅仅是当今 93 种猿类中没毛的那一种。"这些看法，都和以前的理论相悖！

中央电视台第 10 频道在 2003 年 8 月 18 日 19 点 35 分开始的节目中，也播送了美国学者说黑猩猩的基因更接近人而不是猿的观点，它一些行为（例如照镜子）也和人极其相似；而且这些美国学者还认为，把人作为"人属"中唯一的种类，只不过是人类"以我为中心"的表现。看来，"天上没有玉皇，地上没有龙王。我来了，我就是玉皇，我就是龙王"的"豪言壮语"，确实是人类傲慢的表现。此时，我们不由得想起达尔文那 100 多年前洪钟般的声音：人仅仅是进化的偶然产物，而且不是最高形式。

美国杜克大学的动物学家卡雷尔·万·赛克主持的为期三年多的研究发现，红毛猩猩的睡前

黑猩猩：最大的高 1.7 米，重 80 千克

196

大猩猩：最大的高 1.8 米，重 275 千克

仪式、觅食技巧、栖息方式和性行为等 39 种文明行为，都与人类接近，而且具有地域性。

黑猩猩是与人类最接近的"表亲"——两者之间在基因碱基序列上的差异仅为 1.23%！这个数据是美国《科学》杂志在 2001 年 1 月发表的，还说大约在 500 万年以前两者才从同一祖先"分道扬镳"。不过，"黑猩猩第 22 号染色体国际合作组"在 2003 年 10 月 7 日公布的报告确认，黑猩猩和人之间的基因，有 10% 以上的碱基序列变化——远远超过前面的 1.23%！这个组织由日本、德国、韩国、中国大陆和中国台湾的科学家组成，经过从 2001 年开始的这项为时两年多的研究，精度高达 99.998 3%。

面对这些相去天渊的数据，我们至今还不能辨别"表亲"黑猩猩更接近人而不是猿的观点的真伪。

进化论的另一个"证据"——人有所谓的"退化器官"——也被"彻底粉碎"。

1981 年，加拿大古生物学家罗素尔就认为，人类比猿更早的祖先是恐龙。

成年红毛猩猩：高 1.25 米，重 110 千克以上

由此可见，从达尔文到现在，有关人猿进化问题、人猿关系问题还没有一个被公认的、确定无疑的定论。

# 新性状能遗传吗
## ——"获得"对决"反获得"

摩尔根

在20世纪上半叶，发生过一场"米丘林学派"和"摩尔根学派"在遗传学上一些根本问题的对决。

两派主要对决的是：①摩尔根学派认为生物体中存在决定遗传的特殊物质——基因，而米丘林学派否认有这种特殊物质；②生物变异性的产生及对"获得性状遗传"的认识存在分歧。我们只说②。

生物在后天获得的新性状能否遗传，这是双方和生物界长期争论的一个问题。

"获得性状遗传"的思想来自古希腊的哲学家，但作为科学上的概念，则是由拉马克首先提出来的。他在研究生物的习性与器官的相互作用中，得出了两条著名的法则——"用进废退法则"和"获得性状遗传法则"。用进废退，指生物的器官常用就发达，长期不用就退化。获得性状遗传，是指生物个体在一生的发育过程中，会把那些非先天所固有而是由于环境影响所产生的后天获得的性状变化——"获得性状"遗传给后代。

"动物……的任何一个器官经常利用的次数越多，就会促使这个器官逐渐地巩固、发展并增大起来，"拉马克在从生物自然发生谈起的浩繁巨著《动物哲学》中写道，"同时，器官经常不用，会使其削弱和衰退……最后必会引起器官的消灭。"获得性状遗传即上述变化是可以遗传的——他还在《动物哲学》中写道:"动物……在某一器官更多运动的影响下,或在某部分经常不利用的影响下,使个体得到或失去的一切,只要所获得的变异是两性所共有的……那这一切变异就能通过繁殖而保持在新的个体上。"

根据这些理论,拉马克对长颈鹿和鲸类的体形做出了解释。

长颈鹿"生活于非洲干旱地带,牧草稀少,它们势必摄取树叶充饥。为了达到这一目的,就必须继续伸高躯体。这种习惯经过很久之后,前肢就伸得特别长,高出后肢了。它的头颈同时也长到意外的程度"。经过世代繁殖,终于成了现代长颈鹿的体态。

相反,鲸类惯于吞食漂浮的小动物,无须咀嚼,所以没有牙齿,但是,在某个时期的胎体中却有牙齿的痕迹。拉马克认为,痕迹器官是长期废而不用造成的。

达尔文同意拉马克关于获得性状遗传的理论,并认为:大量新获得的性状,不论有害或有利,不论生活重要性如何,通常都能不变地遗传下去;即使一亲单独拥有某种新特性,也往往如此。达尔文将生物的变异分为"一定变异"与"不定变异"两类。一定变异,是指同一种群生物在相同的环境条件下,发生了相似的变异。不定变异,是指一个种群生物在相同的环境条件下,发生了不同的变异。一定变异由环境条件决定,而环境条件并不决定不定变异。

随着遗传学的发展,反对获得性状遗传的观点逐渐占了上风。

1883 年,德国动物学家魏斯曼(1834—1914)在对细胞、胚胎发育等方面研究的基础上,提出了"种质说"来否定获得性遗传理论。他认为,生物体是由"种质"(germp lasm)

长颈鹿的脖子"越伸越长"

和"体质"（somap lasm）组成的，两者不能转化。种质就是生殖细胞，在生殖细胞里含有全套的遗传物质"定子"（determinant）。体质就是体细胞，是由种质产生的，但它不能产生种质。生物进化是种质的连续，由于环境条件只能对体质产生影响，因此获得的性状是不能遗传的。

魏斯曼用实验的方法来证明用进废退是不可能的。为此，他做了著名的连续22代切断双亲老鼠尾巴的实验——结果这些老鼠的后代没有出现无尾或短尾的现象。

魏斯曼

也有学者说，获得性状遗传的错误，在于强调了环境差别引起的差异是能够遗传的。他们以正常的女人为例说，结婚、生育时处女膜总要破裂，但新生的女孩总有完整的处女膜。他们认为这是对获得性状遗传的有力反驳的例证。

20世纪10—20年代，美国进化生物学家、胚胎学家、遗传学家托马斯·亨特·摩尔根（1866—1945）等人（合称"摩尔根学派"），发现和证明了遗传因子——基因在染色体上呈念珠状线性排列，是染色体上的基因在控制着遗传的性状。他们坚决否定获得性状遗传，认为拉马克提出的获得性状遗传所要求的那些环境条件，并不能改变基因的结构。由此，该学派在1926年创立了基因学说（主要内容）：基因控制生物的遗传与变异。

1911年，丹麦生物学家、遗传学家威廉·鲁德维格·约翰森（1857—1927）用"基因"（gcne）这个现代人尽皆知的名词，取代了奥地利生物学家孟德尔（1822—1884）所说的"遗传因子"一词。他还专门提出"表现型"（也称"表型"）和"基因型"两个概念，分别用来表示生物个体的外貌和实际的遗传类型。其意图是将遗传性状分为两类。两类的一个区别就在于：不同的环境一定会使不同个体的表型不同，但不一定会使它们的基因型不同；反过来，表型的改变不一定会遗传，只有基因型的改变才会遗传。

约翰森

"米丘林学派"接受的是获得性状遗传的观点：无性杂交实验表明，生物遗传性状的改变是新陈代谢改变的结果；而生物由于新陈代谢型改变所获得的性状，是可以遗传给后代的。通过人工选择、引种驯化、定向培育、嫁接和杂交等方法所得到的优良品种，是证明获得性状遗传存在的重要证据。

苏联生物学家米丘林（1855—1935），就这样通过外界环境作用，来控制新的遗传性状的形成，定向地培育出300多个果树新品种。他特别主张用人的力量，创造一定的外界条件来控制生物的生长发育，以达到人类所需要的目的。

成功使米丘林过分夸大了外界条件的作用，而忽略了生物本身的遗传物质对生物性状的决定作用。他曾说过，杂种的组织，依靠两亲本的不过 1/10，依靠环境者却占 9/10。

此时，意外的事发生了。米丘林谢世后，苏联学者李森科（1898—1976）却打着"进步、唯物主义"的"米丘林遗传学"的旗号，对摩尔根学派加上"反动、形而上学"的帽子，加以批判——这就远离学术之争了。

米丘林

反对获得性状遗传的人认为，获得性状遗传混淆了表型中的正常差异与遗传上的变异，将两类不同的问题混为一谈。随着分子遗传学的建立与发展，他们认为获得性状遗传更没有立足之地。

1958 年，在分子生物学中确立了 DNA、RNA 和蛋白质三者关系的"中心法则"：遗传信息的传递方向是单向的，即遗传信息一方面是从 DNA 流向 DNA，这是 DNA 分子的复制；另一方面是从 DNA 流向 RNA，这是转录；再从 RNA 流向蛋白质，这是翻译。遗传信息不能从蛋白质流向蛋白质，也不能回流到 DNA，反向流动是违反中心法则的，因此生物后天获得的特征是不能遗传的。于是，在 20 世纪 50 年代，从生物大分子的水平上否定了获得性状遗传的可能性——摩尔根学派获胜。

虽然否定获得性状遗传的思想在学术界占有主导地位，但进入 20 世纪 80 年代之后，又有一些关于获得性遗传的证据被提出来。例如，在 1980 年，澳大利亚免疫学家爱德华·特德·斯蒂尔（1948—）和加拿大多伦多的安大略癌症研究所的科学家雷金纳德·戈克斯基（Reginald M.Gorczynski），在《美国国家科学院报》上发表介绍他们小白鼠实验的论文——小白鼠后天的耐受性来自父辈。

还有人从分子生物学的角度来论证获得性遗传的可能性。

在这些发现的基础上，有人提出了"获得性状遗传的复活"。他们认为，生物在外界环境的影响下，产生蛋白质和适应酶，通过获得性状遗传把它的信息储存在核酸中，通过新的基因片段连接起来，形成遗传密码，再通过复制、转录和翻译把获得的性状或一定变异传递给后代。也就是说，环境引起的生物性状变化，使相应的遗传物质发生变化，然后新形成的核酸再按照中心法则进行复制，遗传给后代。

显而易见，获得性状遗传的复活，是关于获得性状遗传的新争论——不同于当初的、在分子水平上的争论。争论的双方都以最新的研究成果，来论证自己的观点。

斯蒂尔

围绕着这个争论，有一个问题值得深思：关于获得性状遗传的争论，实质是如何看待生物与环境的关系。米丘林遗传学否定有专门的遗传物质存在，当然也就不承认基因在生物上下代之间传递遗传信息的遗传学解释。他们认为，遗传是在个体发育过程中重新获得的，是外界环境在有机体内的反应。

反对获得性遗传的人则认为，他们从来没有否认环境对生物性状表现和遗传的影响，而认为性状是遗传与环境相互作用的结果。生物要想实现由特定基因所规定的特定性状，就需要一定的环境条件了。他们还进一步表达了这样一种想法，环境对生物性状的影响有两类：一类是影响基因的表达与性状发育，这种变异是不能遗传的；一类是影响和改变了基因本身，这种变异是可以遗传的。

李振声和他的良种小麦

这样一来，这场争论就不仅是科学，而同时也是哲学思想的争论了，因此，应该注意分清科学内容的争论与哲学思想的争论。在具体的遗传学问题上，应该以充分的事实和确切的理论作为论证的依据，而不能将哲学思想与科学内容混为一谈。

在这一领域，中国科学家也有重要成果。中国植物遗传育种专家、小麦专家李振声（1931— ）院士做实验的结果，没有看出定向培育的效果（因为一般的栽培条件不足以引出遗传特性的改变），而基因（性状）重组和分离的表现，却非常清晰可见。这就验证了"外因是变化的条件，内因是变化的根据，外因通过内因而起作用"的哲学原理。据此，使他很快明确了摩尔根遗传学更符合实际，可以指导育种的思路，因而在培育"小偃6号"等新良种小麦时，基本上没有走弯路。

这场争论至今没有完全的结论，它已经成为现代科学的四大难题之一——遗传与进化的统一问题的一小部分。

# DNA 与蛋白质

## ——谁是遗传物质

子女长得很像他们的父母。兄弟或姊妹之间也有某些相似的地方，可有时子女完全不像他们的双亲。这种人们司空见惯却长期不能解释的遗传现象，不仅存在于人类，而且也存在于包括动植物在内的整个生物界。

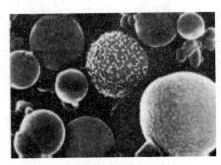

电子显微镜下的蛋白质

可不是么！你看，大地回春，万物复苏，种子生根发芽，小鸡啄壳而出，婴儿脱胎堕地。从古到今，四季如此。有趣的是，这些新生命的样子都像自己的先辈。是什么物质把生物体的特征传到下一代的呢？

1869 年，德国生物化学家霍佩－赛莱（1825—1895）的学生、瑞士青年生物化学家米歇尔（1844—1895），用蛋白酶水解从外科绷带上取得脓细胞的时候，得到了一种不同于蛋白质的含磷物质，当时称之为"核素"或"核质"。不久，人们发现它呈酸性，就称为"核酸"。后来，从动物组织，特别是从胸腺得到的大量动物核酸和从酵母及小麦胚乳得到的植物核酸，进一步证明了米歇尔的发现。

19、20 世纪之交，霍佩－赛莱的另一个学生、德国生物化学家科赛尔（1853—1927）领导的一个研究组证明，核酸遍存于细胞之中，而且因为细胞不同而有不同含量；还证明核酸主要由四种不同的

安德鲁·法尔（左）和克雷格·梅洛

碱基以及磷酸和糖组成。

1911 年，科赛尔的学生、出生在俄国的美国生物化学家列文（1869—1940）等在美国证明，核酸中所含的糖是五碳糖，称为核糖。1929 年，列文等又发现有的核酸分子中的核糖会失去一个氧原子，于是核酸就被分为脱氧核糖核酸（deoxyribose nucleic acid，简称 DNA）和核糖核酸（ribose nucleic acid，简称 RNA）——它们也曾分别被称为胸腺核酸和酵素核酸。

研究 DNA 和 RNA，是当今科学界的研究热点。例如在医学界的研究成果之一是，RNA 干扰技术能让某些致病细胞保持"沉默"。2006 年的诺贝尔生理学或医学奖，就颁给发现 RNA 干扰机制的两位美国科学家安德鲁·法尔（1959— ）和克雷格·梅洛（1960— ）。目前，科学家们正致力于用这项技术治疗某些疾病的研究。

1983 年，日本京都大学的助教香川晴男与夫人香川和子，又发现了第三种核酸——葡萄糖核酸（GNA）。

此外，列文等还证明核酸是由更简单的核苷酸组成的，而核苷酸则按碱基、核糖和磷酸的顺序联结而成。

不过，由于当时分析方法不够先进、数据不够精确，他们得出的"四核苷酸模型"在 1952 年证明是错误的。这过于简单的模型却迫使许多人设想，可能是蛋白质中的 20 种氨基酸的不同组合构成了遗传信息，即遗传物质是蛋白质。不但如此，19 世纪末以来一些人认为作为遗传的主要物质基础——染色体的主要成分是核酸的

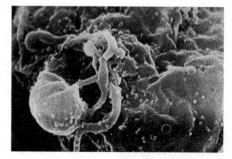

小段 RNA 可用于制造抵御艾滋病病毒的细胞

观点也受到冲击：人们不再相信饱含奥秘的遗传物质竟是结构那么简单的核酸。

证明 DNA 是遗传物质，是从研究一种身体只有一个细胞的细菌——肺炎双球菌的转化因子开始的。

格里菲斯

肺炎双球菌有两种。一种是 S 型——S 由英文 smooth（光滑的）而来；有多糖夹膜和光滑菌落，有毒、有传染性。另一种是 R 型——R 由英文 rough（粗糙的）而来；没有夹膜，粗糙菌落，无毒、无传染性。如果把 S 型菌注入老鼠体内，它就会得肺炎死亡。R 型菌容易被老鼠的白细胞破坏，如果注入老鼠体内，它不会死亡。

1928 年，英国医学家、细菌学家弗雷德里克·格里菲斯（1877 或 1879—1941），把加热杀死的 S 型菌和活的 R 型菌的混合物注入小白鼠体内，结果小白鼠死了。奇怪的是，从它的尸体中却分离出活的 S 型菌！当时，人们认为被杀死的 S 型菌所具有的夹膜特性转移给活的 R 型菌了，因为这个夹膜是遗传的。谁也无法说清这一变化的奥秘，因此，这个谜团被称为"格里菲斯之谜"。这种和其后又发现的，也能使细菌类型转化且当时尚未查明的物质，则被称为"转化因子"。

在花了 10 年时间之后的 1944 年，纽约洛克菲勒研究所的美国细菌学家奥斯瓦尔德·西奥多·艾威瑞（1877—1955）和他的同事——出生在加拿大的美国遗传学家科林·芒罗·麦克劳德（1909—1972），以及美国遗传学家麦克林·麦卡蒂（1911—2005）组成的三人小组，终于从 S 型菌的细胞中分离出一种物质。即使将这种物质稀释至六亿分之一的浓度，加在活 R 型菌的细胞培养物中，也能将夹膜性状转移给 R 型菌。经提纯后证实，这种物质就是 DNA。如

艾威瑞

果事先用 DNA 酶把 S 型菌中的 DNA 分解掉，夹膜特性就不会转移给 R 型活菌了。这样，"格里菲斯之谜"大白天下，而当时所说的"转化因子"就是 DNA。

科林·芒罗·麦克劳德

于是，DNA 是基因的实体，是亲代向子代传递的遗传物质，并具有"复制"和"表达"遗传性状的机能得到证实。他仁的成果发表在美国的《实验医学杂志》（*Journal of Experimental Medicine*）第 79 卷 137 期上。

由此可见，艾威瑞等实际上证实了 DNA 是遗传信息的载体，这是对 DNA 认识史上的一次重大突破。遗憾的是，这一成果当时在科学界并没有立即得到承认。相反，许多人对此持怀疑甚至反对态度，以至于引起了一场争论。

反对意见大致分为两种。

一种是不承认 DNA 是遗传物质。他们认为，DNA 之所以显示出遗传性，是因为即使它被"提纯"，也会混有微量的蛋白质的缘故，因为蛋白质有可能是转化因子。

对于这种反对意见，艾威瑞和麦卡蒂在 1946 年用蛋白质水解酶、RNA 酶和 DNA 酶分别对活肺炎球菌的细胞提取物进行处理。结果证明，前两种酶一点也不影响提取物的生物效能，而 DNA 酶却立即使提取物的转化活性消失殆尽。显然，这是由于 DNA 酶分解了 DNA，从而破坏了提取物的转化活性的结果。这就有力地证明了 DNA 的确是遗传信息载体。

左起：麦卡蒂、克里克、沃森

这种反对意见的错误原因，在于重蛋白质、轻核酸的认识，而这又是历史形成的：直到20世纪30年代末，人们对核酸的研究还围困在1911年科赛尔等的"四核苷酸模型"中；而这一过于简单的、错误的模型又使人们轻核酸、重蛋白质。这种错误不但延缓了对核酸的研究而形成恶性循环，还让生物界误认为结构复杂的蛋白质才是遗传信息的载体。

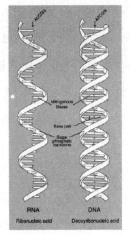

RNA（左）和DNA比较

一个错误的模型、假说等，可能会给后来的科研带来严重的负面影响，而冲破未能证实的模型或假说等的束缚，则是科研人员应有的气质。

第二种反对意见认为，即使转化因子就是DNA，也可能只是通过对S型菌夹膜的形成过程中有直接化学效应而发生的作用，而不是DNA作为遗传物质所起的作用。

对于这种反对意见，艾威瑞、泰勒（1916 — 1993）、哈赤基斯（1911—2004）连续做了许多研究，最终在1949年给出了令反对者心服口服的实验。当哈赤基斯把实验研究在《美国科学院院报》上发表后，这种反对意见就杳无踪迹了。

不过，直到1949年，艾威瑞等的研究并没能使所有的权威都相信DNA是遗传信息的载体。典型的例子是，在1950年，对艾威瑞的转化因子实验，美国分子生物学先驱阿尔弗雷德·埃斯拉·米尔斯基（1900—1974）仍然表示怀疑，并费"九牛二虎之力"来阻止其他人承认"DNA是唯一遗传物质"，还在他工作的洛克菲勒研究所（Rockefeller Institute）诋毁艾威瑞，甚至敦促瑞典卡罗琳学院不要把

赫尔希

蔡斯

诺贝尔奖颁给艾威瑞。这些权威的怀疑不可避免地影响了诺贝尔奖评委会的态度。当有人提议艾威瑞等应当获得诺贝尔奖的时候，评委会就犹豫不决了。于是，他们采取了自以为"稳妥"的办法——推迟评奖，"让时间来说话"。

德尔布吕克

1952 年，美国噬菌体学家、美国噬菌体研究小组主要成员阿尔弗莱德·戴伊·赫尔希（1908—1997）和他的学生——美国女遗传学家玛莎·考尔斯·蔡斯（1927—2003，婚后名玛莎·考尔斯·爱普斯坦），在冷泉港实验室做了用放射性同位素标记噬菌体的实验之后，很少有人再认为或者相信蛋白质是遗传信息的载体了。

也是在 1952 年，在艾威瑞、出生在德国的美国生物学家和物理学家马克斯·德尔布吕克（1906—1981）、赫尔希等人工作的激励下，出生在奥地利的美国生化学家埃尔文·查伽夫（1905—2002）通过比列文时代更准确的分析测定——用"分配色层分析法"（简称"纸层析法"），否定了流传 41 年的四核苷酸模型。从此，人们不再怀疑 DNA 就是遗传物质的载体了。查伽夫甚至认为，艾威瑞的工作值得两获诺贝尔奖。

科学似乎拨开了云遮雾障……

查伽夫

可是，此时依然是"烟消日出不见人"——本来不应该发生的悲剧最终还是发生了。当人们都认识到艾威瑞在 1944 年就已经证明 DNA 是遗传物质，而诺贝尔评委会准备为他评奖的时候，他却悄然羽化登仙了！整整等了 10 年，活到 78 岁高龄，还是没有等到得奖的那一天。这时，评委会只好遗憾地表示："艾威瑞在 1944 年关于 DNA 携带信息的发现，代表了遗传学领域中一个最重要的成就，他没能得到诺贝尔奖是很遗憾的。"

1959年，美国生化学家泰勒用氚标记碱基追踪DNA的复制，结果证明两位美国分子生物学家沃森（1928—）和克里克（1916—2004），利用出生在新西兰的英国分子生物学家莫里斯·弗雷德里克·威尔金斯（1916—2004）、英国物理化学家与晶体

富兰克林

学家富兰克林（1920—1958）用X光衍射法研究DNA晶体结构的成果，所得到的DNA晶体的结构是正确的。为此，沃森、克里克与威尔金斯共享1962年诺贝尔生理学或医学奖，而富兰克林则因患支气管肺炎及癌症早逝，与这一殊荣失之交臂。

1961年5月15日，出生在纽约一个犹太人家庭的美国生化学家、遗传学家马歇尔·沃伦·尼伦伯格（1927—2010）和德国生化学家约翰·海因里希·马特哈伊（1929—），在美国国家卫生研究院的实验室成功破译了遗传密码，以无可辩驳的科学依据再次证实了DNA双螺旋结构的正确性，使人们对遗传机制有了更深刻的认识。尼伦伯格也因此成为1968年诺贝尔生理学或医学奖的三位得主之一。

艾威瑞的成就，在他生前没有得到公认，这是科学史上非常典型的、令人遗憾的事件。其原因既不是因为他是"小人物"被忽略，或学术杂志的轻视而不发表他的论文；也不是他的研究不合当时的潮流，或成果超越时代而难以被人理解。主要是因原有研究的错误，导致那时科学界和诺贝尔奖评奖委员会的失误。当然，还有他本人的徘徊。

尼伦伯格（右）与马特哈伊

原有研究的失误主要有两个：一是

误认为蛋白质才可能是遗传物质；二是列文错误的模型使人们误以为核酸真的结构很简单，而结构简单的 DNA 是不可能成为充满奥秘的遗传信息的载体的。这也很难责怪 1944 年以后几年的科学家，因为此前也有过这样的科学家——美国细胞学生物学家埃德蒙·比彻·威尔森（1856—1939）。他在 1896 年就曾预言，遗传物质等于

尼伦伯格

或接近于核素；而在 1925 年，他却令人遗憾地放弃了自己这一正确的看法——这正好是列文在 1911 年建立错误的模型之后。

艾威瑞的徘徊在于，他们的论文只谈到 DNA 可能是"转化因子的基本单位"，没有将自己的发现推广为一般的结论，而是谨慎地做出并不完全确定的结论："如果这项关于转化因子本性的研究结果获得证实的话，那么核酸就必然被认为具有生物学的特性，它们的化学基础尚有待确定。"

这场争论提醒我们，要敢于怀疑原有的假说甚至已被某些实践所证明的"理论"。在推出新理论、新观念的时候，不应该怕"贻笑大方"而瞻前顾后、谨小慎微，或徘徊犹豫、裹足不前。

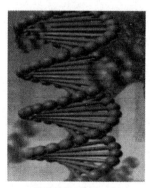

科学家们今天还在"爬"的"DNA 梯子"

科学经历了多么曲折和漫长的过程啊——从 1869 年算起，一个"核素"就困扰了人类 100 多年！直到现在，科学家们还在为破译各种生物的 DNA 中的全部遗传密码而绞尽脑汁呢！

# "诗人"在做梦吗

## ——大陆"漂移"还是"固定"

1910年的一个秋日之夜，住在德国马尔堡大学（University of Marburg）物理学院讲师楼4楼的气象学和天文学讲师阿尔弗雷德·洛萨·魏格纳（1880—1930）偶然发现，大西洋两岸的轮廓相互对应——南美洲东海岸的凸出、凹进部分，分别与非洲西海岸的凹进、凸出部分非常吻合。

魏格纳

"怎么会是这样的呢？如果把它们拼在一起，简直就像一块完整的大陆。"魏格纳想，"莫非南美大陆与非洲大陆原来是连在一起的，只不过后来被分开罢了？"

第二天，魏格纳把这一想法告诉了自己在汉堡大学（Universität Hamburg）学习时的老师——他未来的岳父、德国著名气象学家柯彭。柯彭却说，这种看法早就有人提出来了，但占统治地位的却是海陆固定说，劝他"不必为此枉费心机，应把工夫花在气象学研究上"。一些朋友也劝告他，尽早放弃"错误的理论"。

彭柯提到的大陆轮廓相吻合"早就有人提出来了，但占统治地位的却是海陆固定说"，是怎么回事呢？这得"从头仔细道来"。

1620年，英国哲学家、数学家弗朗西斯·培根（1561—1626）就在《新工具》一书中最先指出：非洲西部和南美东部海岸线如此吻合，很可能不是偶然的巧合。之后，德国神学家利连撒尔（LiLienthal）在1756年，法国地理学家弗朗西斯·普拉赛（R. P. Francois Placer）在1658年，法国博物学家布丰在18世纪后期，近代地

佩利格里尼在1858年绘制的两个地图，以解释美洲和非洲大陆曾合在一起，之后才分离

理学主要创立者之一——德国地理学家、博物学家亚历山大·冯·洪堡（1769—1859）在1800年，都提出过类似于弗朗西斯·培根的观点。19世纪中期，法国地理学家安东尼奥·斯尼德－佩利格里尼（1802—1885）分别根据大西洋两岸大陆的生物和古生物亲缘关系，先后推测大西洋是因为大陆漂移之后才形成的。1882年，英国地质学家、地球物理学家奥斯蒙德·费希尔（1817—1914）牧师认为，月球作为地球地壳的一部分，在地球发展的早期被甩了出去，从而留下太平洋这个巨大的伤疤。由此产生的一个可能的结果是，冷却了的花岗岩地壳进行侧向运动和分裂，造成大陆漂移。世界上第一本地球物理学教科书的作者费希尔，还在1881年出版的《地壳的物理学》（*The Physics of the Earth's Crust*）一书中猜测：地球由不均匀的物质组成，地壳可能悬浮在地球内部的液体层上，漂移是可能的。

到了20世纪初，也有不少科学家持大陆漂移的观点。美国地质学家弗兰克·伯斯利·泰勒（1860—1938）在1908年的一次演说中就是这样。贝克等人在20世纪初，也曾发现过大陆轮廓吻合的现象或对此加以解释。

此前含有大陆漂移的思想的观点，都只能算是大陆漂移说的萌芽。

费希尔

其实，学术界的不少人认为，首先提出大

陆漂移说的，是法国制图师和地理学家——公认的第一个绘制现代地图集的亚伯拉罕·奥特柳斯（1527—1598）。魏格纳则是独立提出和更全面地发展大陆漂移说的第一人。

奥特柳斯

美国地质学家丹纳（1813—1895）却从地壳冷缩出发，在1847年提出了"大陆固定说"。他认为，地球最初处于熔融状态，后来逐渐冷凝固化，在此基础上形成了一个大陆。由于它说明了一些地质现象，到19世纪末，大陆固定就成为定论了。此外，还有"陆桥说"（19世纪）、"地球冷缩说"（法国德博蒙在1852年提出）、"地壳均衡说"（美国达顿在1889年提出）等。

总之，面对五花八门的学说，一时众说纷纭，于是科学家们的争论就一直没有停止过。例如，奥地利地质学家爱德华·休斯（1831—1914）指出，南半球大陆按地层的相似性可拼合为冈瓦纳古陆（Gondwana Land）。他还在1885年出版的巨著《地球的面貌》第一卷的"序言"中，对丹纳等人的"大陆和海洋盆地的位置自从它们最初存在以来基本保持不变"的论点提出了质疑："考虑到一些大陆的楔形形态，'关于地球形成以来为什么大陆位置保持不变'这个问题，我们讲不出什么道理，但是，要试图了解地壳运动与地壳形态的变化，就必须考虑到地球表面最重要的特征。"

在"从头仔细道来"之后，我们再回到故事的开头。魏格纳当然了解这些五花八门的学说的分歧，知道要探个

丹纳

水落石出是一个"烫手的山芋"，但他是一个尊敬却不迷信权威而且知难而进的人。在前述他未来的岳父和自己的老师柯彭劝他"放弃"的时候，他并不盲从，而是要"打破砂锅问到底"。他毅然放弃了原来所从事的气象专业，一心投入地质学研究。

过了不久的 1911 年，魏格纳偶然在一份古生物研究的综合报告中，发现了一种根据古生物分布情况的比较，认为南美与非洲间有过陆地相联结。"对这一事件可以做两种假设：第一是，一个起联结作用的大陆沉没了；第二是，连在一起的两者被一个大断裂分开了。以往，人们从每一块陆地不变这个未经证实的假想出发，总是只考虑前者，而排除后者，可是前者与现在的地壳均衡说、与我们整个物理观念相违背。一块大陆是不可能沉没的，因为它比下面的物质轻。因而我们不如考虑后一种可能。如果由此会使大陆地质史的解释出乎意料的简化，如果表明由此便于解释地球的地质发展史，我们为什么还要犹疑不决而不抛弃旧的观念呢？"魏格纳认为，"只有一个解释，那就是大西洋东西岸的陆地，原来是连在一起的，后来漂移开了，所以现在正好能吻合"。

　　魏格纳以非凡的毅力穷搜博览，从全球范围的联系中进行考查和追索，终于在浩繁的地学资料中通过整理和对比发现了一系列说明海陆漂移的重要证据。例如，一种庭园蜗牛，既生活在德国、英国，也生活在美洲的大西洋沿岸；一种中龙化石，分别在巴西和南非地层中发现，在其他地区则未发现，而这两种小动物是不可能远涉大海重洋的。

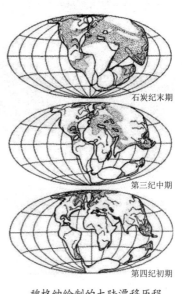

石炭纪末期

第三纪中期

第四纪初期

魏格纳绘制的大陆漂移历程

　　经过一年多的时间，魏格纳广泛地总结了地球物理学、地质学、古生物学与生物学、古气候学等方面的成就，最终在 1912 年 1 月 6 日在法兰克福召开的德国地质学会（German Geological Society）会议上，做了题为《大陆与海洋的起源》的讲演，同月又在马尔堡科学学会上做了题为《大陆的水平移动》的报告，正式公开了他的大陆漂移说。同年，他又将讲稿整理成论文分别发表在《彼德曼文摘》和《地质展望》杂志上。这标志着大陆漂移说正式诞生。

大陆漂移说是解释地壳运动和现代大陆及海洋分布的一种理论。其大致思想是：在地质历史的古生代，全球只有一块陆地，叫联合古陆（Pangaea）——也叫"原始泛大陆"或"世界洲"，周围是一片大海洋；中生代以来，联合古陆开始分裂、漂移，进而形成现在的几个大陆和无数岛屿；原来的一片汪洋则被分割成几个大洋和若干小海。

全新的大陆漂移说的诞生，震动了科学界乃至全世界。由于它大胆而富有想象力，所以当时的评论家们惊叹说，这是"大诗人的梦"！从此，地球物理学家、地质学家魏格纳，也被誉为"伟大的地质诗人"。

据大陆漂移说推出的距今3亿年前的大陆

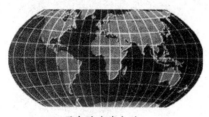

现今的地球大陆

据大陆漂移说推出的1千万年以后的大陆

大陆漂移说得到许多人的赞同，但也有不少反对者。

赞同他的多为青年学者，他们说："这一理论一经证实，它在思想上引起的革命堪与哥白尼时代天文学中的变革相比拟。"特别是他在更全面地阐述、论述他的发现之后，于1915年出版的分为3篇共13章《陆海的起源》一书，受到了全世界许多学者的敬仰。他在汉堡附近的简陋木屋，"成为当时许多地球物理学家、生态学家的朝圣之地"。

被誉为"伟大的地质之歌"的《陆海的起源》，迅速由德文翻译成英、法、俄、日等多种文字，出过三个修订本，传播到全世界。特别是第一次世界大战结束之后，《陆海的起源》更是风靡全球。

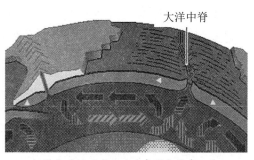

板块构造说示意：地球表层主要有六个基本板块在熔融的地幔岩浆上漂浮运动

反对者主要是信奉大陆固定说的老一代学者。他们认为大西洋两岸古生物分布的相似性，是大陆之间有狭长的陆地——"陆桥"相连，动物沿着陆桥迁徙造成的。陆桥后来下沉了，大陆才成了现在这个样子。大陆漂移说之所以不能成立，是因为日月的引潮力和地球自转的离心作用太弱，不足以推动大陆做如此长距离的漂移。虽然魏格纳认为这些小的力经过上亿年的积累仍将产生可观的效应，但他也承认"形成大陆漂移的动力问题一直是处在游移不定的状态中，还没有得出一个完善的答案"。于是，他们说，魏格纳只是气象学家而不是地理学家或地质学家，不过是一个不知天高地厚的"狂人"，大陆漂移说不过是"玩儿童七巧板游戏的发明"。

在反对声中，魏格纳的处境并不妙，例如长时间没有获得相应的学术地位。直到1924年他已44岁的时候，才接受了气象学和地球物理学正式教授头衔，但却不是自己祖国而是"邻居"奥地利的盖茨大学授予的。

不久，一场更大的风波来临了。

1928年12月，美国石油地质协会在纽约首次召开了专门讨论魏格纳大陆漂移说的会议。双方进行了势均力敌的论战，谁也说服不了谁；而反对者却对出席会议的魏格纳进行人格上的诽谤和非议。最后只好"投票决定真理"，结果7人反对、2人弃权、5人支持，大陆漂移说遭到否定。

魏格纳是个意志坚强、不轻易改变自己主张的人。在认识到大陆漂移说还有一些不完善之处后，魏格纳于 1929 年又踏上了他第三次考察格陵兰的征途，以期取得支持他的理论的更多证据。接着又在 1930 年第四次去了格陵兰，没想到，这次他却踏上了不归之路——11 月 1 日倒在冰天雪地之中，再也没能爬起来……

魏格纳去世之后，有争论的、不很完善的大陆漂移说失去了一位坚定的倡导者，于是从 20 世纪 30 年代起就逐渐沉寂，被冷淡了 20 多年。

即使在冷淡、沉寂期，仍有不少科学家从不同方面继续研究大陆漂移问题。20 世纪 50 年代英国古地磁学的大发展，又使大陆漂移说得到复兴。例如，在"同辈中最多才多艺，也是最受人爱戴的物理学家"——独享 1948 年诺贝尔物理学奖的英国社会活动家、地质学家布莱克特（1897—1974）等，通过对北美、西欧古地磁极游动轨迹的分析，意外地发现中生代以前大西洋并不存在，两岸大陆是合在一起的。这一独立证据的提出，使地学界为之震惊。而后印度、澳大利亚等地的古地磁移动轨迹，也神奇地再现了魏格纳 40 年前描绘的图景。这就为大陆漂移说提供了新的强有力的证据，使之再次得到复兴。

为了克服大陆漂移说的缺陷，又诞生了"地幔对流说""海底扩张说""板块构造说"等。而这几种学说，在一定意义上看，是大陆漂移说的更新、发展、补充和完善。特别是板块构造说，它使大陆漂移说取得了新的形式。

板块构造说又称"新全球构造理论"，是当今国际地学界最风行的一种大地构造学说。它能较好地解释全球性的大地构造问题，矿产分布的规律，地震、火山的活动，生物的演化等。对此学说也有人提出过不少疑点。例如地幔对流是否存在，板块移动的力是什么，如何回答解释有关它的"地热流佯谬""对流机制佯谬""均变论佯谬"等等。由于它也存在一些缺陷，所以也有学者提出不同的理论。中国地质学家杨槐（1939— ）在 1992 年提出的"地球非球对称膨胀"假说，就是其中之一。

板块构造说提出之后，人们利用电子计算机技术，也证实了大陆的确在漂移。原来认为南美东岸和非洲西岸并不准确吻合，和格陵兰岛与欧洲隔海相对位置的变动数据不可靠的现象，现在应该解释为：在它们一裂为二的地质历史长河中，经历了很大的变化，今天再拼合它们时绝不可能天衣无缝。特别是发现把美洲、非洲、欧洲、格陵兰岛在海平面以下约 1 000 米的大陆拼合，再把西班牙做微小的转动时，拼合误差会小于 130 千米，对全球来说，这种误差微小。

许多事实也日益证明大陆漂移说基本上是正确的理论。比如，20 世纪 80 年代，美国宇航局戈达德空间飞行中心的科学家们，把两台射电望远镜指向同一个类星体，然后测定来自这个类星体的无线电信号到达这两台望远镜的时间差异。经过计算表明：北美洲正以每年 0.6 英寸的速度远离欧洲大陆。又如，美国宇航局的科学家们用激光束射向人造卫星反射回来，测定地球上某点移动的距离的方法得知：澳大利亚和夏威夷正以每年 2.7 英寸的速度相互靠拢，同时双双缓慢漂离南美洲。

"千百年来大陆一直在漂移"这一科学论断已深入人心：1997 年 1 月中旬至 3 月中旬，北京市科学技术委员会、科学技术协会和科学技术情报研究所，对北京 18 个区县的 3 502 人进行了调查，有 53% 的人知道这一科学知识；而欧、美、日知晓这一科学知识的人则分别为 59%、75% 和83%。

大陆漂移说发展的曲折历史，表明科学上有价值的新思想，最终一定能够成长起来。

大陆漂移说从根本上改变了人们的地球观，给地学带来深刻的革命。可见，魏格纳给我们留下的科学财富是巨大的。

魏格纳尊重而不迷信权威，这反映出他的科学创新精神和思想的解放；而这，也正是我们现代人必须具有的素质。囿困于旧说，受制于权威，不敢越雷池一步，这是科学发明发现的大敌；"发明家常常向常规挑战"，应当成为我们的格言。

大陆漂移说的研究还在继续，在亚细亚也"开花结果"。2013年6月25日，中国科学院成都生物研究所研究员高宝莼（1936——）荣获2012年度四川科技进步奖一等奖。获奖的成果，是由该所与甘孜藏族自治州林业科学研究所共同研究的芒苞草科项目：芒苞草在南半球找到了"亲戚"——与非洲、南美洲、马达加斯加岛、阿拉伯半岛的翡若翠科植物有亲缘关系，为大陆漂移说提供了有力的证据，震惊了全世界。据推测，珍贵的植物"活化石"芒苞草，主要分布在北纬29度到31度的横断山区腹地，距今有两亿多年，比恐龙还要古老。芒苞草科也是唯一的一个由中国植物学家首次发现并建立的植物新学科。由此结束了一百多年以来，没有中国植物学家建立新学科的历史。

高宝莼和她发现的芒苞草标本

# 地球生命源于何处

## ——"水深火热"中还是"天外"

地球上的生命是从何而来的？这是一个极其复杂而又难以通过研究来回答的问题。

在古代，人们认为生命是从无生命的物质直接产生的，但在19世纪就被法国生物学家巴斯德推翻。

19世纪70年代，恩格斯在《反杜林论》一书中说："生命的起源必然是通过化学的途径实现的。"

光压推动"宇宙胚种"来到地球

20世纪初，英国的两位学者认为，地球生命由几十亿年前外星来访者播下的"种子"演变而来。瑞典化学家阿仑尼乌斯（1859—1927）在1907年出版的《宇宙的形成》一书中，提出了"宇宙生源说"即"宇宙胚种说"。他认为，生命是由光推着生命的孢子在星际空间中一直往前走，直到它落在某个星球上形成的。显然，如果这个假说成立，必须解决三个问题：宇宙中确实有生命胚种吗？这些生命胚种是如何来到地球的？它们是如何活着到达地球的？

前一个问题不难回答——无限的宇宙显然有可能存在生命。

第二个问题在当时有两种答案。"活物陨石发生说"认为，陨石载着生命胚种到达地球——但许多企图从陨石中找到生命胚种的努力都是"瞎子点灯"。"活物辐射发生说"认为，生命胚种通过光压

（光的压力）到达地球——阿仑尼乌斯计算出直径为 0.15 ～ 0.2 微米的细菌芽孢在光的作用下，就能在真空中快速运动。这后一种答案，倒勉强能"及格"。

第三个问题的答案是，实验证明，生命胚种能经受宇宙中三种"严刑拷打"。接近 0 开的酷寒，某些微生物孢子能在 1 开的液氦中存活；真空和干燥的折磨，雪菌和细菌芽孢在真空干燥的瓶子中存活几周后，还能繁殖；有万年寿命，例如，从几万年前冻土层中的象鼻的分泌液里分离出的多种微生物，还能继续存活。

在 1910 年，科学家们证明了宇宙中具有极强杀伤力的紫外线能杀死细菌孢子，于是宇宙生源说寿终正寝。当然，"宇宙杀手"中，还有其他宇宙辐射。

宇宙生源说销声匿迹之后的 1924 年，苏联青年化学家亚历山大·奥巴林（1894—1980）发表出版了《生命起源》一书，提出了生命起源的化学进化的"异养说"。1929 年，英国 - 印度生物学家霍尔丹（1892—1964）也独立提出了类似的学说。所以有人把它称为"奥巴林 - 霍尔丹"生命起源说。异养说属于生命起源的"化学演化说"即"理化生源说"的一种。它认为地球为无机物组成，通过各种自然过程，形成有机的和生化的化合物，化合物结合并进化为"团聚体"——原始细胞或原始的异养生物，最后异养生物发展出各种生物。这一过程是一个"三部曲"：无机物因光照在海洋中变成简单有机物，简单有机物在海洋中进一步变成复杂有机物，"死"的复杂有机物变成"活"的生命。

1976 年 3 月 8 日下午落在吉林市郊的陨石，是截至 2017 年年底世界上最大的石陨石，质量为 1770 千克（图中标尺为 30 厘米）

奥巴林的假说对吗？科

学家开始了新的研究。

科学家在探索生命的问题上，长期以来存在着两种对立的思想——"偶然论"和"必然论"。

偶然论认为，地球原始生命的出现纯属偶然。

奥巴林　　　　　　霍尔丹

直到 1969 年，还有人根据"精密计算"，得到地球上产生生命的概率是 $10^{-200}$ 或 $10^{-400}$，真是"难于上青天"！如果当年的偶然条件不出现，或者时间上差了那么一点点，那地球生命就永远不会出现。

近年来，必然论已日益占了上风。按照恩格斯的观点，生命起源的必然论分"漫长论""化学演化论"和"生命蛋白体论"三种。按照必然论的说法，宇宙中出现生命，并不是有机分子碰巧合成了生命分子，而是宇宙演化的"三部曲"的必然结果，因此，生命在宇宙中必具有普遍性，而非地球的"专利"。

可是，在另一方面，虽然必然论的化学演化说已经被许多人接受，但科学家却面对一个尴尬的事实：他们研究生命的唯一样品，别无选择地只能来自地球。于是，1952 年冬到 1953 年，美国芝加哥大学的研究生、生化学家斯坦利·劳埃德·米勒（1930—2007）与他的导师、加州大学圣地亚哥分校哈罗德·克莱顿·尤里（1930—1981）合作，主导完成了著名的米勒－尤里实验（Miller-Urey experiment）。他们模拟地球原初的条件，在试管中对氮气、水、氢气、氨等，施以 7 昼夜的火花放电和紫外光辐射，得到了生命的重要组分——11 种氨基酸。两位德国科学家格罗特与冯·维森霍夫于 1959 年用

尤里　　　　　　米勒

紫外线代替放电，出生在西班牙的美国生化学家胡安·奥罗·伊·佛罗伦萨（1923—2004）在1961—1962年、出生在锡兰（今斯里兰卡）的美国生化学家波南佩鲁马在1963年，也用不同的物质和方法得到类似的结果。1965年中国科学家首先人工合成的世界上第一种蛋

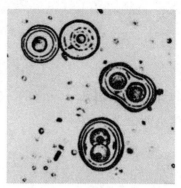

奥巴林生命起源说中的"团聚体"

白质——结晶牛胰岛素。1970年，美籍印度科学家柯拉纳合成了77对DNA。此前的1958年，迈阿密大学的美国生化学家西德尼·沃尔特·福克斯（1912—1998）和日本生化学家原田（K. Harada），则将各种氨基酸混合在一起，在无水条件下加热到150～170℃，经过1～2小时也得到了"类蛋白质"——他把这种具有类似细胞功能、可进行新陈代谢和自我复制、对光刺激有类似神经信息反应的微球体称为"前细胞"。福克斯还发现，如果"前细胞"中含较多的赖氨酸，就能催化氨基酸链和核苷酸链的形成。这些实验，都说明第二部"曲"是美妙的。

于是，奥巴林的前两部"曲""完美谢幕"了。

可是，第三部"曲"呢？许多年过去了，科学家无法在氨基酸的基础上进入生命。迄今，没有一个具有自我复制能力的生命分子（诸如RNA、DNA）跨出实验室的大门。

福克斯

一些研究者认为，在地球实验室中已不可能合成生命，究竟缺少了什么物理或化学条件，或者缺少什么样的催化剂？没有人能做出回答。

于是，新说不断涌现。

2002年发表在英国《新科学家》杂志上的一份报告称，美国加州大学的科学家最近研究

发现，对于早期生命来说，淡水比咸水更适宜生存。地球生命可能起源于淡水池塘，而不是学术界普遍认为的深海热源附近。尽管已经知道的最古老的生物化石是海洋生物的，但是生命实际上起源于淡水。他们认为，生命起源的第一步是：能自我复制的化学物质——后来

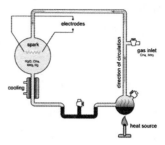

米勒－尤里实验

发展为 DNA，被一种叫作"泡"的薄膜围绕。科学家们已能利用地球早期的物质，在淡水中制成这种泡，而在咸水却不能得到相同的结果。此外，以美国加州大学马丁·肯尼迪为首的科学家们，在 2009 年 8 月结束的一项研究认为，人类可能起源于湖泊。他们对在中国南部发现的迄今最古老的化石，以及湖泊岩石沉积物中所含距今 6 亿多年前的多细胞动物胚胎化石的研究，得出了这个结论。"这令大家颇为意外。"肯尼迪说。

这些研究结果对海洋起源学说提出了质疑，但与达尔文在个人书信中的猜想有几分相似：生命起源于"富含氨和磷的有机盐、光、热和电等相关物质的小池塘中"。

"生命起源于黏土。"英国格拉斯哥大学的生化学家彻因、史密斯等在 2003 年提出了这种理论。他们认为，核糖核酸起源于黏土晶格。在实验中，由硅、氧、铝等元素形成的晶格，能吸引周围游离的晶体，按一定规则排列分层；还能吸收和贮存环境中的能量，并释放出来。这种黏土晶格可不断复制出相同结构的黏土层，从而进化产生出核糖核酸。

"生命在火山中出现。"华盛顿大学的科学家埃弗雷德·肖克和米哈伊尔·佐洛托夫，则"语不惊人死不休"。他俩对火山熔岩和尘埃的化学成分进行分析之后，证实在火山喷发过程中有复杂有机分子的合成，从而组成核糖核酸分子。可见，他们的观点也不是毫无根据。美国生化学家普利·福克斯教授也有类似的观点：高温把水逐步

蒸发掉，最后使氨基酸聚合成多肽或蛋白质。他还有"实验"依据：用谷氨酸和天门冬氨酸，在 160 ～ 200 ℃的条件下加热 1 ～ 6 小时，得到了分子量为 5 000 ～ 20 000 的大分子共聚物……

此外，病毒从何而来？这在生命起源问题上至关重要。人们对病毒的起源有三种代表性的假说。其中稍有价值的"内源性假说"认为，病毒源于正常细胞的核酸，因偶然途径从中脱离出来，进而演变为病毒。其间接的实验证据为：作为细胞一部分的质粒可随时脱离细胞，并在细胞间传递，病毒与质粒是相似的。这个假说的间接证据可部分解释 DNA 病毒的起源，但要说明 RNA 病毒的起源则相当困难。

如果这一假说成立，似乎可以说，生命的起源是从细菌开始的，

蓊蓊大地，茫茫宇宙，生命从何而来

细菌是病毒进化的摇篮。据此推测：地球上最早出现的病毒，可能是经 RNA 为基因组的逆转录病毒，然后再发展成以 DNA 为基因组的逆转录病毒，最后出现的是 DNA 病毒，而 RNA 病毒则很可能有其独立的演化途径。

可是，"病毒从何而来"显然也是一个悬而未决的问题。

此外，还有一种生命的"双起源说"。双起源的理论认为，生命在起源的时候，新陈代谢和遗传信息的复制这两种功能是分别起源的。也就是说，在早期，有可能诞生过两种生物，一种生物有代谢功能而无复制功能，另一种生物有复制功能而无代谢功能。这两种生物后来结合起来，形成了现在的生命形式。

生命起源至今仍是一个未解之谜，它是现代科学的四大难题之一——宇宙、物质和生命的起源问题的一部分。另外三大难题是：相对论的局域性与量子力学的全域性之间的不协调问题，生物学中遗传与进化的统一问题，脑与认知科学中脑的结构和本质问题。

虽然生命起源至今没有定论，但是科学界达成了一个共识：生命出现在地球上的时间可能比原先知道的要早；地球在大约距今45亿年前形成，在经过7亿年之后，地球上出现了生命——单细胞生物。

携带着微生物的高速移动的宇宙尘埃与地球大气层中粒子相撞

此外，尽管越来越多的科学家倾向于"恩格斯式"的"化学进化论"，但依然有不少科学家试图从另外的视角来回答生命起源的问题。2017年的"尘埃说"就是一例。

据《每日电讯报》网站在2017年11月20日报道，英国爱丁堡大学在进行了长期的观察和研究后发现，宇宙尘埃可以在太空中携带微生物进行高速移动。研究人员计算了80千米/秒高速移动的宇宙尘埃与地球大气层中粒子相撞的结果，发现在距离地面较高的区域，微生物会被弹射回太空并且最终跌落在其他星球上。这也就意味着地球上的生命，可能就是通过宇宙尘埃的传递来到这里的。换一个角度讲，在其他星球上发生碰撞的宇宙尘埃所携带的微生物，也可能因此被弹射到地球。科学家甚至认为，这就是宇宙生命起源的最普遍形式。这就是尘埃说。不过，尘埃说依然没有能回答生命起源的问题——这些太空中微生物又是从何而来呢？

太阳暗淡，地球一片死寂，生命从何而来

对于地球生命，氧气和水是两大"硬件"，如果缺少其中之一，地球生命都不可能生存。2017年的一项研究成果认为，22亿年前的史前地球微生物或不需要氧气就能生存（45亿年前诞生的

227

地球，至少有一半的时间没有氧气，氧气和水都从地外的星球上飘散而来），虽然现在也有厌氧微生物（例如破伤风杆菌）。不久前，在南非的板块上发现了一块来自 22 亿年前的化石，这项或许能打破科学家们目前对宇宙生命的认知的成果，就基于对这块化石的研究。

2017 年，美国麻省理工学院的一位教授把水珠放在一支纳米试管中加热，实验结果让人瞠目结舌：水珠在 105 ℃时竟然结冰了！这个结果让专家们猜测，既然纳米试管这个特殊条件可以改变水的冰点，那么 45 亿年前诞生的地球在 22 亿年前才出现地球微生物的原因是具备了特殊条件。这个特殊条件就是氧气和水之外的第三者——因高温产生的氨基酸。这一猜测与前述米勒 – 尤里实验不谋而合。

为了揭开生命起源之谜，各国自然科学家于 1957 年在莫斯科召开了世界上第一次生命起源的研讨会。1970 年还成立了"国际生命起源问题研究协会"。

此外，原始生命是否还在继续产生？这也是一个谜——例如，美国学者道勒和英格门森就认为，红海断裂谷中发现的盐水池就具备原始生命继续产生的条件。

纳米试管中的水珠，竟然在 105 ℃时结冰